琼 瑶
作品大合集

海鸥飞处

琼瑶 著

作家出版社

琼瑶，本名陈喆，作家、编剧、作词人、影视制作人。原籍湖南衡阳，1938年生于四川成都，1949年随父母由大陆赴台生活。16岁时以笔名心如发表小说《云影》，25岁时出版首部长篇小说《窗外》。多年来笔耕不辍，代表作包括《烟雨蒙蒙》《几度夕阳红》《彩云飞》《海鸥飞处》《心有千千结》《一帘幽梦》《在水一方》《我是一片云》《庭院深深》等。

多部作品先后改编成为电影及电视剧，琼瑶也因此步入影视产业。《六个梦》系列、《梅花三弄》系列、《还珠格格》系列等，影响至深，成为几代读者与观众共同的记忆。

琼瑶以流畅优美的文笔，编织了众多曲折动人的故事。其作品以对于梦的憧憬和爱的执着，与大众流行文化紧密结合，风靡半个多世纪，成为华文世界中极重要的文学经典。

我為愛而生，我為愛而寫
文字裡度過多少春夏秋冬
文字裡留下多少青春浪漫
人世間雖然沒有天長地久
故事裡火花燃燒愛也依舊

瓊瑤

第一章

凌晨二时。

天星码头上疏疏落落的没有几个人,这是香港通九龙的最后一班渡轮,如果不是因为在圣诞节期间,轮渡增加,现在早没有渡船了。但,尽管是假日里,到底已是深夜二时,又赶上这么一个凄风苦雨的寒夜,谁还会跋涉在外呢?所以那等候渡船的座椅上,就那样孤零零地坐着几个人,都瑟缩在厚重的大衣里,瑟缩在从海湾袭来的寒风中。

俞慕槐翻起了皮外衣的领子,百无聊赖地伸长了腿,他已经等了十分钟。平时,每隔一两分钟就开一班的渡船现在也延长了时间的间隔。对面那卖冰激凌的摊位早就收了摊,四周静悄悄的,只有那柱子上的电动广告仍然在自顾自地轮换着。

他换了个坐的姿势,看了看那垂着的栅栏,透过栅栏后的长廊,可看到海湾里的渡轮,正从九龙方向缓缓驶来,暗黑的海面上，反射着点点粼光。收回了目光，他下意识地看向对面的那排椅子。长长的一条木椅上，坐着个孤独的女孩子，微俯着头，在沉思什么，那披拂在面颊和肩上的黑发是凌乱而濡湿的。她没有穿雨衣，也没有带伞，一件咖啡色的皮外衣，肩上也是濡湿的，湿得发亮。皮外衣下露出咖啡色短裙的边，和一双修长的腿。

或者，是基于无聊，或者，是基于一种职业上的习惯，俞慕槐开始仔细打量起那少女来。二十岁上下的年纪，可能再年轻些，小巧挺直的鼻梁，细致而略显苍白的皮肤，薄而带点固执意味的嘴唇。那眼睛是低俯的，使你无法看到她的眼珠，只看到两排睫毛的弧线。脸上可能化过妆，但是已被雨水洗掉了，是的，一定被雨水洗过，因此，那颊上的皮肤在灯光下发亮。俞慕槐轻轻地皱了皱眉，干吗这样盯着人家看呢？他想把眼光从她身上调开，但是，有什么奇异的因素吸引了他，他无法移开目光——在一个深夜，单身少女总是引人注意的，虽然这是在无奇不有的香港。

那少女似乎感到了他的注视，她轻轻地移动了一下身子，缓慢地，而又漫不经心地抬起头来，眼光从他身上悄悄地掠了过去，他看到她的眼睛了，一对湛黑的眸子，带着一抹近乎茫然的神情。他立刻为她下了断语，这不是个美女，她不怎么美，但是，她有种遗世独立的清雅，或者这就是她所吸引他的地方，在香港，你很容易发现装扮入时的美女，却很难找到这种孤傲与清新。孤傲与清新？不，这女孩并不只孤傲与清新，那神情中还有种特殊的味儿，一种茫然、麻木和孤独的混合——她的眼光掠过了他,但她根本没有看到他——她的意识正沉浸在什么古老而遥远的世界里。

铃声蓦然地响了起来,那栅栏哗啦啦地被打开了,这突来的声响惊动了俞慕槐,也惊动了那少女。渡轮靠岸了,有限的几个客人正穿过栅栏和长廊,走向渡轮。俞慕槐也站起身来,跟在那少女身后,走向渡轮。那少女的身材高而窈窕,比她的面貌更动人。

走过踏板,上了船,海面的冷风迎面扑来,夹着雨丝,冷得彻骨。客人们都钻进船头有玻璃窗的船舱里,外面的座位几乎没有一个人,但那少女没有走进船舱,她连坐都没有坐,走向了船栏边,她靠在栏杆上,面对着海,静静地站着,她的长发在海风中飘飞。

俞慕槐怔了一两秒钟,然后,他在靠栏杆边的第一排位子上坐下了。这儿冷极,雨丝扑面,他瞪视着那少女,你发疯了吗?他想问。这样冷的天,成心想害感冒吗?但是,那少女关他什么事呢?谁要他陪着她在这儿吹风淋雨?他对自己有些恼怒,在他的职业中,什么怪事都见过,什么怪人也都见过,管他活人死人都不会让他惊奇。而现在,他竟为了一个陌生的香港少女在这儿吹风淋雨!简直是莫名其妙!

船开了,他继续盯着那少女,她孤独地伫立在那儿,浑然不觉身边有个人在注视着她。她的眼光定定地看着海面,嘴角紧闭着,眼底有种专注的迷茫,那样专注,那样迷茫,几乎是凄惨的。凄惨!这两个字一经掠过俞慕槐的脑海,他就不由自主地震动了一下,是了!这就是那女孩身上一直带着的味道，凄惨！她像个被世界遗忘了的影子，也像个遗忘了世界的影子。

他突然地站起身来，在还没有了解到自己的意愿以前，他已经走向了那少女的身边，停在那栏杆前了。

"喂，小姐……"他操着生硬的广东话开了口，自己也不知道要说些什么。

"说普通话吧，我懂的。"出乎他的意料，那少女竟安安静静地说话了，而且是一口标准的北方话。她的目光从海面调回来，看了他一眼，丝毫没有因为他突然的出现而吃惊，她冷静地加了一句，"你要干什么？"

"我……呃，我……"他那样惊异，竟有些不知所措了，"我……我只是想说，你为什么要站在这儿淋雨？"

她再看了他一眼。

"因为——"她静静地说，不疾不徐地，"我想要跳海。"

他惊跳了一下，瞪着她。

"别开玩笑。"他说。

"没有开玩笑。"她仍然安安静静地说，望着他，那眼睛是真诚坦白而近乎天真的，"你不信？我想要跳海。"

他更加不知所措了，这女孩使他紧张，一面，他伸出手去，下意识地把手横放在栏杆上，万一她真要跳海，他可以及时拉住她。一面，他审视着她，想看出她到底是否在开玩笑，但他完全看不出来，那少女的面容庄重而沉静。

"为什么？"他问。

她摇摇头，没有回答。她又在凝视海面了，那专注的神

态使他不安。拉了拉她的衣袖,他说:

"我看你还是到船舱去避避风吧,难道你不怕冷?"

"想跳海的人不会怕冷。"她一本正经地说。

他啼笑皆非地皱皱眉,不知在这种情况下,该说些什么才好。一阵风陡地卷来,无数雨点扑进了他的衣领,他打了个冷战,看看她,她却神色自若地望着海,不知是由于冷,还是由于别的原因,她的脸色苍白,而眼睛清亮。

"看,那儿有一只海鸥。"她忽然说。

他看过去,是有只海鸟在暗夜的海面盘旋低飞,却不知是不是海鸥。

"我知道一支歌提到海鸥。"她轻声说,"很好听很好听。"

"是吗?"他不经心地问,他并不太关心海鸥,只是深思地凝视她。

她开始轻哼了几句,确实,很好听的一个调子,抑扬幽柔,但听不清歌词是些什么。

"你要知道歌词吗?"她问,似乎读出了他的思想。

"哦,是的。"

她略一侧头,凝神片刻,他发现她侧面的线条美好而柔和,像一件艺术品。然后,她低声地念:

　　海浪喧嚣,
　　暮色苍茫,
　　有人独自徜徉。
　　极目四望,

雨雾昏黄,
唯有海鸥飞翔。
回旋不已,
低鸣轻唱:
去去去向何方?

潮升潮落,
潮来潮往,
流水卷去时光。
静静伫立,
默默凝想,
有谁解我痴狂?
三分无奈,
四分凄凉,
更兼百斛愁肠。
好梦难续,
好景不长,
多情空留惆怅。

夜幕低张,
海鸥飞翔,
去去去向何方?
回旋不已,
低鸣轻唱,

去去去向何方？

　　我情如此，

　　我梦如斯，

　　去去去向何方？

　　我情如此，

　　我梦如斯，

　　去去去向何方？

　　她念完了，她的声调清脆而富有磁性，念得十分动人，尤其当她念那一连三个"去"字的时候，充满了感情和韵味。她注视着他，说：

　　"知道这支歌吗？"

　　"不，不知道，"他说，为自己的孤陋寡闻而赧然，"这是支名曲吗？"

　　"当然不是，"她很认真地说，"这歌词是我前一刻才顺口胡诌出来的。"

　　他惊异地抬了一下眉。

　　"你开玩笑？"他又问了句重复的话。

　　"你碰到的人都喜欢开玩笑吗？"她反问，认真地，"我不相信你会在别的地方听过这歌词。"

　　"是没听过，可是……"他咽住了，觉得自己表现得像个傻瓜，他无法再说下去。他不能说，他不相信她能顺口"诌"出这歌词来，正像他也不相信她会跳海一样。咬住嘴唇，他像研究一件稀奇古怪的艺术品般打量她。她坦然地接受着他

7

的注视,那样坦然,那样漠不关心地沉静,这让他越来越加深了困惑和疑虑。"你叫什么名字?"他直截了当地问了出来。

"海鸥。"她简洁地回答。

"海鸥?"他抬高了声音。

"是的,海鸥。"她看了他一眼,仿佛不明白他为何那样大惊小怪。她眼里的神情真挚而天真。"名字只是一个人的代号,如果你高兴,叫张三李四都可以,是不?我现在觉得,我的名字叫海鸥最适合。当然,"她停了停,垂下睫毛,恳切而清晰地加了一句,"并不是任何时间,我都叫海鸥的。"

这女孩的精神一定有点问题,俞慕槐心里想着,有些懊恼于自己的多管闲事了。丢开她吧,不相干的一个女孩子。可是……可是……她的话不是也挺有道理吗?尤其她那模样,是那样纯洁与天真!她是怎的,刚受了什么刺激吗?被父母责骂了吗?她那光润的皮肤,那清秀的眉线……她还是个孩子呢!绝不会超过二十岁!

船驶近码头了,他出着神,她也是的。船上的工人走来拉住了踏板的绳子,准备放下踏板来。那少女忽然低声地惊呼了一声:

"呀,你瞧,你阻碍了我跳海。"

"你不会真要跳海吧?"他抓住了她的手腕,紧盯着她,她脸上有着真切的惶悚和无助。

"我要跳海。"她低低地、肯定地说。

"现在已经晚了。"他握紧她。那踏板已放了下来,人们也纷纷走上踏板。他半推半送地把她推过了踏板，走进走廊，他松了口气。侧过头注视着她，他逐渐相信她要跳海的真实性了，那张纯净的脸上有着如此深刻的凄惶和单纯的固执。这个年龄的女孩子，原就是危险而任性的呵！不愿放松她，他一直握紧了她的手腕，把她带出了天星码头的出口。站在码头外的人行道上，他认真地说："好了，你家住在什么地方？我叫车送你回去。"

"我家？"她茫然地看着他，"我家不在九龙，在香港呀！"

"什么？那……那你渡海做什么？"

"我不是想渡海，"她低声说，"是想跳海呀！"

他瞪着她，一时竟束手无策起来。香港与九龙间的交通，只靠轮渡来维持着，刚刚是最后一班的轮渡。现在，如果要回到香港，必须等到天亮了。到这时候，他才发现自己惹了一个多大的麻烦，站在那儿，他简直不知道该如何是好了。

那少女似乎看出了他的为难，她轻叹了一声，像个不想给人添麻烦的孩子般，轻声细语地说：

"你走你的吧，别管我了。"

"那你到什么地方去呢？"他问。

"我吗？"她迷惘地看了看对面的街道和半岛酒店的霓虹灯，"我想……我还是应该去跳海。"

他重新抓住了她的手腕，用命令似的语气说：

"来吧，你跟我来！"

那少女顺从地跟着他，到了街边上的候车处，他带她钻进了一辆计程车，他对司机交代了一句：

"在帝国酒店附近停车!"

然后,他回过头来,对那少女说:

"听着,小姐……"

"海鸥。"她轻声地打断他,"我叫海鸥。"

"好吧,海鸥,"他咬咬牙,心里在诅咒着:见了鬼的海鸥,"我告诉你,我不是这儿的人,我来自台湾,到香港才一个星期,我住在酒店里。现在已是夜里两点多钟,我不能把你带到酒店里去,"他顿了顿,"懂吗?海鸥?"

"是的,"她忧郁地说,"你是好人。"

我是好人!俞慕槐心里又在诅咒了,如果她今晚碰到的是另一个男人,那将会怎样?他是好人!如果他把这香港的午夜"艳遇"说给同事们听,大家不笑他是傻瓜才怪呢!他真是"好人"吗?是"柳下惠"吗?天知道!男人只是男人!你永远不能完全信任一个男人的!但是,他不能,也决不会占一个迷失的小女孩的便宜!那就不是一个"男人"而是个"小人"了!

"好吧,海鸥,"他继续说,"我想,你一定遭遇了什么不快,有了什么烦恼。既然你没有地方可去,我们就找一家二十四小时营业的咖啡馆,喝一点咖啡,吃点东西,你把你的烦恼告诉我,我们谈谈,天下没什么不能解决的事。等到天亮以后,我送你回家,怎样?"

"随便。"她说,"只是我不回家。"

"这个……等天亮再说吧!"

车子停在帝国酒店,他拉着她下了车。雨仍然在下着,街头一片寒瑟。尖沙咀多的是二十四小时营业的咖啡馆，都布置得雅致可喜。他选了一家自己去过的，在帝国酒店的附近，是个地下室，却玲珑别致。香港是个不夜城，尤其在走进这种咖啡馆的时候，就更加看出来了。虽然已是凌晨，这儿却依然热闹，数十张桌子，几乎座无虚席。他们选了一张靠墙角的桌子坐了下来，离乐队远些，以便谈话。一个四人组的小乐队，正在演唱着欧美的流行歌曲，那主唱的男孩子，居然歌喉不弱。乐队前面有个小小的舞池，几对年轻男女，正兴高采烈地酣舞着。

叫来两杯滚热的咖啡，俞慕槐在那咖啡的雾气中，及桌上那彩色小灯的光晕下注视着面前的少女，说：

"喝点热咖啡吧，驱驱寒气。"

那少女顺从地端起咖啡杯，轻轻地啜了一口，再轻轻地放下杯子。她的睫毛半垂着，眼光迷迷蒙蒙地注视着桌上的小灯，手指无意识地拨弄着灯上的彩色玻璃。

"现在，还想跳海吗？"俞慕槐微笑地问，声音是温和而安慰的。在这彩色小灯的照射下，那少女的面容柔和而动人。

她抬起睫毛来看了他一眼，她的眼珠黑蒙蒙的。

"我非跳海不可呀！"她说，一副无可奈何的样儿。

"为什么？"他继续微笑着，像在哄一个小妹妹，"说出来给我听听，看看有没有这么严重？"

她再看了他一眼，摇了摇头，有点迷茫地说：

"我不能告诉你，会把你吓坏的。"

"吓坏？"他失笑地说。吓坏！他会被什么吓坏呢？当了七八年的社会记者，各种怪事都见多了，却会被个小女孩吓坏吗？他开始感到有趣起来，不由自主地笑了，"说说看，试试我会不会被吓坏？"

"我——"她望着咖啡杯，低声地，却清晰地说，"我杀了一个人！"

"呵！"俞慕槐叫了一声，狠狠地瞪着她，"你杀了一个人？"

"是的。"她说，一本正经地。

"你没有记错，是只杀了一个人吗？"俞慕槐又好气又好笑地说，"或者，你杀了两三个呢！"

她抬起眼睛来，默默地瞅着他。

"我知道，"她轻声叹息，自言自语，"你根本不相信我。"

"帮帮忙，编一个比较容易被接受的故事好不好？"他凝视着她。

"你不相信我。"她喃喃地说着，脸上一片被伤害后的沮丧，"没关系，我知道你不会相信的，我要走了！"她试着站起身来。

"慢着！"他按住她放在桌面的手，盯着她，"你杀了谁？"

"我的丈夫。"

"你的丈夫？！"他低叹，"真是越来越离奇了！"

"我实在受不了了，所以我杀了他，"她静静地说，温柔、沉静而不苟言笑地，"他不该这样对待我，为了他，我什么都放弃了，父母、家庭、前途……统统放弃了！大家都说他是小流氓，只有我认为他是天才，父母因为他和我断绝关系，我不管,朋友们不理我,我也不管,我跟定了他,嫁定了他。虽然他没有钱,我不在乎,我为他做牛做马做奴隶都可以,事实上,我也真的为他做牛做马做奴隶。虽然,结婚以前,我是娇小姐,大家都说我会成为一个作家或音乐家的。"她停了下来,眼底一片凄苦,摇摇头,她低语,"不说了,你不了解的。"

"说下去!"他命令地,紧紧地盯着她,逐渐发现事情有真实性的可能了,"说下去!你为什么杀他?怎样杀的?"

"他吹小喇叭,他在乐队里吹小喇叭,他真的吹得很好,非常好,他是个天才!"她叹息,脸上充满了崇拜与惋惜,"如果他好好干,也许有一天他会比阿姆斯特朗还有名。但他太爱酒,太多的借口说他不能工作。不过,这都没关系,他不工作,我可以工作养活他,他喝醉了,顶多打打我出气,这都没关系,他打我骂我都没关系,我一点也不怪他,一点也不……"她望着灯,眼光定定的,声音单调、刻板而空洞,像在叙述一件与自己毫无关联的事情,"我可以忍受他打我骂我,只要他爱我,我什么都可以忍受。我可以工作得像一只牛,赚钱给他买酒喝,我不会抱怨,我从不抱怨……但他不该欺骗我,不该说他不再爱我了。你知道,他和一个舞女同居了,他瞒着我和一个舞女同居了。今晚,我曾求他,跪在地上求他,只要他肯放弃那个舞女,我不会怪他的,我完全不会怪他的,只要他肯放弃那个舞女。但他说他不再爱我了,他叫我滚开,说我使他厌烦,说我像个不懂事的小孩子,早就让他厌倦了……他说他爱那个舞女,不爱我,根本不爱我,

13

根本不爱……"她摇摇头,声音更空洞了,"我跪在那儿哭,他不理我,他去喝他的酒,一面喝,一面骂,我就跪在那儿哭,一直哭,一直哭……然后,我不哭了,我坐在地上发呆,好久好久之后,他睡着了,他喝了酒,常常就像那样睡得像个死人似的。我站在床边看着他,看了很久,然后我到厨房里去,拿了一个酱油瓶子,我走出来,对准他的头打下去,我看到血花溅开来,他叫了一声,我不允许他有爬起来的机会,就再打下去,一直打,一直打……打得他不再动了,然后,我跑到浴室去洗了手脸,换了衣服,我就出来了,我直接走到天星码头等渡轮,我要跳海。"

她停止了叙述,眼睛仍然注视着那盏小灯,手指也仍然在那玻璃上拨弄着。俞慕槐不再发笑了,他笑不出来了。深深地望着面前那张年轻而细致的脸庞,好半天,他才低沉地问:

"你说的是不是都是真的?"

她振作了一下,抬起头来,直视着他。她的目光坦白而天真。

"我必须杀他,"她说,庄重而严肃地,"他不该说他不再爱我了。"

俞慕槐咬住了嘴唇,一种职业的本能告诉他,这事是真的了!他的心沉了下去,一阵寒意从他背脊上往上爬,再迅速地扩展到他的四肢去,虽然置身在暖气充足的室内,他却激灵灵地打了个冷战。他发现,他这个麻烦真是惹得太大太大了!望着面前的少女,现在,这张年轻的脸庞那么平静,平静得近乎麻木。他访问过不少的凶杀案,他见过各种各样的凶手,这却是第一次,他被一张凶手的面孔所撼动,因为,他忽然读出了在这张平静的面孔下,掩藏着一颗受创多么严重的心灵!

"喂,告诉我,"他艰涩地开了口,"你是从家里直接走出来的吗?"

"是的。"

"你——断定他已经死掉了吗?"

她困惑地瞅着他。

"我不知道,但他不再动了。"

"没有人跟你们一起住吗?"

"没有。"

"你们住的是怎样的屋子?"

"是公寓,在十二楼,很小,很便宜,我们没有钱租大房子。"

"没有人听到你们吵闹吗?"

"我不知道,我们常常吵闹的,从没有人管,大家都只管自己家的事。"

"但是,他也可能没有死,是不是?"他俯身向着她,有些紧张地问。

"我想……"她迟疑地回答,"是的。"

他沉思了片刻,眉头紧紧地锁在一起。

"听着,"他说,盯着她,"你必须找人去救他!"

她摇摇头。

"不，没有用了。"

"你会被关进牢里去，你知道吗？"他冒火地说。

"我跳海。"她简单地说。

"你跳海！"他恼怒地叫，"跳海那么容易吗？那你刚刚怎么不跳呢？"

她愁苦地望着他。

"你不让我跳呀！"她说，可怜兮兮的。

"听着，"他忍耐地望着她，"告诉我你父母的电话号码，我们打电话给你父母。"

她再摇摇头。

"没有用，他们去年就搬到美国去了。"

"你的朋友呢？亲戚呢？有谁可以帮忙？"

"没有，我在香港只有他，什么亲人都没有！"

"那么，他的朋友呢？"他叫着，"那个舞女的电话呢？"

"我不知道，我只知道那舞女在小巴黎舞厅，艺名叫作梅芳。"

"小巴黎舞厅在香港还是九龙？"

"香港。"

"好，那我们打电话找这舞女去！"

"你会吓坏她！"她呆呆地说。

"吓坏她！"他轻哼了一声，"你真……"他说不下去了，她看起来又孤独又无助又凄惶，那种"凄惨"的感觉又控制住了他，他拍了拍她的手，低叹了一声，说，"听着，我既然碰到了你，又知道了这件事，我必须帮助你，我不会害你，你懂吗？我们找人去你家里看看，或者，他只受了一点轻伤，或者，不像你想象的那样严重，你懂吗？懂吗？"

她点点头，顺从而被动地望着他。

他站起身来：

"我去查电话号码，打电话。"

她再点点头，也站起身来。

"你去哪儿？"他问。

"去一下洗手间。"她低声说。

"好，我去打电话。"

他走到柜台前，那儿有公用电话和电话号码簿。翻开电话号码簿，他好不容易才找到了小巴黎舞厅的电话号码，正要拨号，他却忽然想起，他怎么说呢？他连那少女的真正名字都不知道啊！那丈夫的名字也不知道，他怎么跟那舞女说呢？转过身子，他在人丛中找寻她，必须再问清楚一点才行！有对男女从他身边挤过去，舞池中的人仍然在酣舞着。暗淡的灯光，扰人的音乐，氤氲的烟雾，和那醉沉沉的空气！……他踮高脚尖，找寻她，但她不在位子上，或者，她还没有从洗手间回来。不管她！他先找到那梅芳再说！还是救人要紧！如果那丈夫还没死，这少女顶多只能被控一个伤害罪……他拨了号，操起了生硬的广东话，找那个梅芳，但是，对方肯定的答复却使他惊愕了：

"梅芳？我们这儿从没有一个叫梅芳的小姐！不会弄错，绝对没有！什么？本名叫梅芳的也没有！根本没有！和小喇叭手做朋友的？先生，你开玩笑吗？没有……"

他抛下了电话,迅速地,他穿过那些曲曲折折的座位,走到他们的位子上,果然,她不在了!他四面环顾,人影参差,烟雾弥漫……她在哪儿呢?他向洗手间望过去,那儿没有人出来,她不可能还在洗手间!他抓住了一位侍应小姐:

"你能去洗手间看看,有位穿咖啡色皮衣的小姐在不在吗?"

"咖啡色皮衣的小姐?"那侍应小姐说,"我看到的,她已经走了!"

"走了?!"

他追到了门口,一阵风雨迎面卷来,冷得彻骨。街灯耸立在寒风中,昏黄的光线下,是一片冷清清的萧瑟景象!除了雨雾和偶尔掠过的街车外,哪儿有什么人影呢?

他咬紧了嘴唇,在满怀的恼怒、迷茫与混乱中,脑海里浮起的却是那少女抑扬顿挫的声音:

　　夜幕低张,
　　海鸥飞翔,
　　去去去向何方?

去去去向何方?谁知道呢?

第二章

俞慕槐常觉得自己个性中最软弱的一环就是情感。从念大学时，新闻采访的教授就一再提示，采访新闻最忌讳的是主观与感情用事。毕业后至今，倏忽已八年，他从一个实习记者变成了名记者，常被誉为"有一个最敏感的新闻鼻子"的他，发掘过新闻，采访过新闻，报道过新闻，还有好几件案子因他的钻研而翻案。但他却总是很容易犯上"同情"的错误，而在笔端带出感情来。为了制止自己这个弱点，他一再努力过，一再克制过，经过连续这么多年的努力，他终于认为自己成功了，可以做到对任何事都"见怪不怪"，以及"无动于衷"了。也因为这份"涵养"，他妹妹俞慕枫曾恨恨地说：

"哥哥这个鬼脾气，一辈子都别想找太太！"

他不在乎有没有太太，他一向主张人应该尽量"晚婚"，避免发生"婚变"。他忙碌，他工作，他没有时间谈恋爱，也不想谈恋爱，何况男女间的事，他看得太多太多了，他常说：

"你知道人类为什么会犯罪？就因为这世界上有男人又有女人！"

他冷静，他细密，他年轻，有活力，有干劲，有见地，这些，才是他成为名记者的原因。可是，这样一个"冷静""细密"的人，怎会在香港渡轮上犯上那样大的错误，他自己实在是不能理解，也不能分析。

第一，他根本不该去找那个少女搭讪，她淋她的雨，吹她的风，关他何事？

第二，既然搭讪了，又听了她那个荒谬的故事，他竟没有打听出她的真实姓名和地址来，又无法证实她话中的真实性，他配当记者吗？

第三，最最不可原谅的，他竟让她溜走了。而留给他的，只有一个完全不可信赖的线索"小巴黎"和杜撰的人物"梅芳"。

这整个故事都是杜撰的吗？事后，他常问自己这个问题，他也翻遍了香港的各种报纸，找寻有没有被瓶子敲死的凶杀案，但是，他什么都没发现，什么都没查出来。他也去过"小巴黎"，那儿非但没有一个梅芳，更没有任何有小喇叭手男友的舞女。他开始怀疑，自己是被捉弄了，但是，那素未谋面的少女，干吗编这样一篇故事来捉弄他呢？而那对真挚的眸子，那张清雅而天真的面庞，那孤独凄惶的身影……这些，不都是真实的吗？

不管他心中有多少疑惑，不管这香江之夜曾使他怎样困扰和别扭过,总之,这件事是过去了。他再也没有时间来追查这事,因为,他在香港只继续停留了四天,就去了泰国。

这次,他是跟着一个报业团体,做为期一个半月的东南亚访问,香港,只是访问的第一站。这种访问,生活是紧凑而忙碌的,何况,每到一个陌生的地方,总有那么多新奇的事物吸引着他的注意力。很快地,他就淡忘了香港的那一夜,他把它归之于一件"偶然",而强迫自己把它抛诸脑后了。

泰国的气候炎热如夏,在那茂密的椰林中,在那金碧辉煌的寺庙里,在那网络般的运河上,以及那奇异的热带丛林内,他度过了多彩多姿的半个月。他生活得紧张而快乐,太多的东西他要看,太多的景物他要欣赏,背着一架照相机,他到处猎影,到处参观,忙碌得像只蜜蜂,同事们常摇着头说:

"真奇怪,小俞就有那么多用不完的精力!"

他看泰拳,看斗鸡,看舞蹈,看水上市场,照了一大堆泰国水上居民的照片。他的兴趣是广泛而多方面的,绝不像许多同事那样狭窄——每晚都停留在曼谷的小酒馆中。同行的同事王建章说:

"小俞对酒没兴趣!"

"哈!"俞慕槐笑着说,"别以为我不知道你们,你们都是醉翁之意不在酒!那些小酒馆里的花样啊,是世界闻名的呢!"

大家都笑了。王建章拍着俞慕槐的肩膀说:

"小俞,为什么你反对女人?"

"我说过这话吗?"俞慕槐反问。

"但是,人人都这样说你呢!"

俞慕槐耸耸肩,笑了。就是这样,如果你稍微有些"与众不同",别人一定有许多话来议论你。一个三十岁的单身汉,没有女朋友,不涉足风月场所,准是有点问题!其实,他们谁都看不出来,他或者是个道地的感情动物呢!就由于他的感情观念,他才不能把那些女人看成货物,才珍重自己这份感情。人,怎能那样轻易地付出自己的感情呢?怎能"到处留情"呢?是的,这是个复杂的问题,人类,本就是个复杂的动物嘛!或者,他是真的把自己训练得"麻木"了,训练得不易动心了。许多时候,人不但无法分析别人,也会不了解自己,近些年来,他也不大了解自己,到底是最重感情的人物还是最麻木的人物?

麻木?不,不论怎样,他知道自己内心深处的某种激荡。麻木的人不会感到落寞。而他呢?他却常常有那种深切的落寞感。表面上,他那么活跃,兴趣那么广泛,精力那么充沛,但是在那些忙碌过后,甚至在他忙碌的时候,他都突然会被一种落寞的心情所噬住。他常常问自己:我这种忙碌,这种逸兴飞扬,是一种逃避吗?逃避什么呢?或者这不是逃避,而是在追寻,或许因为追寻不到所追寻的,不得不把精力消耗在工作,在娱乐,在兴趣上,作为一种升华,一种逃避。

但是,他追寻的又是什么呢?

俞慕槐把这种落寞的情绪,视作一种疾病,初初染上后,感受的苦痛还是十分轻微,但最近,"发病"的频率却逐渐加快了。

　　这是一种危险的趋势,他却找不着好的药物来治疗这讨厌的病症,唯一的办法,是把自己投入更紧张的生活和更忙碌的工作中。不要想,不要分析,不要让落寞趁隙而来……他坚强,他自负,他从不是个无病呻吟的男人!

　　于是,泰国那种纯东方的、充满了佛教色彩和原始情调的国度,带给了他一份崭新的喜悦。他立即狂热地爱上了这个矛盾的民族。矛盾!他在这儿发现了那么多的矛盾:君主与民主混合的政治,现代与原始并列的建筑,优美的舞蹈与野蛮的泰拳,淳朴的民风和好斗的个性……他忙于去观察,去吸收,去惊奇,去接受。忙得高兴,忙得自在,忙得无暇去"发病"了。

　　就这样,两个星期一眨眼就过去了,他们离开了泰国,到了吉隆坡,在吉隆坡只略略停留了数日,就又飞往了新加坡。

　　新加坡,一个新独立的国家,整个城市也充满了一种"新"的气象,整洁的街道,高大而簇新的建筑,到处的花草树木,这被称为"花园城市"的地方果然名不虚传。俞慕槐又忙于去吸收,去惊奇了。

　　新加坡是个典型的港口都市,绝不像泰国那样多彩多姿,只有几天,俞慕槐已经把他想看的东西都看过了。当他再也找不到"新"的事物来满足自己,那"落寞"的感觉就又悄悄袭来了。这使他烦躁,使他不安,使他陷入一阵情绪的低潮里。所以,这晚,当王建章说:

"小俞，今晚跟我们去夜总会玩玩吧！"

他竟然欣然同意了。

"好吧，只是咱们都没有女伴啊！"

"难得今晚没有正式的应酬，"王建章说，"老赵提议去××夜总会，他认得那儿的经理。你知道，有一个台湾来的歌舞团在那儿表演，我们去给他们捧捧场！"

"我对歌舞团可从来没什么兴趣！"俞慕槐说。

"但是，在海外碰到自己家乡的表演团体，就觉得特别亲切，不是吗？"

这倒是真的！于是，这晚，他们有八个人，一起去了××夜总会。

这儿的布置相当豪华，一间大大的厅，金碧辉煌。到处垂着玻璃吊灯，灯光却柔和而幽静。食物也是第一流的广东菜，绝不亚于香港任何大餐馆。经理姓闻，一个少见的姓氏，四十几岁，矮矮胖胖的，却一脸的精明能干相。看到他们来了，闻经理亲自接待，找到了一个最好的席次，正对着舞台。又叫来厨房领班，吩咐做最拿手的菜肴，然后亲自入席作陪。

"生意好吗？"老赵问闻经理，"咱们台湾的歌舞团不坏吧！"

"不坏不坏！"闻经理一迭连声地说，"而且很有号召力呢！这儿的生意比上个月好多了！"

表演开始了，有歌，有舞，有短剧，确实还够水准，几个歌星都才貌俱佳。俞慕槐颇有些意外，在台北时，他从不去歌厅，几个著名的夜总会却永远聘请些海外的艺人，没料到自己家乡的才艺却在"出口"！看样子，世界各地都一样，"外来的和尚好念经"！这是一个心理问题，台湾聘请新加坡的歌星，新加坡却聘请台湾的歌星，大家交换，却都有"号召力"！

一个重头的舞蹈表演完了，俞慕槐等报以热烈的掌声，看到观众反应很好，不知怎的，他们也有份"与有荣焉"的骄傲感。幕垂了下来，在换景的时间，有个歌星出来唱了两支歌，倒没有什么出色之处。这歌星退下后，又换了一个歌星出来，俞慕槐不经心地望着台上，忽然间，他像触电般惊跳了起来，那歌星亭亭玉立地站在台上，穿着件长及脚背的浅蓝镶珠旗袍，头发拢在头顶，束着蓝色水钻的发环，不怎么美，却有种从容不迫的娴雅。这歌星，这熟悉而相识的面孔——赫然就是香港渡轮上的那个女孩子！

"嗨，"俞慕槐瞪大了眼睛，直直地注视着台上，惊奇得忘了喝酒吃菜了，"这歌星是谁？"

"怎的？"王建章说，"你认得她？"

"是——是——相当面熟。"俞慕槐讷讷地说，仍然紧盯着那歌星。关于香港那晚的遭遇，他从没有和王建章他们提起过，只因为他觉得那件事窝囊得丢人。"这歌星叫什么名字？"

"她吗？"闻经理思索地说，"好像姓叶，是叫叶什么……叶什么……对了，叫叶馨！树叶的叶，馨香的馨！俞先生认得她吗？"

"她也属于这歌舞团的吗？"俞慕槐问，有些抑制不住的兴奋和急切。

"哦，不，她不是的。她只是我们请来垫空档的，她不是什么成名的歌星，价钱便宜。"

"她从什么地方来的？香港吗？"俞慕槐再问。

"香港？"闻经理有些诧异，"没听说她是香港来的呀，我们就在此地聘请的，是另外一个歌星介绍来的。"

"她——"俞慕槐顿了顿，那歌星已开始在唱歌了，是一支《西湖春》，"她在你们这儿唱了多久了？"

"十来天吧！"闻经理望着俞慕槐，"要不要请她唱完了到这儿来坐坐？"

"唔……"俞慕槐呆了呆，再仔细地看了看那歌星，当然，发型、服装和化妆都改变了，你无法肯定她就是那渡轮上的少女，但是，天下哪有这样神似的人？"能请她来坐坐吗？"他问。

"为什么不能呢？"闻经理笑吟吟地说，眉目间流露出一种讨好与了解的神情，叫来一个侍应生，他附耳吩咐了几句，那侍应生就走到后台去了。俞慕槐知道他完全误会了他的意思，但他也不想解释，也无暇解释，只是目不转睛地盯着那个"叶馨"。

这时，那叶馨已唱完了《西湖春》，而在唱另一支流行歌曲《往事只堪回味》，这支曲子在东南亚比在台湾更流行。俞慕槐深深地望着她，她歌喉圆润，咬字清晰，这使他想起她念"夜幕低张，海鸥飞翔，去去去向何方"的情形，是了！这是她！不会错，这是她！人，在外貌上或者可以靠服装与化妆来改变，但是，在神态风度与语音上却极难隐没原形，没错！就是她！

他变得十分急躁而不安起来，想想看，怎样的奇遇！在香港的轮渡上，在新加坡的夜总会里！他有那么多的疑问要问她，他有那么多的谜要等着她解释！叶馨！原来她的名字叫叶馨！这次，他不会再让她溜走了！他一定要追问出一个水落石出。她那个"丈夫"怎样了？她怎么来了新加坡？逃来的吗？她说她工作养活她的丈夫，原来她的职业竟是歌星！那晚，他真是看走眼了，竟丝毫没有看出她是一个歌星来！

叶馨唱完了，下了场。一时间，俞慕槐紧张得手心出汗，他担心她又会溜走了，从后台溜走。他那样急切，那样焦灼，使满座都察觉了他的反常，因为，他根本对台上继续演出的大型歌舞完全失去了兴趣。王建章附在他耳边，低声说：

"怎么？小俞？看上那歌星了吗？"

"别胡说！她像我的一个朋友。"

"什么朋友？会使你这样紧张？"王建章调侃地微笑着，"别掩饰了，我们都是过来人，帮你安排安排如何？你早就该开窍了！"

"别胡说！"俞慕槐一面说着，一面伸长了脖子张望。突然间，他的心脏猛地一跳，他看到叶馨了！她正微笑地穿过人群，走向他们这一桌来，她没有卸妆，也没换衣服，仍然是台上的装束。

她停在桌前了，闻经理站了起来，大家也都站了起来，闻经理微笑地介绍着：

"叶小姐,这是从台湾来的几位新闻界的朋友,他们想认识认识你!"

接着,他为叶馨一一介绍,叶馨也一一微笑地颔首为礼。介绍到俞慕槐的时候,俞慕槐冷冷地看着她,想看她怎样应付。他们的目光接触了,叶馨依旧带着她那职业性的微笑,对他轻轻颔首,她那样自然,那样不动声色。难道……难道她竟没认出他来?这是不可能的!俞慕槐又愣住了。

侍应生添了一张椅子过来,识趣地放在俞慕槐和王建章的中间。叶馨坐下了,大家也都坐下了,侍者又添了杯盘碗箸,王建章殷勤地倒满了叶馨的酒杯,笑着指指俞慕槐说:

"叶小姐,这位俞先生非常欣赏你唱的歌!"

"是吗?"叶馨掉过头来,微笑地望着俞慕槐,"我唱得不好,请不要见笑。"

俞慕槐的心沉了沉,他曾认为一个人的声音可以泄露他的身份,那么,这叶馨绝不是香港渡轮上那个少女了!谁知道,她唱歌时虽然咬字清楚,说话时却带着浓重的闽南口音,与渡轮上那少女的北方口音迥然不同。

"叶小姐,"他迟疑地开了口,深深地注视着她,她是经过了舞台化妆的,戴着假睫毛,画了浓重的眼线和眉毛,染了颊和唇……他越看越犹疑了,这是那少女吗?近看又真不像了。可是,说不像吧,又实在很像,他迷糊了。"叶小姐,你不是本地人吧?"他终于问了出来。

"你怎么知道?"她惊奇地问,笑容里带着一份讨好的夸张,"到底是干新闻的呢!一看就知道了。我是从菲律宾来的。"

"菲律宾?"他愣了愣,好失望。显然,他是认错人了!天下竟有这样奇异的相似!他继续盯着她,"到过香港吗?叶小姐?"

"香港?"她笑着,帮俞慕槐斟满了酒杯,"俞先生是不是有门路把我介绍过去唱歌?我知道你们新闻界的人都是神通广大的,是吗?"她睨视着他,满脸堆着笑,身子俯向了他,一股浓重的香水味与脂粉香冲进了他的鼻孔,"我一直想去唱,就是没机会,请俞先生多帮帮忙,我先谢谢啦!喏,让我敬你一杯酒吧,俞先生!"

她举起了酒杯,小手指微翘着,指尖涂着鲜红的蔻丹。俞慕槐有点啼笑皆非,端起酒杯,他解释地说:

"不,你误会了,我对娱乐界一点来往也没有。"

"别客气啦!谁不知道你们办报纸的人交游广阔!"叶馨半撒娇地说,那闽南口音更重了,"来来,喝杯酒,我敬你哦,俞先生!"

俞慕槐不得已地喝了一口酒,叶馨扬着她那长长的假睫毛,笑吟吟地看着他,她的一只手似有意又似无意地搭在他的手腕上。俞慕槐想把身子挪开一些,却没有位置可退了。

"报纸可不是我办的,"俞慕槐实事求是地说,"我不过是跑腿的人罢了!"

"别客气啦!"叶馨轻叫着,"俞先生真会说笑话!"她侧着头,瞧着他,"俞先生到新加坡多久了?"

"只有几天。"

"太太没有一起来吗?"她的睫毛又扬了扬。

王建章从旁边插了过来：

"我们这位俞先生还没有结婚呢，叶小姐！你帮他做媒好吗？"

"骗人！"叶馨不信任地望着俞慕槐，"俞先生这么年轻有为，一定早有太太了！"

"人家眼界高呀！"王建章笑着说，"除非碰到像叶小姐这么漂亮的人，他才会动心呀！"

"哎呀，王先生，"叶馨笑骂着，"别拿我开玩笑了，罚你喝杯酒，胡说八道！"她注满了王建章的杯子，逼着他喝。

"好好好，我喝我喝！"王建章一仰脖子，真的干了一杯。趁着酒意，他说，"我们俞先生想请你明天出去玩，他不好意思说，怕碰你钉子，要我代他说！"

简直胡闹！俞慕槐想着，对眼前这一切，突然有种说不出来的厌恶感。这女人只是个歌女，一个典型的风尘中打滚的女人！他越来越断定自己是弄错了，她根本不是那渡轮上的少女！而他，也不愿意和这歌女沾上任何关系。可是，叶馨的头已俯了过来，爱娇地问：

"真的吗？俞先生？"

"当然真的了！"王建章抢着说，"小俞！你说呀，你不是要约叶小姐出去玩的吗？"

当面否认是不可能的了，俞慕槐只能打喉咙里咿唔了两声，这样已经够了，那叶馨娇羞脉脉地瞄了瞄他，低低地说：

"明天中午，你请我去香格里吃广东茶吧！"

这是套上来了，俞慕槐心烦气躁，却又无可奈何。一个说不出口的误会套出另一个说不出口的误会，真是滑天下之大稽！不等他表示意见，那叶馨又加了一句：

"上午十一点来接我，我住在明阁旅馆，准时呵，我在大厅等你！"

俞慕槐苦笑了一下，只得唯唯诺诺地答应着，一抬头，却看到王建章满脸得意之色，正在那儿对他挤眼睛，大有"还不谢谢我"的味道，他真想瞪他一眼，谁叫你管闲事呢？你这个自作聪明的笨瓜！

台上的舞蹈节目完了，大家鼓起掌来，叶馨也热烈地鼓掌，然后她站起身子，举起酒杯，说：

"我合席敬一杯吧，我要先告退了，待会儿我还要上场呢！"

俞慕槐心中猛地一动，叶馨"待会儿"三个字念得圆润好听，却赫然是北方口音！任何一个南方人都不能把这三个字咬得如此正确，尤其那个"儿"字音！他迅速地抬起头来盯着她。她已干了自己的酒杯，大家都站起来相送，她一一颔首道别，俞慕槐紧紧地盯着她说：

"叶小姐！"

她站住了，睨视着他。

"待会儿，你上场的时候，能为我唱一支《海鸥》吗？"

她愣了愣，侧着头似乎沉思了一会儿，接着，就嫣然地笑了起来，害羞似的说：

"我唱得不好，你可不许笑呵！"

转过身子，她轻盈地走了。俞慕槐呆坐在那儿，出神地看着她的背影，她的身材修长，步伐是婀娜多姿的。王建章碰了碰他，笑着说：

"快谢媒吧！小俞！"

俞慕槐瞪了他一眼，轻哼了一声，王建章笑了，合席的人也都笑了。俞慕槐闷闷地端起酒杯，喝了一口酒，他不明白大家笑些什么，他开始觉得自己真的是个与众不同的动物了。接下来的时间里，俞慕槐是魂不守舍而坐立不安的，他无心看任何的表演，也不想吃任何的东西，他只等着叶馨的出场。叶馨——假若她就是香港渡轮上那少女，假若她逃到了新加坡，她会不会费力地伪装自己本来面目？她不希望被认出来，她故作娇痴，改变口音……可能吗？他沉思地瞪视着台上的歌舞，摇了摇头。不，自己当记者当得太久了，习惯性地就要客串起侦探来了！假若她的戏能演得那样好，她该是个绝世的天才了！

换景的时间到了，叶馨又出场了。王建章等立即报以热烈的掌声，不是在捧叶馨，而是给俞慕槐面子，他看中的人嘛！俞慕槐靠在椅子里，望着她。她已换了衣服，一件粉红镶银片片的媚嬉装，领口开得很大，袒露着肩头和颈项，头发仍然向上梳着，束着粉红色的花环。她对台下深深鞠躬，又特别向俞慕槐这桌抛来几个娇媚的眼光。拿着麦克风，她交代了一句：

"我给各位唱一支——《海鸥》。"

念到"海鸥"两个字，她特别顿了顿，眼光轻飘飘地飘向了俞慕槐，微微地一笑。王建章用手肘撞了俞慕槐一下，

轻声说:

"这小姐对你还真有点意思呢!"

"嘘!别闹,听她唱!"俞慕槐说。

王建章耸耸肩,不说话了。

叶馨开始唱了起来,和刚才在台上一样,她的歌词咬字清晰而圆润,俞慕槐专心地倾听着,那歌词是:

> 海鸥没有固定的家,
> 它飞向西,
> 它飞向东,
> 它飞向海角天涯!
> 渔船的缆绳它曾小憩,
> 桅杆的顶端它曾停驻,
> 片刻休息,长久飞行,
> 直向那海天深处!
>
> 海鸥没有固定的家,
> 海洋就是它的温床,
> 在晨曦初放的早晨,
> 在风雨交加的晚上,
> 海鸥找寻着它的方向!
>
> 经过了千山万水,
> 经过了惊涛骇浪,

海鸥不断地追寻,

海鸥不断地希望,

日月迁逝,春来暑往,

海鸥仍然在找寻着它的方向!

　　歌唱完了。俞慕槐用手托着下巴,愣愣地坐在那儿,他说不出自己是怎样一份心情,这不是那支歌!抬起头,他虚眯着眼睛,深思地望着叶馨,这是另一只"海鸥"吗?他迷糊了,真的迷糊了!

第三章

香格里拉是新加坡新建的观光旅社,豪华、气派而讲究。在楼下,它附设了一个吃广东茶的餐厅,名叫香宫,点心和茶都是道地的上乘之作。因此,每天中午,这儿不订座就几乎没位子,来晚了的客人必须排上一小时的队。这种热闹的情况,和香港的如出一辙。

俞慕槐和叶馨在靠墙边的雅座上坐着。本来,俞慕槐想拉王建章一块儿来的,但是后者一定不肯"夹萝卜干",又面授了他许多对付小姐的"机宜",叫他千万把握"机会","循循善诱"了半天之后,就溜之乎也。俞慕槐无可奈何,只得单刀赴会。这样也好,他想。他或者可以把这两只"海鸥"弄弄清楚了,说不定,昨晚因为人太多,叶馨不愿意表露她的真实身份呢!

"叶小姐,"他一面倒着茶,一面试探地说,"在昨晚之前,我们有没有在别的地方见过面?"

"怎么？"叶馨微笑地望着他，"你以前见过我吗？你去过马尼拉？"

"马尼拉？从没有。"他摇摇头，凝视她。她今天仍然化妆很浓，眼睛眉毛都细心地描画过，穿着一身红色的喇叭裤装，戴着副大大的红耳环，头发垂了下来，却梳着那种流行的鬈鬈发，一圈一圈的，弯弯曲曲的，拂了满脸。他在心里皱眉头，本以为离开了舞台化妆，她会更像那渡轮上的海鸥，谁知道，却更不像了！

"那么，"她笑了，爱娇地说，"或者我们有缘，是吗？你觉得我脸熟吗？俞先生？"

"是的，你断定我们没见过？"他再紧追一句。

"我不记得我以前见过你，"她仍然笑着，又自作聪明地加了一句，"像俞先生这样能干漂亮的人，我见过一次就一定不会忘记的啦！"

他看不出她有丝毫的伪装，面前这个女人透明得像个玻璃人，你一眼就可以看透她，她所有的心事似乎都写在脸上的——她一定以为他是个到处吃得开的地头蛇呢！

"叶小姐到新加坡多久了？"

"才来半个月，这里的合同到月底就满期了。哦，俞先生，你跟我们经理熟，帮我打个招呼好吗？让他跟我续到下个月底，我一定好好地谢谢你！"

这就是她答应出来吃饭的原因了！俞慕槐有些失笑，他想告诉她他根本和闻经理不熟，但看到她满脸的期望和讨好的笑，就又说不出口了，只得点点头，敷衍地说：

"我帮你说说看!"

叶馨欣然地笑了起来,笑得十分开心,十分由衷,举起茶杯,她说:

"我以茶当酒,敬你,也先谢谢你!"

"别忙,"他微笑地说,"还不知道成不成呢!"

"你去说,一定成!你们新闻界的人,谁会不买账呢!"叶馨甜甜地笑着。他开始觉得,她那笑容中也颇有动人的地方。新闻界!真奇怪,她以为新闻界的人是什么?是无所不会,无所不能的吗?

"哎,俞先生,你别笑我,"叶馨看着他,忽然收敛了笑容,垂下头去,有些羞怯,又有些不好意思地说,"说老实话,我不是什么大牌歌星,没有人捧我,我长得不好看嘛!"

"哪里,叶小姐别客气了。"

"真的。"她说,脸红了。不知怎的,她那套虚伪的应酬面孔消失了,竟露出一份真实的瑟缩与伤感来,"我也不怕你笑,俞先生,我一看就知道你是好人,不会笑话我的。我告诉你吧,我唱得并不很好,长得也不漂亮,干唱歌这一行我也是没办法,我家……"她突然停住了,不安地看了他一眼,迟疑地说,"你不会爱听吧?"

"为什么不爱听呢?"他立刻说,"你家怎么?"

"我家庭环境不太好。"她低声说,"我爸爸只会喝酒,我妈妈又病了,是——肺病,很花钱,拖拖拉拉的又治不好,已经拖了十多年了。我有个哥哥,在马尼拉……你知道马尼拉的治安一向不好,我哥哥人是很好的,就是交了坏朋友,三年前,他们说他杀了人,把他关起来了……"她又停住了,怯怯地看他,"你真不会笑我吧?"

他摇摇头,诚恳地望着她。他开始发现在这张脂粉掩盖下的、永远带着笑容的面庞后面有着多少的辛酸和泪影!人生,是怎样地复杂呵!

"于是,你就去唱歌了?"他问。

"是的,那时我才十七岁,"她勉强地笑了笑,"我什么都不会,又没念几年书,只跟着收音机里学了点流行歌曲,就这样唱起歌来了。"她笑着,有些苍凉,"可是,唱歌这行也不简单,要有真本领,要漂亮,还要会交际,会应酬,我呢,"她的脸又红了,"我一直红不起来!不瞒你说,马尼拉实在混不下去了,我才到新加坡来打天下的!"

"现在已经不错了,××夜总会也是第一流的地方呀!"俞慕槐安慰地说。

"就怕——就怕唱不长。"

"我懂了,"他点点头,"我一定帮你去说。"

"谢谢你。"她再轻声说了句,仍然微笑着。俞慕槐却在这笑容中读出了太多的凄凉。经过这番谈话,再在这明亮的光线下看她,他已经肯定她不是那只海鸥了。这是另一只海鸥,另一只在风雨中寻找着方向的海鸥。她和那个少女虽然在面容上十分相像,在性格及举止上却有着太多的不同。

"吃点东西吧,叶小姐,瞧,净顾着说话,你都没吃什么,这虾饺一凉就不好吃了!"

叶馨拿起筷子,象征性地吃了一些。

"我不敢多吃，"她笑着，"怕发胖。"

"你很苗条呀！"他说。

她笑了。他发现她是那种非常容易接受赞美的人。到底是在风尘中处惯了，她已无法抹去性格中的虚荣。但是，在这番坦白的谈话之后，她和他之间的那分陌生感却消除了。她显然已把他引为知己，很单纯地信赖了他。而他呢，也决不像昨晚那样对她不满了。昨晚，他要在她身上去找另一只"海鸥"的影子，因为两只"海鸥"不能重叠成一个而生气。今天呢，他认清了这一点，知道了她是她，不是渡轮上要跳海的少女，他就能用另一种眼光来欣赏她了，同时，也能原谅她身上的一些小缺点了。

"俞先生，台湾好玩吗？"

"很好玩，"他微笑地说，"去过台湾没有？"

"没有，我真想去。"她向往地说。

"你说话倒有些像台湾人，"他笑着，"我是说，有些台湾腔。"

"是吗？"她惊奇地说，"我是闽南人。在家都说闽南话……"她用手蒙住嘴，害羞地说，"俞先生别笑我，我的普通话说得不好，不像那些从台湾来的小姐，说话都好好听。那位歌舞团的张莺，每次听到我讲话就笑，她费了好大力气来教我说北平话，什么'一点儿''小妞儿''没劲儿'……我把舌头都绕酸了，还是说不好。"

"你可以学好。"他说，想起她那个"待会儿"，不禁失笑了。

"你笑什么？"她敏感地问，"一定是笑我，笑我念得怪腔怪调的。"说着，她自己也笑起来了。

"不是笑你，我是在笑我自己。"他说。天哪，就为了那个"待会儿"，他竟逼着她去唱了支《海鸥》呢！想必昨天自己表现得像个神经病了！

"张莺说，可以介绍我到台湾去登台。"没注意到俞慕槐的出神，她自顾自地说，"你觉得有希望吗？"

"当然有希望。"

"如果我去台湾唱歌，你会来听我唱吗？"

"一定来！"

她高兴地笑了，好像她到台湾去唱歌已成为事实似的。俞慕槐看着她，忽然心中浮起一阵悲哀，他知道，她不会在台湾的歌坛上蹿红的，而且，台湾可能根本没有地方愿意聘请她，她毕竟不是个顶尖儿的。但是，她却那样充满了希望，那样兴奋。人，谁不会做梦呢？何况她那小小的肩膀上，还背负着整个家庭的重担，这是个可怜的、悲剧性的人物啊！但，最可悲的，还是她自己并不知道自己在扮演些什么，却在那儿浑浑噩噩地自我陶醉呢！

"俞先生，你还有多久回台湾？"

"大概一个星期吧！"

"那么快！"她感叹了一声，流露出一份颇为真挚的惋惜，"你不忙的时候，找我好吗？我除了晚上要唱歌以外，白天都没事，我可以陪你一起玩。"

"你对新加坡很熟吗？"

她摇摇头。

"那么，我们可以一起来观光观光新加坡！"他忽然兴趣来了，"为什么我们要待在这儿浪费时间呢？你听说过飞禽公园吗？"

"是呀，很著名的呢，不知道好不好玩。"

"我们何不现在就去呢？"

于是，他们去了飞禽公园。

俞慕槐无法解释自己了，他不知道自己怎会跟这个叶馨玩在一块儿的。但是，在接连下去的一星期之内，他几乎每天和叶馨见面。他们玩遍了新加坡的名胜，飞禽公园、植物园、虎豹别墅……也一起看过电影，喝过咖啡。这个以"不交女朋友"出名的俞慕槐，竟在新加坡和一个二流的歌星交上了朋友，岂不奇怪？难怪王建章他们要拿他大大地取笑一番了。

事实上，俞慕槐和叶馨之间，却平淡得什么都没有。叶馨和他的距离毕竟太远，她根本无法深入他的内心。俞慕槐主要是欣赏她那份善良，同情她那份身世，因而也了解了她那份幼稚与虚荣。他们在一块儿的时候，谈得并不多，只是彼此做个伴，叶馨似乎是个不太喜欢思想的女人，她一再挂在嘴上的、对俞慕槐的评语就是：

"你真是个好人！"

俞慕槐不知道她为什么这样说，是因为他对她保持的君子风度吗？还是因为她以前碰到的男人都太坏了？总之，在这句简单的话里，他却听出了她的许多坎坷的遭遇，他不忍心问她,也觉得没有必要问她。他知道她虽无知,虽肤浅,却也有着自尊与骄傲,因为,有次,当他想更深入地了解她的家庭环境时,她却把话题调开了,他看出她脸上的乌云,知道实际情况一定比她所透露的更糟糕。尤其,当他连续听过她几次歌,发现她一共只有那么两套登台服装以后,他就对她更加怜惜了。

这种怜惜、同情与了解的情绪绝不是爱情,俞慕槐自己知道得非常清楚。他对叶馨,始终保持着距离,连一句亲热的话都没说过,他珍重自己的感情,也珍重叶馨的,他不想玩弄她,更不想欺骗她。而一个星期毕竟太短了,一转眼,就到了他返台的日子。他有些不放心叶馨,虽然闻经理答应续用她,他却看出闻经理的诺言并不可靠,到台湾演唱的可能性更加渺茫,而他,他的力量是太小了,一个渺小的俞慕槐,又怎能帮助她呢?

离开新加坡的前夕,他建议到一家夜总会晚餐,再一起跳舞,叶馨早向闻经理请了一天假,不过她反对他的这个建议,"就这么一个晚上在一起,为什么还要在人堆里钻呢?!找个安静的地方谈谈不好吗?"她睁大了眼睛,问他。

接触到她那单纯、坦白的眼光的一刹那,俞慕槐的心陡然一震。这是叶馨所说的话吗?一个在声色场中打滚的女孩子,怎会拒绝他这样"随俗"的建议。难道她也渴求着心灵上的片刻宁静!

他瞪视着叶馨,觉得她突然变得陌生起来了!但也觉得更熟悉了!

于是，他们去了一家小巧而幽静的咖啡馆，坐在那儿，他们有好长一段时间的相对无言，只有咖啡的热气，在两人之间氤氲。俞慕槐发现自己竟有一缕微妙的离情别意，而叶馨呢？她一反常态的娇声笑语，而变得相当地沉默。在她的沉默下，在那咖啡馆幽暗的灯光下，他又觉得她酷似香港那只"海鸥"了！当然，这只是咖啡馆的气氛使然，环境本就容易引起人的错觉，何况她们两人又长得如此相像！他重重地甩了甩头，甩掉了香港那只"海鸥"的影子，他有一些话，必须在今晚对叶馨说说，以后，他不可能再见到她了——一段萍水相逢，比两片浮云的相遇还偶然！一段似有还无的感情，比水中的云影还飘忽！但是，他却不能不说一些心底的话，她能了解也好，她不能了解也罢。

"叶馨，"他直呼她的名字，"以后我们可能不会再见到了……"

"我会去台湾的！"她忽然说，充满了信心。

他怜悯她。会去吗？他不相信。

"希望你能去，先写信给我，我会来机场接你。"他留了一张名片给她，"上面有我家里的地址电话，也有报社的，找我很容易。"

"我知道，你是名人！"

"我正要告诉你，我不是名人。"他失笑地说，"叶馨，别太相信'名人'，新闻界的人也不是万能的。我只是个记者，拿报社的薪水，做报社的事，我并不像你想象的那样吃得开。"

她怔怔地望着他。

"所以，我觉得很抱歉，"他继续说，诚恳地，"我希望我的力量能大一些，我就可以多帮你一些忙，但是，事实上，我的力量却太微小了。"他停了停，又说，"叶馨，我说几句心里的话，你别见怪。我告诉你，唱歌并不一定对你合适，这工作也非长久之策，如果你有时间，还是多充实充实自己，多念点书，对你更好。"他凝视她，"你不会怪我说得太直吧？"

她仍然怔怔地望着他，眼珠却亮晶晶的、水汪汪的。

"好了，我们不谈这个，"俞慕槐勉强地笑了笑，"现在，留一个你菲律宾的地址给我好吗？"

"菲律宾的地址？"她呆了呆。

"是呀，我好写信给你。"

"你真的会写信给我吗？"她眨了眨眼睛，颇受感动的样子。

"当然真的。"

"我以为……"她咽住了。

"你以为什么？"

"我以为你一到台北就会把我忘了。"她说，羞涩地笑了起来，"好吧，我念，你记下来吧！"

他记下了她的地址，笑笑说：

"你会回信给我吗？"

"我——我的字不好看，"她吞吞吐吐地说，"你会笑我。"

"'我很平安'几个字总会写吧？"他笑着问。

她扑哧一声笑了。脸红红的。他望着她，发现她长得还相当动人,只是化妆太浓了,反而掩盖了她原有的清丽。他想告诉她这点,却怕过分"交浅言深"了。

剩下的时间流逝得相当地迅速,只一会儿,夜就深了。他还必须赶回去收拾行装。

"明天是一清早的飞机,你别来送我了。"他说。

她点点头。

"这儿,"他从口袋里掏出了一个信封,轻轻地推到她的面前,有些碍口地说,"是一点点钱,我真希望我能富有一些,可是,我说过,我只是个薪水阶级,我抱歉不能多帮你的忙,这点钱——你拿去,好歹添件登台的衣裳吧!"

她迅速地抬头望着他,脸上是一片惊愕、惶恐与不知所措的神色。

"哦,不,不,你不要给我钱,"她结舌地说,"千万不要!千万不要!"她把钱往他面前推过去,眼睛蓦然地潮湿了,"你不需要给我钱,我不能收你的,你拿回去吧!"她急急地说着,声音却有些哽塞住了。

怎么了?俞慕槐不解地皱起了眉头,难道她并不习惯于从男人手里收受金钱吗?难道他这个举动反而刺伤了她的自尊吗?还是他的一次谈话惊吓住了她,使她以为他是个穷鬼了?

"收下来吧,叶馨,"他诚恳地说,把手盖在她的手上,"我虽不富有,也不贫穷。这里面的钱……事实上是只有一点点,根本拿不出手的一点点……你如果用不着,就把它寄回家去,让你母亲买点好的东西吃,补补身体。你也别误会我给你钱的意思,我并不是轻视你,更没有对你有任何企图,我们马上就要分手了,以后也不见得有见面的机会。这点钱无法表示我的心意之万一,我只是想帮助你,也不枉我们相识一场。"

她把头侧向一边,喃喃地、轻声地说:

"哦,你为什么这样好呢?你为什么这样好呢?"

他看到眼泪从她面颊上滚落了下去,这撼动了他。他再没料到她是这样一个易感的女孩子。

"哦,别哭,叶馨!"他安慰地拍抚着她,"如果我做错了,如果我伤害了你……"

"不,不,不是!"她猛烈地摇头,带泪的眸子悄悄地从睫毛后瞅着他,她的声音微微地带着战栗。

"是我……是我觉得惭愧,我……我……我不配让你对我这么好,你不知道……我……我是怎样的人……"

糟糕,他不是伤了她的自尊,而是唤起她的自卑了!他不想知道她任何不能见人的一面,紧握了她一下,他很快地说:

"别说了,我了解的,你是个好女孩,叶馨。来,把钱收起来,我们走吧!我必须回旅馆去收拾东西了。"

他拿起她的手提包,把信封放了进去,再交给她。她拭去了泪,脸红着,默默地接过了手提包。他们站了起来,付了账,走出了咖啡馆。

他送她回到了她的旅馆,在旅馆门口,她静静地瞅了他好一会儿。他轻声说:

"好好保重。"

她点点头，依依地望着他。

"我们还会再见到的。"她说。

"希望如此！"他微笑着。

"那么，"她顿了顿，"再见！"

"再见！"

他目送她的身子隐进了旅馆的大厅中，才掉转身子，安步当车地向街头走去。新加坡的天气温暖如夏，夜空中，无数繁星在暗夜中璀璨着。

第二天一早，他就跟着访问团去了机场。已验过关，走进机场的广场之后，他才听到一个气急败坏的声音在他身后大声嚷着：

"俞先生！俞先生！"

他回过头去，叶馨穿着件纯白色的迷你洋装，披散着长发，正奔跑到送客看台的栏杆边，对他没命似的挥着手。

他也扬起手来，对她挥手。

"再见！"他嚷着。

广场上风很大，他的声音被风吹散了。大家都鱼贯地向飞机走去，他也只得走着，一面走，一面回头对叶馨张望着。

叶馨把手圈在嘴上，对他吼了一句什么，他没听清楚，摇摇头，他大声叫：

"什么？"

"我——会——去——台——湾——的！"她喊着。

他点点头，笑着，表示听见了。然后，他走上了飞机，从飞机的楼梯上回头张望,叶馨仍然站在那儿,长发在风中飘飞。

他进了飞机,坐下了。引擎发动了,飞机开始在跑道上滚动,他系好安全带,愣愣地坐着,从视窗外望,叶馨的影子已看不见了。

坐在他身边的王建章开始轻声地哼起歌来,一支英文歌《我的心留在三藩市》,但他改变了歌词:

我的心留在新加坡,
有个人儿在记着我……

俞慕槐耸耸肩,一语不发。

飞机蓦然间离开了地面,冲破云层,向高空中飞去。

第四章

如果不是因为新加坡那最后一个晚上，俞慕槐可能立即忘记了叶馨，就因为有那个晚上，又有接踵而来的那个早晨，俞慕槐才会对叶馨念念不忘。尤其是叶馨穿着纯白的衣裳，站在看台上的那个样子。她一定是匆匆赶往机场，来不及化妆，所以，却正好有了俞慕槐所欣赏的那份清丽。他常想，叶馨如果不是生长在马尼拉，不是生在一个贫困之家，能受高等教育，好好地加以爱护培植，不知会是怎样的一块美玉呢！

不管他怎样惋惜，不管他怎样怀念，新加坡的一切，正像香港的一切一样，都成为过去了。但是，报社中都盛传着他的"新加坡艳遇"，绘声绘色地描写着他的"新加坡假期"。这些传言，连俞慕槐家里都知道了。他妹妹俞慕枫像看到太阳从西边出来般大吼大叫：

"哎呀，哥哥！你千挑万选地找女朋友，这个不好，那个不要，却到新加坡去泡上个歌女！"

"别胡扯了！什么叫'泡'？"俞慕槐没好气地说，"人家和她只是普通朋友而已。而且，慕枫，别因为人家是歌女就轻视她，歌女和你一样是人！"

"哈，哥哥，"俞慕枫斜睨着他，"你不是对她动了真感情吧？"

俞慕槐笑了。

"只认识一个星期，怎么谈得上什么真感情假感情呢！你别胡思乱想吧！"

"我说，慕槐，"俞太太——俞慕槐的母亲在一边插嘴，"你也三十岁的人了，真该正正经经交个女朋友了！慕枫也不帮哥哥留意一下，你们同学里有没有合适的人！"

"他看不上呀！"慕枫叫着，"我哪一次不把同学带回家来，在他面前打个转儿？他说陈丽筠太瘦，朱燕娥太胖，何绮文太死板，郭美琪太俗气……妈，你不知道他那股挑剔劲儿，好像全天下的女人没一个能入他的眼似的！我倒很好奇，想见见那个新加坡的歌星，到底哪一点儿吸引了我这个哥哥！"

你永远不会知道。俞慕槐好笑地想，这得推到香港的渡轮上去了。而那渡轮上的遭遇，至今还是个谜呢！

"你们别瞎操心吧，"他笑着说，"迟早我总会看上一个女人的，这是可遇而不可求的事情，用不着你们来代我安排！"

"可遇而不可求！"慕枫嚷着，"你遇到的就没一个正经的！"

"嘻！这个妹妹可真霸道！"俞慕槐说，"难道只有你的同学才正经？"

"本来嘛，大学生不正经，谁才正经！"

"别把大学生的地位提得太高了！大学毕了业再当歌女的也多的是！"

"哎呀，哥哥是真的爱上那个歌女了！"慕枫大惊小怪地叫着。

"你放心，"俞慕槐笑着，"我反正决不会娶一个歌女，也不会娶你的同学！"

"别把话说得太满！"

"打赌怎么样？"

"好了，好了，没看到像你们这样的孩子，"做母亲的在一边笑骂着，"兄妹两个整整差了十岁，都是大人了！还是一天到晚地拌嘴！"

"这证明我们童心未泯！"慕枫高声地说了句，就笑嘻嘻地一溜烟跑掉了。

"疯丫头！"俞慕槐一面笑一面骂。从小，他拿这个比他小十岁的妹妹就毫无办法，慕枫又调皮又促狭，偏偏又相当可爱，圆圆的脸蛋，大大的眼睛，再加上一对小酒涡。长相甜，嘴巴坏，总是弄得人又爱又恨又气。"瞧吧！将来不知道哪个倒霉的男人会娶了她！"

俞太太扑哧一声笑了。

"已经有一大群倒霉的男人在排队了呢！"

"那么，"俞慕槐扬扬眉毛，"只好等着瞧这群人里谁最倒

51

霉吧！"

"慕槐，"俞太太走了过来，她是那种典型的贵妇人，一生没吃过什么苦，丈夫的事业顺利，家里的经济稳固，一双儿女又都聪明过人。她没有什么不满足的事，如果一定要找一件比较让她烦心的事的话，那就是这个儿子的婚事了，"你真在新加坡找到女朋友了吗？"她温柔地问。她虽已五十几岁了，却依然很漂亮，年轻时候的她是出名的美人。

"哦，妈，你们怎么这样小题大做的！"俞慕槐喊了一声，"算了算了，我还是赶快出去跑新闻吧，否则等会儿爸爸回来了，又要审我一次！"他穿上外衣，向大门口冲去。一面又抛下了一句，"别等我吃晚饭！"

"骑车小心一点！"俞太太追在后面喊。

俞慕槐已骑上他的摩托车，冲得老远老远了。俞太太站在房门口，一个劲儿地摇头。奇怪，孩子虽然已经三十岁了，在母亲的心目里却永远是个孩子，你就得为他烦恼、操心一辈子。

俞慕槐不愿再谈叶馨的事，但他确实没有忘怀那个女孩子。回台湾的第三天，他就写了一封信给她，寄到新加坡的××夜总会转交，但是，十天后，那封信原封退回了，理由却是"收信人已迁移"。那个该死的闻经理，果然没有守信用继续用她！俞慕槐说不出有多别扭，想必，那可怜的孩子又只得回马尼拉去了。于是，他又写了一封信到马尼拉，心想，无论她在什么地方，她家里的人一定会把这封信转到她手里去的。可是，半个月后，这封信依然退了回来，信封上却赫然批着：

"查无此址！亦无此人！"

他愣了好半天，找出叶馨留的地址来，确实一字不错，怎么会没有这地址呢？难道自己听错了，记错了？不可能呀，这是怎么回事呢？他找到了一张马尼拉的地图，确实找不到那街名，他想，她一定住在什么贫民区里，可是，总应该有街名才对呀！

就这样，他发现他失去了叶馨的线索。他也等待了好一阵子，希望能收到一封叶馨的信。但是，一个月、两个月、三个月都过去了，叶馨连一点消息都没有给他，他那短短的"新加坡假期"，以及他那不成型的"罗曼史"，就这样莫名其妙地无疾而终了。

在许多个宁静的夜晚，在许多个闲暇的清晨，他还是会常常想起叶馨来。不只想起叶馨，他也常想起香港那一夜。他觉得有几百种的疑惑，几百种的不解：叶馨留了一个假地址给他，渡轮上的女孩子离奇地失踪了，这之间的关联是两个极相像的女人，都莫名其妙地和他相遇，又都莫名其妙地不见了！天知道，他的东南亚之旅何等传奇，这真是个谜样的世界。

总之，他无法再追寻香港渡轮上的女孩子，他也无法再追寻叶馨。而在接下来的生活里，他非常非常地忙碌，白天要跑新闻，晚上要去报社，平时还要抽时间写稿，他再也没时间来研究叶馨或渡轮上的女孩，随着时光的流逝，他把她们都渐渐地忘怀了。

慕枫又开始热衷地帮他介绍起女朋友来,隔几天就带回家一个新同学,这使俞慕槐失笑,而又拿她无可奈何。一天,慕枫居然对他说:"哥哥,你喜欢歌星,我也有个同学很会唱歌的,你要不要见见?只是怕你追不上她!她太活跃了,追她的男同学起码有一打,说有个人还为她自杀过,我看你大概没勇气惹这种女孩子吧!"

这小妞儿居然用起激将法来了!俞慕槐立即笑着说:

"对,对,对,我没勇气,你千万别把那个风头人物带到家里来,我听着就头疼了!"

"哼!"慕枫气呼呼地哼了一声,"总有一天你会求着我来帮忙的,你这个不识好歹的东西!"

俞慕槐笑着走开了,他还有那么多的工作要做呢!钻进他自己的房间,他开始赶写一篇访问稿。在俞家,俞慕槐的父亲俞步高一直在银行界做事,现在是××银行的总经理,生活虽然忙些,入息却相当不错,因此,他们这幢坐落在敦化南路的花园洋房也还宽敞舒适。在这公寓林立的街头,他们依然拥有一个大大的花园,就相当不容易了。俞慕槐的房间靠着花园,有排落地的大玻璃窗,可以把花园中的景色一览无遗。他喜欢光线充足的房间,这使他工作起来"有朝气""有活力",他的一张大书桌就放在窗子前面。俞太太常说顶光工作对眼睛不好,而趁他出门的时候,把桌子挪个位子,但他一回家就把它搬回去,还对母亲没好气地说:

"妈,拜托拜托,以后别动我的东西好吧?"

俞太太也就无可奈何了。谁叫她生了这么个固执脾气的儿子呢！谈到固执，俞慕槐的固执还真让他父母伤透了脑筋，早在俞慕槐读高中的时候，有一次为了用一笔钱和俞步高起了争执，俞步高一时火起，叫着说：

"生个儿子像生了个讨债鬼！"

谁知，俞慕槐一怒之下就离家出走了，桌上留张条子说：

"讨债鬼去也！"

害得俞家天翻地覆，出动了不知多少亲友去找寻，俞太太是早也哭晚也哭，把俞步高埋怨了几千万次，最后，总算把他找回来了。但是，从此，这个牛脾气的孩子就再也不用家里的钱，他自己写稿，赚稿费，给人做家庭教师，赚薪水，寒暑假就出去工作，赚自己的零用钱。读大学后，他更不用家里的钱了，连学费都是他自己去赚来的，每天辛苦得跟什么似的。俞步高满心不忍，也曾对他说：

"慕槐，哪有儿子跟老子怄气怄上这么多年的？家里又不是没钱，你干吗苦成这样？"

俞慕槐反而笑了。他笑着对俞步高说：

"爸，小时候不懂事，任性而为是真的，现在大了，哪里还记得以前那些事呢？我不用家里钱，是觉得自己不是孩子了，应该学着独立，才是个男子汉呀！"

俞步高还能说什么呢？他只觉得满心喜爱和欣赏这孩子，至于他那份牛脾气，俞步高也同样欣赏。"遗传嘛，"他对俞太太说，"我年轻的时候比他还牛性呢！"俞慕槐进入社会以后，有了薪水，当然更不会要家里的钱了。可是，新闻界本就是个比较复杂的圈子，见的人多，交际也跟着广阔起来，他在报社的待遇虽然好，却比以前更缺钱用了。迫不得已，他就常常给报社写些新闻以外的稿子，从专访到特写，以至于副刊上的文艺稿，他都写，难得他也还有兴趣，这样每月可以多收入不少，而他也更忙了。俞太太看得好心疼，常常悄悄地塞一笔钱在俞慕槐的口袋里，好在俞慕槐虽然个性强，但也像一般男孩子那样，有股满不在乎的马虎劲儿。他发现口袋里的钱多出来了，总认为是自己用剩的，从不去研究来源。如果钱塞得太多了，他还会沾沾自喜地说：

"妈，其实我也挺节省的，上个月的薪水用到现在还没用完呢！"

做母亲的悄悄地笑了。俞步高叫着太太的名字，私下里摇着头说：

"瑞霞，儿子都三十岁了，你还那么宠他！由他去吧，要不然永远不知道生活的艰难！"

"他到五十岁还是我的儿子呢！"俞太太叹口气说，"与其说是帮他的忙，不如说是换我自己的安心。瞧他那么忙，怎么有时间交女朋友呢！"

"别为他的女朋友烦心了，"俞步高笑着，"我们的儿子太浑厚，在交女朋友这点上，他还没开窍呢！不过，人生总有这一关，等到了时候，你拦都拦不住，你等着瞧吧！"

"我一直等着呢！"俞太太笑着说。

转眼间，到了四月了。四月，是台湾最好的季节，阴冷的雨季已过去了，炎热的夏季还没来到，整日都是风和日丽、天高气爽的好天气。这一阵俞慕槐特别忙，但他忙得很高兴，他的一篇特别报道引起了整个报业界的注意，因此，他被报社调升为副采访主任，以年龄来论，他是个最年轻的主任了，难怪他整天都笑嘻嘻的，走到哪儿都吹着口哨哼着歌儿了。

这天下午，他刚跑了一趟法院，拜访了几个法官和推事，他在着手写一篇详细的报道——关于一件缠讼多年的火窟双尸案。回到家里时，他满脑子还是那件迷离复杂的案情。摩托车停到家门口，还没开门，他就听到院子里一阵银铃似的笑语声，那是慕枫。这小妮子近来也忙得很，整天难得看到人影，据母亲说"八成是在恋爱了"！但她偶尔带回家的男友，却从没有"固定"过。

取出钥匙，他打开了大门，推着车子走进去。才一进门，迎面有样东西对着他滴溜溜地飞了过来，他本能地伸手一抓，是个羽毛球。接着，就是慕枫兴高采烈的笑语声："哎呀，哥哥！好身手！"

他看过去，慕枫正拿着羽毛球拍子，笑吟吟地望着他。在她身边，却有另外一个女孩子，穿着件白色的羊毛衫，系着条短短的白色短裙，也拿着个羽毛球拍子，显然，这是慕枫的同学，她们正在花园里打羽毛球呢！他把手里的羽毛球丢了过去，笑着说："你们继续玩吧！我不打扰你们了！"

那白衣的女孩伸手接过了球，好玲珑而颀长的身段！这身形好熟悉，他怔了怔，定睛对那女孩看过去，倏然间，他觉得像掉进一个万丈深的冰窖里，浑身的肌肉都僵硬了！他扶着车子，僵立在那儿，脑海里成了一片空白，所有的意识都飞走了！

那儿，半含着笑，亭亭玉立地站着的白衣女孩——她不是叶馨吗？她不是那渡轮上的女孩吗？

"哥哥，"慕枫走了过来，推了推他说，"别瞪着别人呆看呀，我给你介绍一下好吗？"

俞慕槐长长地抽了一口气，意识悠悠然地回进了脑海里，他的声音空洞而乏力：

"不用了，慕枫，我认得她。"

"你认得她？"慕枫惊奇地怪叫着，一面回过头去望着那女孩，"你认得我哥哥吗？羽裳？"

那女孩走近了他们，她的头发烫短了，乱蓬蓬地掩映着一张年轻而红润的面庞，她丝毫也没有化妆，眉目清雅而丽质天然。她微微讶异地张大了那对黑白分明的眸子，困惑地摇了摇头说："不认得呀！"

俞慕槐觉得一阵晕眩，他闭了闭眼睛，甩了甩头。再睁开眼睛来，面前那张脸孔依然正对着他，那样熟悉！这是渡轮上那只"海鸥"，这也是新加坡那只"海鸥"，天下哪有接二连三重复的脸孔，这违背了常情！可是，那女孩那样吃惊地转向了慕枫："呀，慕枫，你哥哥生病了！"她说，声音清脆如出谷的黄莺，那样好听！这不是叶馨的声音，也不像渡轮上那女孩的。渡轮上的女孩——半年前的事了，他实在记不清那声音了。

"哎呀，哥哥，你怎么了？"慕枫大惊小怪地嚷着，摇晃着俞慕槐的手臂，"你的脸白得像死人一样！你怎么了？哥哥？"

俞慕槐推开了慕枫,他的眼光仍然死死地盯着面前那女孩。"我相信——"他喃喃地说,"你也不姓叶了?"

"叶?"那女孩惊奇得发愣了。"为什么我要姓叶呢?"她问,"我姓杨。"

"杨——"他轻声地念,好像这是个多么复杂费解的一个字似的。

"她姓杨,叫杨羽裳。"慕枫在一边介绍,诧异地看着她的哥哥,"羽毛的羽,衣裳的裳。"

"我相信——"他再喃喃地说了一句,"你也没有到过香港了?"

"香港?"杨羽裳更加惊奇了,"香港我倒是去过的。怎么呢?"

"什么时候?"他几乎是叫了出来。

"两年前,跟我妈妈一起去的。"

俞慕槐又一阵晕眩。他想,他一定是神志失常了。他低叹了一声,失神地说:

"我想——你一定从没有在任何地方见过我?"

杨羽裳仔细地凝视着他,困惑地摇摇头,用一种近乎抱歉的语调说:

"我真记不得了,对不起。或者在什么地方碰到过,我最不会记人了……"

"不用说了,"他阻止了她,如果她是"海鸥",或是"叶馨",都不会忘记他的,"我想,我是认错了人,对不起。"

"没关系。"她说,露出了一份单纯的关怀,"你大概

59

累了。"

他摇了摇头,把车子推到屋檐下去放好。回过头来,他再一次望向那杨羽裳,两个女孩都呆呆地拿着羽毛球拍子,呆呆地望着他,两张年轻的面孔上都充满了困惑与不解。那白衣短裙,他想起叶馨在飞机场上的样子,那白净而未经人工的面庞,他想起那少女在渡轮上的表情……他重重地甩了一下头,转身向室内走去。忽然间,他站住了,掉过头来,他突然说:

"杨小姐,你会唱《海鸥》吗?"

"什么?海鸥?"杨羽裳瞪大了眼睛,"你在说些什么?"

"没关系,"他颓然地说,"我只是奇怪,有两只海鸥,都不知'去去去向何方'了?而第三只海鸥,又不知'来来来自何方'了?"

说完,他不再管那两个女孩怎样惊讶、惶恐而迷惑地站在那儿发愣,他就自顾自地推开房门,穿过客厅,走进自己的房间里去了。

一走进房间,他就倒在床上了。他觉得头脑中昏沉得厉害,胸口像烧着一盆烈火,四肢都软绵绵的,毫无力气。他想运用一下思想,想从头好好地想一想,仔细地分析一下。可是,他什么都不能想,他脑中是一堆乱麻,一团败絮。唯一在他脑里回响着的,只是两个女孩子的声音,前者在念着:

　　夜幕低张,
　　海鸥飞翔,

去去去向何方？

另一个在唱着：

海鸥没有固定的家，
它飞向西，它飞向东，
它飞向海角天涯！

去向何方？海角天涯！他发现，他中了一只"海鸥"的魔了，不论他走向何方，那"海鸥"不会放过他，它像个魔鬼般追逐着他，追逐着他，追逐着他……他四肢冰冷而额汗涔涔了。

第五章

"哥哥,你今天是怎么了?神经兮兮的,你把人家杨羽裳都吓坏了!"

晚上,慕枫坐在俞慕槐的床沿上,关怀地质问着。俞慕槐自从下午躺在床上后,始终还没有起过床。

"是吗?"俞慕槐淡淡地问,他的心神不知道飘浮在什么地方,"她真的吓坏了吗?"

"怎么不是?!她一直问我你是不是经常这样神经兮兮的,我告诉她我哥哥向来好好的,就不知道怎么见了她就昏了头了!"她看着俞慕槐,"哥哥,你到底是怎么回事?你把她误认成谁了?她长得像什么人?"

"她长得谁都不像,只像她自己。"俞慕槐闷闷地说,"我是太累了,有点头昏脑涨。"

"你应该请几天假,休息休息。"

"慕枫,"俞慕槐瞪视着天花板,愣愣地问,"这个杨羽裳是你的同学吧？"

"是呀！"

"同一班吗？"

"不是的，但也是三年级，不同系。我念教育，她是艺术系的。"

"怎么以前没有看到你带她到家里来玩？"

"人家是艺术系的系花！全校出名的人物呢！她不和我来往，我干吗去找她？最近她才和我接近起来的。"

"为什么最近她会和你接近起来呢？"

"哈！"慕枫突然脸红了，"你管她为什么呢？"

"我好奇，你告诉我吧！"

"还不是为了他们系里那次舞会，那个刘震宇请不动我，就拉了她来做说客！"

"我懂了，她在帮刘震宇追你！"

"我才不会看上刘震宇呢！但是，杨羽裳人倒蛮可爱的，她没帮上刘震宇的忙，我们却成了好朋友。"

"原来是这么回事。"俞慕槐枕着手，继续望着天花板，"她是侨生吗？"

"侨生？怎么会呢？她父母都在台湾呀。不过，她家里很有钱，我常到她家里去玩，她家离这儿很近，就在仁爱路三段，两层楼的花园洋房，比我们家大了一倍还不止，她的房间就布置得像个小皇宫似的。她是独生女儿，父母宠得才厉害呢！"

"她父亲做什么事的？"

"做生意吧！这儿有家××观光旅社，就是她父亲开的，听说她父亲在海外很多地方都有生意。她家在阳明山还有幢别墅，叫什么……'闲云别墅'，讲究极了。"

"她父亲叫什么名字？"

"这个……谁知道？我又不调查她的祖宗八代！"慕枫瞪视着俞慕槐，忽然叫了起来，"嗨，哥哥，你是真的对她感兴趣了，不是吗？我早就知道你会对她感兴趣的！我一直要介绍她给你认识，你还不要呢，现在也有兴趣了，是不是？只是哦，我说过的，追她可不容易呢，她的男朋友起码有一打呢！"

"哦，原来她就是……"俞慕槐猛地坐起身子来，"她就是你说过的，会唱歌的那个同学？"

"是呀！虽然赶不上什么歌星，可也就算不错了。"

"她是这学期才转到你们学校来的吧？"

"笑话！我从一年级就和她同学了！"

俞慕槐愣了好一会儿，然后，他忽然翻身下床，拂了拂头发，往门外就走，慕枫在后面喊着说：

"哥哥，你到哪儿去？"

"去报社上班！"

他在客厅内迎头碰到了俞太太，后者立刻拦住了他。

"听你妹妹说你不舒服，这会儿不在家里躺着，又要到什么地方去？"

"去报社！"

"请天假不行吗？"

"我什么事都没有!"他嚷着,"我好得很,既没生病,又没撞到鬼,干吗不上班?"

"你这……"俞太太呆了呆,"那你也吃了晚饭再走呀!"

"不吃了!"

他话才说完,人已经出了房门,只一会儿,摩托车的声音就喧嚣地响了起来,风驰电掣般地驶远了。这儿,俞太太呆立在客厅里,如丈二和尚般摸不着头脑。一回头,她看到慕枫正倚着俞慕槐的房门出神,她就问:

"你知道你哥哥是怎么回事吗?谁惹他生气了?"

"我才不知道呢!"慕枫说,"从下午起他就疯疯癫癫了,我看呀,他准是害了精神病了!"

"别胡说吧!"

"要不然,他就是迷上杨羽裳了!"

"这样才好呢,那你就多给他们制造点机会吧!"

"我看算了吧,"慕枫耸耸肩说,"要是每次见到杨羽裳都要这样犯神经的话,还是别见到的好!你没看到下午把杨羽裳弄得多尴尬呢,问人家些古里古怪的问题,害我在旁边看着都不好意思!"

"总之,这还是第一个引起他注意的女孩子,不是吗?"俞太太高兴地说。

"妈,你先别做梦吧,人家杨羽裳的男朋友成群结队的,从台湾都排到美国了,她才不见得会看上我这个牛心古怪的哥哥呢!"

"你牛心古怪的哥哥也有他可取之处呀!"

"你是做母亲的呢!"女儿笑得花枝乱颤,"母亲看儿子是横也好,竖也好,我们选男朋友呀,是横也不好,竖也不好!"

俞太太被说得笑了起来。

"你们这一代的年轻人呀,我是真正地无法了解了。我看你哥哥选女朋友,也是横也不好,竖也不好呢!"

慕枫也忍俊不禁了。

"不过,妈,你放心,"她说,"总有一天,哥哥会碰到个横也好,竖也好的!"

"是吗?我很怀疑呢,瞧他今天的神色!这孩子整天忙忙碌碌的,真不知在忙些什么?"

真不知在忙些什么!接下来的好几天,俞慕槐是真的忙得不见人影。早上一爬起床就出去,总是弄得深更半夜才回来,家里的人几乎都见不着他。这晚,他匆匆忙忙地跑回来,吃了几口饭,放下筷子,又匆匆忙忙地想跑。俞步高忍不住叫:

"慕槐!"

"哦,爸?"俞慕槐站住了。

"你这几天怎么这样忙?发生了什么大案子了吗?"

"不是,这几天我在忙一点私事。"

"私事?"俞步高瞪大了眼睛,这可是天下奇闻!从不知道这孩子还会有什么秘密的,"什么私事?"

"爸,"俞慕槐好尴尬地说,"是我个人的事情,您还是不要问吧!"

说完，他又抱歉地笑笑，就一转身走掉了。

俞步高和俞太太面面相觑。

"这孩子在卖什么关子？"俞步高问太太。

"我知道就好了！"俞太太说，"我只晓得他每天夜里从房间这头走到那头，一夜走上七八十次，嘴里念念有词，什么海鸥东飞西飞的，我瞧他八成是在学作诗呢！"

"哎呀！"慕枫失声叫了起来，她是最会大惊小怪的，"海鸥吗？糟了糟了！"

"怎么？怎么？"做父母的都紧张了起来。

"哥哥准是害了精神病，那天一见到杨羽裳，他就问人家会不会唱'海鸥'？弄得别人莫名其妙。现在又是海鸥，他一定是工作过度，害上什么海鸥病了！"

"从没听说过有种病名叫海鸥病的！"俞太太说，又焦急地望着女儿，"这毛病既然是从杨羽裳开始的，我看你还是把杨羽裳再约到家里来，解铃还须系铃人，说不定他再见到杨羽裳就好了！"

"哈！"俞步高笑了，"原来是为了一个女孩子！我劝你们母女都少操心吧，如果是为了女孩子，所有的怪现象都不足为奇了！"

"怎么呢？"俞太太不解地问。

"我最初见到你的时候，"俞步高慢吞吞地说，"半夜里我一个人爬到一棵大树上坐了一夜，对着星星傻笑到天亮。"

"呸！"俞太太笑着骂，"原来你们是有其父必有其子，又是遗传！"大家都笑了。

于是，关于俞慕槐的"反常"，就在大家的一笑之中抛开了。可是，俞慕槐仍然在忙着，仍然见不到人影，仍然深更半夜在房间里踱方步。直到两星期后，俞慕槐才逐渐恢复了正常。但是，他变得安静了，沉默了，常常一个人默默地出着神，一发呆就是好几小时。

这天午后，俞慕槐从外面回到家里，一进门就愣了愣，客厅中，慕枫正和杨羽裳并坐在沙发上喝橘子汁，在她们面前，有个瘦高个儿的年轻人，正在指手画脚地谈论着什么。

他的进门打断了正在进行中的谈话，慕枫跳了起来，高兴地说：

"刘震宇，这是我哥哥俞慕槐！"一面对俞慕槐说，"哥哥，这是我同学刘震宇，至于杨羽裳，你是见过的，不用介绍了！"

俞慕槐先对杨羽裳抛去一个深深的注视，后者也正悄悄地凝视着他，两人的目光一接触，杨羽裳立即微笑了一下，那张年轻而红润的脸庞像园中绽开的杜鹃，充满了春天的气息。但是，俞慕槐并没有忽略掉她眼中的一抹嘲谑和怀疑，她没有忘记他们最初见面时的尴尬，俞慕槐心里明白。他掉过头来，面对着刘震宇。这时，刘震宇正伸出手来，有些紧张而不安地说：

"俞大哥，您好。我们都久闻您的大名了，常常在报上看到您的报道。"

他握住了这年轻人的手，仔细地看了他一眼，浓眉，大眼，瘦削的下巴和挺直的鼻梁，长得不算坏。头发长而凌乱，一件没拉拉链的薄夹克里,是件浅黄色的套头衫。艺术系的学生!他不道这刘震宇的艺术成就如何,但,最起码,他身上却颇有点艺术家的派头。只是,俞慕槐不太喜欢他说话的腔调和神情,太拘谨了,太客套了,和他的服装很不协调,而且带着点娘娘腔。

"别叫我俞大哥,"他爽朗地笑着,松开了刘震宇的手,"叫我的名字吧,俞慕槐。我也叫你们名字,刘震宇和——杨羽裳。"念出杨羽裳的名字的时候,他喉咙里哽了一下,好像这是个颇为拗口的名字似的。他的眼睛望着杨羽裳,"我会不会妨碍你们聊天?"

"为什么会妨碍我们呢?"杨羽裳立即说,显出一份很自然的洒脱和大方,"我们正在听刘震宇说,他被员警抓的经过。"

"你被员警抓了?"俞慕槐惊奇地望着刘震宇,"希望你没有犯什么偷窃或抢劫罪。"

"就是为了我的头发!"刘震宇叫着,抓了抓自己的头发,对俞慕槐说,"俞大哥,您瞧瞧看,我这头发有什么不好?现在全世界的男孩子都是长头发,偏偏我们不允许,这不是阻碍进步,妨碍人身自由吗?俞大哥,您是刚从海外回来的,您说,海外是不是人人长头发?"

"我只到过东南亚,"俞慕槐似有意又似无意地看了杨羽裳一眼,"说实话,香港的男孩子都留长头发,至于泰国和新加坡的男孩子,却都是短发,"他注视着杨羽裳,笑着问,"是吗?"

杨羽裳坦然地笑了笑,摇摇头。

"别问我呀,我可不知道。"她说,"我没去过泰国和新加坡。"

俞慕槐转回头,再看向刘震宇。

"我不觉得长发有什么不好,但是整洁却非常重要。我教你一个留长发的办法,或者员警就不会抓你了。"

"什么办法?俞大哥?"刘震宇大感兴趣。

"你把头发干脆再留长一些,然后整整齐齐地梳到头顶,用簪子簪着,或者用块方巾系着。"

"这是做什么?"

"复古呀!瞧瞧古画上,中国的男人谁不是长发?不但长,而且长得厉害,只是都扎着头巾。我告诉你,男人短发只有几十年的历史,抛开梳辫子的满清人不谈,中国自古长发,连孔夫子都是长发呢!"

"对呀!"刘震宇用手直抓头,"我怎么这么笨,没想出这个好理由去和员警辩论!"

"我劝你别去和员警辩论!"俞慕槐说,突然叹口气,"问题就在于是非观念随时在改变。如果你拿这套道理去和员警说,员警反问你一句,中国古时候的女人还都裹小脚呢,是不是现在的女人也都该裹小脚,你怎么说?"

"哎呀,这倒是个问题!"刘震宇又直抓头了。

"其实,说穿了,长发也好,短发也好,只是个时髦问题。"俞慕槐又接着说,"我们现在的发式,完全是从西洋传来的,只为了我们推翻满清的时候,欧美刚好流行短发,我们就只好短发了,假若那时候是长发呢,我们有谁剪了短发,大概就要进警察局了。这是件很滑稽又很有趣的问题。欧美的长发短发,就像女人的裙子一样,由长而短,由短而长,已经变了许多次了,我们呢,却必须维持着六十年前的欧美标准,以不变应万变!"

"对呀!"刘震宇又叫了起来,"这不是跟不上时代吗?"

"我们跟不上时代的地方,何止于区区毫发!"俞慕槐忽然有份由衷的感慨,"像交通问题,城市规划的问题,教育问题……头发,毕竟是一件小而又小的小事!小得根本不值一谈!"

"但是,俞大哥,"刘震宇困惑地说,"你到底是赞成男孩子留长发呢,还是反对呢?"

"我个人吗?"俞慕槐笑着说,"我不赞成也不反对,我认为只要整洁,长短是每个人自己喜爱的问题,我们所该提倡的,是国民的水准,只要国民的水准够,不盲目崇洋,不要弄得满街嬉皮就行了。硬性地把青年抓到警察局剪头发,总有点过分。因为留长发构不成犯罪。"

"俞大哥,"刘震宇叫着,"你为什么不写一篇文章来谈这问题呢?"

"我怕很多人没雅量来接受这篇文章呀!"俞慕槐开玩笑地说,"君不见电视电影遭剪处,皆为男儿蓄长发!我何必自惹麻烦呢?何况,我自己又没留长头发!"

慕枫和杨羽裳都笑了起来。慕枫从没有看到哥哥这样神采飞扬而又谈笑风生的。相形之下,那个刘震宇就像个小傻

瓜似的。偏偏那刘震宇还是直抓着他那把稻草头发,嘴里不停地说:

"俞大哥……"

慕枫忍不住,就从沙发上跳起来说:

"刘震宇,我哥哥已经说好了大家叫名字,你干吗一个劲地鱼大哥猫大哥,叫得我鸡皮疙瘩都起来了!依我说呀,你的头发问题根本不值一谈。留长头发好看的人尽可留长发,留长头发不好看的人也要跟着留长头发就叫宝气!你呀,你还是短发好看些!"

"是吗?"刘震宇惊喜地问,"那么,我明天就去剪短它!"

"哈哈!"杨羽裳笑了个前俯后仰,"还是俞慕枫比员警有办法些!"

刘震宇的脸涨红了。

俞慕槐望着那笑成一团的杨羽裳。今天,她穿着件短袖的大红色毛衣,短短的黑色迷你裙,腰间系着一条宽皮带,脚上是双长筒的红色马靴。整个人充满了一份青春的气息,那微乱的短发衬托着红润的面颊,乌黑晶亮的眼珠和笑吟吟的嘴角,满脸都是俏皮活泼相。这是个标准的大学生,一个时髦的、被娇纵着的大小姐,他在她身上找不出丝毫叶馨和海鸥的影子来,除了那张酷似的脸庞以外。他凝视着她,又不知不觉地出神了。

她忽然抬起头来,发现了他的注视,他们的眼光接触了。她迎着他的目光,没有退避,也没有畏缩,她的眼睛是清亮的,神采奕奕的。他忽然说:

"你什么时候把头发剪短的?"

"寒假里。"她不假思索地说,才说出口就愣了一下,她惊愕地扬起头来,"你怎么知道我以前是长头发?"

俞慕槐微笑了。

"我只是猜想。"他说,"为什么剪短呢?长发不是挺好吗?这时代岂不奇怪?男孩子要留长发,女孩子却要剪短头发!"

"我才不愿意剪呢!"杨羽裳嘟了嘟嘴,"都是我妈逼着剪,硬说我长头发披头散发的不好看,我没办法,只好剪掉了!"

"难得!"俞慕槐扬了一下眉毛,"这时代这样听母亲话的女儿可不容易找到呢!"

杨羽裳迅速地盯了他一眼。

"你好像在嘲笑我呢!"她说。

"岂敢!"他笑着,笑得有点邪门,"别误会,杨羽裳。杨羽裳,这名字蛮好听的,穿着羽毛衣裳,哎呀!这不成了鸟儿了吗?"

"俞慕枫!"杨羽裳转向了慕枫,"听你哥哥在拿我开玩笑!你也不管管,以后我不来你家了!"

慕枫看看杨羽裳,又看看俞慕槐,微笑着不说话。俞慕槐对杨羽裳弯了弯腰,笑着说:

"别生气吧!当鸟儿有什么不好呢?可以飞到西,又可以飞到东,又可以飞到海角天涯!那么悠游自在的,我还希望能当鸟儿呢!"他的脸色放正经了,"我并没有取笑你,杨羽裳，你的名字真的取得很好。很可惜，我的父母给我取名叫慕槐，我还真希望叫慕鹏、慕鹤，或者是慕鸥呢！真的，我正要取个笔名，你看哪一个最好？慕鹏、慕鹤，还是慕鸥？"

杨羽裳认真地沉思了一下。

"慕鸥。"她一本正经地说，"念起来最好听，意思也好，有股潇洒劲。"

"好极了。"俞慕槐欣然同意，"你和我的看法完全一样，就是慕鸥吧！"

慕枫再看看杨羽裳，又再看看俞慕槐，她在前者的脸上看到了迷惑，她在后者的脸上看到了兴奋。这才是用妹妹的时候呢！她跳了起来：

"喂，哥哥，你瞧天气这么好，杨羽裳本来提议去碧潭划船的，给你回来一混就混忘了。怎么样？你请客，请我们去碧潭玩，还要请我们吃晚饭！怎样？"

俞慕槐看看杨羽裳，她笑吟吟地靠在沙发里不置可否。他拍拍慕枫的肩，大声说：

"我就知道你这个刁钻的小妮子，一天到晚打着算盘要算计我！明知道我今天发了薪，就来敲我竹杠来了！好吧，好吧，谁叫我是哥哥呢！去吧！说去就去！"

慕枫狠狠地瞪了哥哥一眼，心想这才是狗咬吕洞宾呢，人家帮他忙，他还倒咬一口，天下哪有这样的事！这个哥哥真是越来越坏了！当着杨羽裳的面，她不好说什么，趁着走进去拿手提包的时间，她悄悄地在俞慕槐耳边说：

"你尽管去占口角便宜吧，等晚上回家了，我再和你算账!"

俞慕槐笑而不语。他的目光仍然停驻在杨羽裳的身上。杨羽裳站起身来了,大家一起向屋外走去,俞慕槐故意走在最后面。他欣赏着杨羽裳的背影,小小的腰肢,长长的腿,好苗条而熟悉的身段!他忽然叫了声:

"叶馨!"

杨羽裳继续走着,头都没有回一下。倒是慕枫回过头来,奇怪地问:

"哥哥,你在叫谁?"

"叫鬼呢!"俞慕槐有点懊恼地说。

慕枫退到后面来,在哥哥耳边说:

"拜托拜托,你别再犯神经好吧?"

"你放心吧!"俞慕槐笑着说,"我保证不再犯神经了。"

天气和暖而舒适,太阳灿烂地照射着,他们一伙人走向了阳光里。

第六章

六月来了。天气逐渐燠热了起来。

一清早,杨羽裳就醒了,但她并没有起床,枕着手,她仰躺在床上,侧耳倾听着窗外的鸟鸣。窗外有棵可以合抱的大榕树,上面有个鸟巢,那不是麻雀,杨羽裳曾仔细地研究过,那是一种有着绿茸茸的细毛的小鸟,纤小而美丽。现在,它们正在那树上喧嚣着。啊,晴天,鸟也知道呼晴,看那从窗帘隙缝中透露的阳光,今天,一定是个美丽的好天气!懒洋洋地伸伸腿,又懒洋洋地伸伸手臂,她的手碰着了垂在床头的窗帘穗子,用力地一拉,窗帘忽地被拉开了,好一窗耀眼的阳光!她眨眨眼睛,一时间有些不能适应那突然而来的光线。但,只一忽儿,她就习惯了,而感到血管中有种崭新的兴奋在流动着。侧转身子,她的目光投在床头那架小巧玲珑的金色电话机上。电话,响吧!你该响了!

"如果明天天气好,我们到郊外去走走,我知道你明天没课。早上，等我的电话吧！"

他昨晚说过的，而现在是早上了！阳光又那么好，这该是最理想的郊游天气吧！她瞪视着电话机，电话，你注意了，你应该响了！可爱的、可爱的电话铃声，来吧，来吧，来吧……可爱的电话铃声！她把手按在电话机上，侧着头，仔细地倾听，见鬼！她只听到窗外的鸟鸣！

翻了一个身，她把头埋进枕头里，不理那电话机了。在电话铃响之前，她不想起床，即使起了床，又做什么呢？还不是等那电话铃声。该死！她诅咒：电话机，你不会响，你是个死的，没有生命的东西！你该死！电话机！你是物质文明中最讨厌的产物！因为你从不知道什么时候该响，什么时候该沉默！

阳光越来越灿烂了，鸟鸣声越来越清脆了。女佣秀枝在花园里哼着歌儿浇花，她几乎可以听到洒水壶中的水珠喷到芭蕉叶上的声响。花园外，街车一辆辆地驶过去，多恼人的喧嚣！她乏力地躺在那儿，几点钟了？她不愿意看表，用不着表来告诉她，她也知道时间不早了。她已经在床上躺了几百个世纪了，而那该死的该死的该死的电话机，依然冷冰冰的毫无动静！

干吗这样记挂这个电话呢？她自问着。他又有什么了不起？论漂亮，他赶不上欧世澈；论活泼，他赶不上欧世浩；论痴情……呸！谈什么痴情呢？他对她表露过一丝一毫的情愫吗？没有！从没有！尽管他约她玩，尽管他请她吃饭，尽管他带她去夜总会，尽管他用摩托车载着她在郊外飞驰……

但他说过有关感情的话吗？从没有！

他是块木头，你不必去记挂一块木头的！但，他真是木头吗？不！他不是！他那深沉的、研判的眼光，他那稳重的、固执的个性，他那含蓄的、幽默的谈吐，他那坚忍的、等待的态度……等待！他在等什么呢？难道他希望她先向他表示什么吗？该死！俞慕槐，你该死！你总不能期待一个女孩子先向你表示什么的！俞慕槐，你这个讨厌的、恼人的、阴魂不散的家伙！我不稀奇你，我一点都不稀奇你！等你拨电话来，我要冷冷静静地告诉你，我今天不和你去郊游，我已另有约会，我将和欧世澈出去，是的，欧世澈，他就是我可能以身相许的那个男人！

但是，可恶的电话机，你到底会不会响？她恼怒地坐起身子，发狠地瞪视着那架金色的小机器！这电话机是父亲送她的十八岁生日礼，一架仿古的小电话机，附带有她私人的专线。

"女儿，"父亲说，"十八岁不再是小女孩了，你大了，成熟了，好好地交几个朋友，认认真真地生活。以后，你能不能不再胡闹了？"

胡闹！父亲总认为她是个不可救药的疯丫头，"对人生从没有严肃过"，父亲说的。但是，为什么要那样严肃呢？为什么要把自己雕刻成一个固定的模型呢？人生，应该活得潇洒，应该活得丰富，不是吗？电话机，这架有私人专线的电话机也曾给她带来一时的快乐，翻开电话号码簿，随便找一个人名，拨过去。如果对方是个女人接的，就装出娇滴滴的声音说：

"喂，是王公馆吗？××在家吗？不在！那怎么可以？！他昨晚答应和我一起吃饭的！什么？我是谁吗？你是谁呢？王太太？！哎呀，这个死没良心的人！还好给我查出了他的电话号码！他居然有太太呢！这个混账，哼！"

啪的一声，把电话挂了，后果她可不管了！如果是个男人接的，就用气冲冲的声音对着电话机叫：

"王××吗？告诉你太太，别再惹我的丈夫！下次如果再落到我手里的话，当心我要你们好看！"

同样地，一说完就把电话挂了，然后揣摩着这电话引起的纠纷，而暗暗得意着。母亲知道了，也狠狠地教训过她：

"你知道这样做会引起什么后果吗？你知道你很可能破坏了别人夫妻感情，而你只是为了好玩！"

"夫妻之间应该彼此信任！"她理由充足地说，"我就在考验他们的爱情！如果爱情稳固，决不会因为一个无头电话而告吹！如果爱情不稳固，那是他们本身的问题！我的电话正好让他们彼此提高注意力！"

"唉，你这不知天高地厚的疯丫头！"母亲叹着气叫，"你对爱情又知道些什么？"

真的，她对爱情知道些什么呢？虽然她身边一直包围着男孩子们，她却没恋爱过。母亲这问题使她思索了好几天，使她迷惘了好几天，也失意了好几天。是的，她应该恋一次爱，应该尝尝恋爱的滋味了，但是，她却无法爱上身边那些男孩子！

现在，她已经二十岁了，完全是成人的年龄了。她不再打那些幼稚的电话，开那些幼稚的玩笑。可是，她偷听到母亲对父亲说的话："她换了一种方式来淘气，比以前更麻烦了！咱们怎么生了这样一个刁钻古怪的女儿呢？如果她能普通一点，平凡一点多好！"

"她需要碰到一个能让她安定下来的男人！"这是父亲的答复。

她不普通吗？她不平凡吗？她刁钻古怪吗？或者是的。她自己也觉得自己太不安分，太不稳定，太爱游荡，太爱幻想……一个男人会使她安定下来吗？她怀疑。世上所有的男人在她眼光里都"充满了傻气"和"盲目地自负"。她逗弄他们，她嘲笑他们，她把他们玩弄于股掌之间，就像猫玩老鼠一样。

可是，以后会怎么样呢？她不知道。父亲常说：

"羽裳，你不能一辈子这样玩世不恭，总有一天，你会吃大亏的！"

她不知道自己为什么会吃亏，她也没吃过亏。她觉得，活着就得活得多彩多姿，她厌倦单调乏味的生活，厌倦极了。"单调会使我发疯。"她说。

是的，单调使她发疯，而生活中还有比这个早晨更单调的吗？整个早晨就在床上躺掉了！她惊觉地坐在那儿，双手抱着膝，两眼死死地盯着那架电话机，心里犹豫不决，是不是要把电话机砸掉。

就在这时，电话机蓦然地响了起来，声音那样清脆响亮，吓了她一大跳。她扑过去，在接电话之前，先看了看手表：天！十一点十分！她要好好地骂他一顿，把他从头骂到脚，从脚骂到头，这个没时间观念的混球！

握着电话筒，她没好气地喊：

"喂？"

"喂，"对方的声音亲切而温柔，"羽裳吗？我是世澈。"

她的心脏一下子沉进了地底，头脑里空洞洞的，一股说不出的懊恼打她胸腔里生出来，迅速地升到四肢八脉里去。她忽然想哭想叫想摔碎这架电话机！但她什么都没有做，只是呆呆地握着电话筒。

"喂喂，是你吗？羽裳？"对方不安地问。

"是我。"她机械地回答，好乏力，好空虚。

"我打电话来问问你，有没有兴趣出去玩玩？天气很好，我知道你今天又没课。好吗？最近，有好久没看到你了，你在忙些什么？"欧世澈一连串地说着，慢条斯理地、不慌不忙地说着，他是全世界最有耐性的人。

"到什么地方去？"杨羽裳不经心地问，她知道，俞慕槐不会再打电话来了！即使他再打来，她也不能跟他出去了。他以为她是什么？他的听佣吗？永远坐在家里等他电话的吗？是的，她要出去，她要和欧世澈去玩，去疯，去闹，去跳舞……去任何地方都可以！

"随便你，"欧世澈说，"你愿意去哪里就去哪里，我整天都奉陪。"

"不上班了？"她问。

"我请假。"

他说得多轻松！本来嘛，他的老板少不了他，英文好，仪表好，谈吐好，这种外交人才是百里挑一的！难怪对他那样客气了！什么贸易行可以缺少翻译和交际人才呢！

"好吧！"她下决心地说，"过三十分钟来接我，请我吃午饭，然后去打保龄球，再吃晚饭，再跳舞，怎样？我把一整天都交给你！"

"好呀！"欧世澈喜出望外，"三十分钟准到！"

"慢着！"她忽然心血来潮，"就我们两个人没意思，你叫你弟弟世浩一起去吧！"

"世浩？"欧世澈愣了愣，"他没女伴呀！"

"我负责帮他约一个，包他满意的！"

"谁？我见过的吗？"

"你见过的，俞慕枫，记得吗？"

"俞慕枫？"欧世澈呆了呆，"哦，我记得了，你那个同学，圆圆脸大大眼睛的，好极了，她和世浩简直是一对。"

"好，你们准时来吧！"

挂断了电话，她立即拨了俞家的号码，她高兴有这个机会可以打电话到俞家去，也让那个该死的、该下地狱的、该进棺材的俞慕槐知道，她，杨羽裳，有的是男朋友，有的是约会，才不会在家里死等他的电话呢！

电话拨通了，接电话的是俞家的女佣阿香。杨羽裳故意不提俞慕槐，而直接问：

"小姐在家吗？"

"请等一等!"

还好,她在!如果她不在,她预备怎么办呢?她就没想这问题了。

俞慕枫来接电话了,杨羽裳不给她拒绝的机会,就用半命令似的口吻说:

"我们有个小聚会,要你一起参加,你在家里等着,别吃午饭,我们马上来接你!"

"那怎么行?我下午有课呀!"俞慕枫叫。

"别去了!你又不是第一次翘课!等着我们哦!"

说完,她不等答复就挂断了电话。翻身下床,她走到衣橱边去找衣裳,选了件鹅黄色的洋装,她换上了。拦腰系了条黑色有金扣的宽皮带,穿了双黑靴子。盥洗之后,她再淡淡地施了点脂粉,揽镜自照,她知道自己洋溢着春天的气息,知道自己虽非绝世佳人,却也有动人心处。她希望俞慕槐在家,希望俞慕槐能看到她的装束!

欧世澈和欧世浩准时来了。这兄弟两人都是漂亮、潇洒而吸引女孩子注意的人物。欧世澈毕业于台大外文系,已受过军训,现在在一家贸易行做事。欧世浩还在读大学,台大电机系四年级的高才生。这兄弟两人个性上却颇有不同,前者温文尔雅,细微深沉,后者却对什么都满不在乎,大而化之。

杨羽裳和欧世澈的认识是有点传奇性的,事实上,她交朋友十个有九个都具有传奇性,她就最欣赏那种"传奇"。

事情是这样的,两年前的一个晚上,她到和平东路的姨妈家去玩。夜里十点钟左右，她从姨妈家回去，因为月色很好，她不愿叫车，就一个人从巷口走出来。她一面走路，一面想些不着边际的事情，她承认，当时她是相当心不在焉的。

她刚刚走到巷口，迎面就来了辆摩托车，速度又快又急，她吓了一大跳，慌忙闪避。那骑摩托车的人也吓了一大跳，赶紧扭转车头。车子飞快地跟她擦身而过，虽然没有撞上她，却已惊得她一身冷汗。当时，为了惩罚那个摩托车骑士，也为了吓唬他一下，更为了一种她自己都不了解的顽皮心理，她立即尖叫了一声，往地上一躺。那骑士果然吃惊不小，他迅速地停下车子，苍白着脸跑了过来，蹲下身子，他扶着她，额上冒着冷汗，一迭连声地说：

"小姐，小姐，你怎样了？我撞到你哪儿了？"

她躺在那儿只管呻吟，动也不动。周围已有好几个看热闹的人聚了过来。那年轻人的脸色更苍白了，他急促而紧张地说：

"你别动，小姐，我马上叫计程车送你去医院！"

她偷眼看他，那份焦急样，那份紧张样，以及那份由衷的负疚和自责的样子，使她有些不好意思了。而且，围过来的人已越来越多，她并不想把员警引来，弄得他进派出所。于是，她一挺身从地上站了起来，拍拍身上的灰，笑嘻嘻地说：

"你根本没撞到我，我只是要吓唬你一下，谁叫你骑车那样不小心？"

周围有些人忍不住笑了起来。她想，那骑士一定会气坏

了。可是,她接触到了一对好关怀的眸子,听到了一个好诚恳的声音:

"你确定我没有撞到你吗?小姐?你最好检查一下,有没有破皮或伤口?"

这男孩倒挺不错呢!她忍不住仔细看了他一眼,方方正正的脸孔,清清秀秀的五官,和一对深湛黝黑的眸子,很漂亮的一张脸孔呢!

"我真的没什么。"她正色说,不愿再开玩笑了。

"不管怎样,我送你回家好吗?"他诚挚地望着她,仍然充满了抱歉和不安,"我怕你多少会有点损伤。"

"也好。"她说,挑了挑眉毛,"我住在仁爱路三段,认得吗?"

"不怕坐摩托车吧?"

"为什么要怕呢?"

于是,她坐上了他车子的后座,他一直送她回到了家里,到家后,他并没有立即离开,他坚持要知道她是不是完全没受伤。他在那客厅里坐了好一会儿,礼貌地接受杨家夫妇的款待和询问,礼貌地一再道歉,一再自责。他立即赢得了杨承斌——杨羽裳的父亲——的欣赏,和杨太太的喜爱。他——就是欧世澈。

现在,经过两年的时间,杨羽裳和欧世澈已那样熟悉,他们经常在一块玩,经常约会,奇怪的是,他们却始终停留在一个"好朋友"的阶段,而没有迈进另一个领域里。杨太太也曾希望这个漂亮的男孩子能系住女儿那颗飘浮的心灵。

可是，杨羽裳总是那样满不在乎地扬扬眉说：

"欧世澈吗？他确实不坏，一个顶尖儿的男孩子。就是——有点没味儿。"

什么叫"味儿"？杨太太可弄不清楚，事实上，她对这个宝贝女儿是根本弄不清楚的，从她八九岁起，这孩子就让她无法了解了。

现在，欧家兄弟站在客厅里，两个人都长得又高、又帅。欧世澈清秀，欧世浩豪放。杨羽裳知道，喜欢他们兄弟俩的女孩子多着呢，但他们偏偏都最听杨羽裳的，或者，就由于杨羽裳对他们满不在乎。人，总是追求那最难得到的东西！

"好了，咱们走吧，去接俞慕枫去！"杨羽裳把一个长带子的皮包往背上一背，好洒脱好俏皮的样子，欧世澈轻轻地吹了一声口哨。

"妈！"杨羽裳扬着声音对屋里叫，"我出去了，不在家吃午饭，也不在家吃晚饭，如果有我的电话，就说不知道我什么时候才回来！"

杨太太从里屋里追了出来，明知道叮咛也是白叮咛，她却依然忍不住地叮咛了两句：

"早些回来啊，骑车要小心！"

"知道了！"

杨羽裳对她挥了挥手，短裙子在风中飘飞，好帅！好动人！

两辆摩托车风驰电掣地驶走了，杨羽裳坐在欧世澈的后座，她那鹅黄色的裙子一直在风中飞舞着。杨太太站在院子门口,目送他们的身影消失。她不知道这时代的男孩子为什么都喜欢骑摩托车,台北市已快被摩托车塞满了。摇摇头,她关上大门,走进了屋里。她知道,不到三更半夜,羽裳是不会回家的了。羽裳!她叹口气,天知道,这个女儿让她多操心呀!

不到十分钟,杨羽裳他们就停在俞家的大门口了。来应门的就是俞慕枫本人,她已经换好了衣服,装扮好了,正在等着他们。一开门,看到门外的欧家兄弟,她就呆了呆,她以为有七八个人呢,可是,眼前却只有欧家兄弟和杨羽裳!她愣愣地说:

"没有别人了吗?"

"还需要多少人呢!"杨羽裳大声地说,"快来吧!你跟欧世浩坐一辆车,我跟欧世澈!"伸长脖子,她下意识地看看俞家的院落和静悄悄的客厅,她看不到俞慕槐的影子。

俞慕枫看看欧世浩,有些犹豫,她根本不认识他。欧世浩立即微微一笑,爽朗而大方地说:"我是欧世浩,希望请得动你,希望你不觉得我既失礼又冒昧,还希望你信任我的驾驶技术!"

俞慕枫扑哧一声笑了。

"我从不怕坐摩托车,"她也大方地说,颊上的酒窝深深地露了出来,"我哥哥有辆100CC的山叶,我就常常坐他的车。"

"你哥哥呢?"杨羽裳不经心似的问。

"一早就出去了。"

杨羽裳咬了咬嘴唇,咬得又重又疼。狠狠地甩了一下头,她大声地叫:

"我们还不走,净站在这门口干吗?"

俞慕枫坐上了车子,立即,马达发动了,一行人向街道上快速地冲了出去。

于是,这是尽情享乐的一天,这是尽兴疯狂的一天,他们吃饭、打保龄、飞车、跳舞、吃宵夜、高谈阔论……一直到深夜,杨羽裳才回到家里。

她喝过一些啤酒,有点薄醉。虽然带着钥匙,她却发疯般地按着门铃。秀枝披着衣服,匆匆忙忙地跑来开门。杨羽裳微带踉跄地冲进门内,走过花园,再冲进客厅,脚在小几上一绊,她差点摔了一跤。站稳了,她回过头来,看到秀枝睡眼蒙眬地在打哈欠。

"秀枝,今天有我的电话吗?"

"有呀。"

她的心猛地一跳。

"留了名字吗?是谁?"

"一个是周志凯,一个是上次来过家里的那个——那个——"

"那个什么?"她急躁地问。

"那个王怀祖!"

"还有呢?"

"没有了。"

"就是这两个吗?"她睁大了眼睛。

"就是这两个。"

"我房里的电话都是你接的吗?"

"是呀,小姐,都是我接的。"

她不说话了,低着头,她慢吞吞地走进了自己的房间。把皮包扔在床上,她也顺势在床上坐了下来,慢慢地脱掉靴子,再脱掉丝袜,她的眼睛始终呆愣愣地望着床头柜上那架金色的电话机。忽然,她跳了起来,扑过去,她抓住那架电话机,把它狠命地掼了出去,哗啦啦的一阵巨响,电话砸在一个花瓶上,再砸在桌子上,再翻倒到地毯上。她赶过去,用脚踢着踹着那架电话机,拼命地踢,拼命地踹。这喧闹的声音把杨承斌夫妇都惊动了,大家赶到她卧房里,杨太太跑过去一把拉住了她,急急地问:

"怎么了?怎么了?羽裳?怎么了?"

"我恨那架电话!"她嚷着,抬起头来,满脸泪痕狼藉。把头埋在杨太太的肩上,她呜咽着说,"妈,你一天到晚骂我游戏人生,可是,等我不游戏的时候,却是这样苦呵!"

杨太太拍抚着杨羽裳的背脊,完全摸不清楚女儿是怎么回事,看到女儿流泪,她心疼得跟什么似的。只能不住口地安慰着:

"别哭,别哭,羽裳。妈不怪你游戏人生,随你怎么玩都可以,你瞧,马上放暑假了,我陪你去日本玩,好吗?你不是一直想去日本吗?"

"我不去日本!"杨羽裳大叫着。

"好,好,不去日本,不去日本,"杨太太一迭连声地说,

"你想去哪儿,就去哪儿!"

"我要到北极去!"杨羽裳胡乱地叫着,"去冰天雪地里,把自己冻成一根冰柱!"

"北极?"杨太太愣了,求救地看着杨承斌。

杨承斌默默地摇了摇头,悄悄地退出了屋子。女儿!他叹口气,谁有这样古里古怪、莫名其妙的女儿呢?

第七章

又是一个无眠的夜。

杨羽裳躺在床上,眼睁睁地瞪视着窗外,今夜月色很好,榕树那茂密的枝叶,影影绰绰地耸立在月色里。透过那些树叶和枝丫,她可以看到远处天边的几颗星星,在那高高的清空中闪耀。她凝视着,心里空空荡荡的,似乎没有什么思想,也没有什么欲望。她的心灵是一片沉寂与寥落,她的头脑像一片广大的荒漠。

自从摔电话机那夜之后,到现在又是一个星期了。一个星期!俞慕槐始终没露过面,也没来过电话,她不愿再去想他了。这个星期她过得很充实,几乎每天和欧家兄弟以及俞慕枫在一起。慕枫也曾对她说过:

"我哥哥问起你。"

"是吗?"她漫不经心地,"他问我什么?"

"问你是不是很开心?是不是有男朋友了?"

"你怎么说呢？"

"我告诉他你从没缺过男朋友！实在多得数不清了！现在，有个欧世澈正在对你发疯呢！"

杨羽裳笑了。

"他怎么说呢？"她再问。

"他呀？他就那样笑笑走开了！"

就是这样，那俞慕槐对她忽然撒开了手。他不是也约会过她一阵，也来往过一阵的吗？怎会这样无疾而终的呢？她想不明白，但她已决定不再想了。那个傻瓜，那个木头，那个自以为了不起的混蛋！让他去死吧！她恨他，她希望他有一天会被汽车撞死！

是的，她决心不理俞慕槐了。是的，她生活得很充实。但是，她开始失眠了。每夜，每夜，她就这样瞪着眼睛到天亮，她的神志那样明白，她的意识那样清醒，她知道她无法入睡。她看月亮，她看星星，她看暗夜的苍穹，直到她看见曙光的微显——新的一日来临，她叹息着，内心绞痛地去迎接这新的、无奈的一日！为什么内心会绞痛呢？她不知道，她也不想去分析。

现在，又是这样的夜了。又是这无眠而无奈的夜！她觉得眼皮沉重而酸痛，但她无法合起眼睛来，她的神志太清醒了，她无法入睡！

远处的天边，星星在璀璨。风筛动了树梢，树影在晃动。夜，寂静而深沉。她轻轻地叹息，觉得内心深处有一根细细的纤维，在那儿抽动着，抽痛了她的神经，抽痛了她的五脏六腑。

电话铃蓦然响了起来,在这寂静的深夜里,响得离奇,响得刺耳。她吓了一跳,看看表,凌晨三点钟!这是谁?欧世澈那个神经病吗?

握起了听筒,她不耐地说:

"喂?"

"喂,羽裳。"对方的声音低沉而清晰,"希望你没睡。"

她的心脏发狂地跳动了起来,一层泪雾瞬息间冲进了眼眶。她想对着那听筒大叫,你这混账王八蛋!但她的喉咙哽住了,她发不出任何声音。

"羽裳。"对方低唤着,声音那样轻柔,那样诚挚,那样充满了最真切的感情,"我很想你。"

是真的吗?是真的吗?你这混蛋,你这木头!为什么这么久不理我?她咬住嘴唇,泪水无声地滑下了面颊。

"怎么不说话呢?"对方沉默了一会儿,问,"我打扰你睡觉了吗?回答我一句话吧,让我知道你在听。"

她张开嘴,想说"你滚进地狱里去!",但她却结结巴巴地说成了:

"你——你知道现在几点了吗?"

"三点。"他说,"我睡不着,窗外的月色很好,我想,或者你也和我一样在看月亮,就忍不住打了个电话给你。"他叹了口气,"你好吗?羽裳?"

"谢谢你还记得我!"她尖刻地说,鼻子中酸酸的。

他顿了顿。

"你在生我的气吗?"他柔声问,担忧地。

"为什么要生你气呢!"她哽塞地说,"大记者记不得定好的约会,并没有什么稀奇!"

对方沉默了,好一会儿,一点声音都没有了。她开始紧张了起来,或者,她不该顶撞他的,他会把电话挂断了,那么,他就永远不会再打电话来了!她觉得脊背上一阵寒意,就听到自己那可恶的、略带颤抖的声音在说:

"慕槐,你还在吗?你走开了吗?"

"我在。"他说,又停顿了好一会儿,他才开口,他的声音里夹着深深的叹息,"羽裳,我想见你。"

她的心一阵绞痛,血液在体内迅速地奔蹿起来,她握着听筒的手战栗着,她的声音是痛楚与狂欢的混合:

"什么时候?"

"现在。"

"现在?!"她轻叫。

"是的,现在!"他肯定地说,语气迫切而热烈,"这时间对你不合适吗?是太早了还是太晚了?"

"没有时间对我是不合适的!"她低喊,看了看窗外的月色,"但是,怎么见呢?你来吗?"

"听着,羽裳,我一点钟才从报社回家,一路上看到月明如昼。所以,如果你不反对,我要走到你家来,你在门口等我,我大约二十分钟就会到达。然后,我们可以沿着新建的仁爱路四段,往基隆路走去,再顺着基隆路折回来……你愿意和我一起散步到天亮吗?愿意吗?"

愿意吗？愿意吗？她的心灵狂喜着，她的头脑昏乱着，她的泪水弥漫着……她竟忘了答复了。

"怎么了？"俞慕槐问，"我希望这提议对你来说，并不算太疯狂！"

"疯狂！"她叫，深抽了一口气，"我喜欢这疯狂！你来吧！我等你！"

"在门口等着，我会轻叩大门，你就开门，好吗？我不想按铃把你全家吵醒！"

"好的！好的！好的！"她一迭连声地说。

对方收了线，她仍然呆握着听筒，软弱地躺在床上，好半天，她才突然跃了起来，把电话轻轻地放好。飞跃到橱边，她打开橱门，一件件衣裳拉出来看，一件件衣裳摔到床上，最后才选了件淡紫色的洋装，穿好了。她再飞跃到梳妆台前，对着镜子，胡乱地梳了梳她那乱蓬蓬的短发。一切结束停当，看看表，才过去十分钟哪！时间消逝得多么缓慢呀，她在镜子前打了一个旋转。镜子里的人有张发烧的面孔和闪亮的眼睛。她再打了一个旋转，停下来，她打开抽屉，找出一条红色的缎带，走回到床头边，她细心地用缎带在电话听筒上打了个蝴蝶结，再把自己的嘴唇轻轻地印在那听筒上，低语地说：

"我不再砸你了！永不再砸你了。"

傻事做完了。她站直身子，再看看手表，还不到他说的二十分钟！不管了，她要到门外去等他，蹑手蹑脚地走出房门，她不想惊醒父母，扭开一盏小壁灯，她再蹑手蹑脚地穿过客厅,走进花园,她停在大门口了。

真的,今夜月明如昼!花园里一片光亮,树影参差,花影朦胧,她的影子投在地下,颀长而飘逸。

在门口默立了几分钟,她听不到叩门的声响,多恼人的期待啊!每一秒钟抵几千百个世纪。把耳朵贴在门上,依然是一片沉寂。她低低叹息,宁愿站在门外看他走近,不愿这样痴痴地等待。她轻悄地打开了门。

门刚刚打开,她就猛地吃了一惊,门外,俞慕槐正靠在门边的水泥柱子上,静静地望着她。他的眼睛又大又亮,又深又黑。

"噢,"她轻呼,"你已经来了?怎么不敲门呢?"

"我来早了。"他说,"怕你还没有出来。"

她轻轻地把大门关好,望着他。街头静悄悄的,没有行人,也没有车辆。月光把安全岛上椰子树的影子,长长地投在路面上。他站着,也望着她。他们对望了好一会儿,然后,他伸出手去,拉住了她的手,往怀里一带,她就扑进了他的怀里。他的胳膊圈住了她,她的头紧倚在他的肩上,嗅着他身上那股男性的气息,她深吸了口气,泪水又冲进了眼眶里。

他用手扶着她的肩,轻轻地推开了她的身子,让她面对着自己。他审视着她,仔细地审视着她,然后,他捧住了她的面颊,用大拇指抹去了她颊上的泪珠,他的头俯了下来,他的嘴唇轻吻了一下她的眼睛,又轻吻了一下她的鼻尖,最后,才落在她的嘴唇上。

她闭上眼睛,新的泪珠沿着眼角滚落。她的心飘飞在那遥远的云端，一直飞向了云天深处！她的意识模糊，思想停顿而头脑昏沉。在她心灵深处，那根细细的纤维又在抽动了，牵引着她全身的每一根神经，她心跳，她气喘，她发热……啊，这生命中崭新的一页！这改变宇宙、改变世界的一瞬哪！不再开玩笑，不再胡闹，不再漫游……她愿这样停留在这男人的臂弯里，被拥抱着，被保护着，被宠爱着！呵，她愿！她愿！她愿！

他的头终于抬了起来，他的眼睛温柔地注视着她，那样深沉，那样专注地凝视！她迎视着这目光，觉得浑身瘫软而无力，她想对他微笑，但那微笑在涌到唇边之前就消失了，她张开嘴，想说话，却只能吐出一声轻轻的、难以察觉的呼唤：

"慕槐！"

他重新俯下头来，用嘴唇堵住了她的。她觉得不能呼吸了！那狂野的、炙热的压力与需索！他箍紧了她，他揉碎了她，他把她的意识碾成了碎片，抽成了细丝，而那每一片每一丝都环绕着他，在那儿疯狂地飞舞，飞舞，飞舞！她大大地喘了口气，离开了他，低呼着：

"呵，慕槐！"

他站正了身子，望着她：

"你这个折磨人的小东西啊！"他咬牙切齿似的说，然后，他用胳膊环绕住她的腰，"走吧！羽裳，我们不是要散步吗？"

她依偎着他，从没有那样安静过，从没有那样顺从过。

他们并肩走向了那刚刚完工的仁爱路四段，这条新建的马路寂静而宽敞，路两边是尚未开建的土地，路当中，新植的椰子树正安静地伫立在月光里。

这样的夜！这样的宁静！月光匀净地铺洒在地面上，星星远而高地悬在天边。夏夜的风微微地吹拂着，带来阵阵沁人心脾的清凉。人行道边的小草上，露珠在月光下闪着幽暗的光芒。他们沉默地走了好一段，两人都没有说话，只是一任微风从他们身边穿过，一任流萤从他们脚下掠过。最后，还是杨羽裳先开口：

"怎么这么久没来找我？"她问，微微带点儿责备，却有着更深的委屈。

"你也没有闲着，不是吗？"他说，微笑着，眼光注视着远处的路面。

她轻哼了一声，偷眼看他，她想看出他有没有醋意，但他脸上的表情那样复杂，那样莫测高深，尤其那眉梢眼底，带着那样深重的沉思意味，她简直看不透他。

"你最近很忙吗？"她试探地问。

"是的，很忙。我一直很忙。"他说，"专门忙着管一些闲事。"

"谁叫你是记者呢！"她笑着，"记者的工作就是管闲事嘛！"

"是吗？"他也轻哼了一声，"我管的闲事却常常上不了报。"她偷窥着他，有些惊疑，不知他所指的是什么。

他的目光从远方收了回来，望望她，他的手把她揽紧了一些。

"羽裳,"他柔声说,"我们认识多久了?"

"唔——大概两三个月吧。"她犹疑地说。

"只有——两三个月吗?"他惊叹地问。

"是呀,记得吗?那天我在你家打羽毛球,那是四月间的事情,现在还不到七月呢!"

"怎么——"他顿了顿,困惑地说,"我觉得我已经认识你好久了呢!好像——有半年了,甚至更久。"

"你——"她不安地笑笑,"你一定糊涂了。"

"是的,我一定糊涂了。"他说,凝视着她。"羽裳,"他深沉地说,"我常常觉得,我不应该太接近你。"

她惊跳。

"为什么?"

"我想过很多事情,我怕很多东西……"他含糊地说,"我怕我对你的接近,是一种对你的不公平,也是一种对我自己的不公平。"

"我不懂你的意思。"她蹙起了眉头。

他站定了。回过身子来,他面对着她,正视着她的脸和她的眼睛。

"羽裳,"他诚挚地问,"你……有没有……一些喜欢我?"

"你……"她咬咬嘴唇,不敢正视他,她把眼光垂下去,看着脚下的红砖,低声地说,"你还要问吗?你看,我不是站在你旁边吗?这样深更半夜的。"

"深更半夜站在我身边的女孩子并不见得都爱我。"他幽幽地说，想着渡轮上那女孩。

她蹙蹙眉。

"什么意思？"她问。

"你瞧，羽裳，我在感情上是个最胆怯的人！"他说，"你太活跃了，你的锋芒太露了，你的男友太多了，而我呢？我禁不起开玩笑。"

她移动了一下站的位置，抬起眼睛很快地看了他一眼，她接触到一对深沉得近乎严肃的眼光，这使她瑟缩了，畏惧了。嚅动着嘴唇，她怯怯地说：

"我没有拿你开玩笑。"

"是吗？"他轻叹了一声，重新挽住了她。他们继续向前面走去，他又陷入一份深深的沉默中。

她有些迷糊了。一种不安的情绪逐渐侵蚀到她身上来，而越来越重地笼罩了她。她忽然觉得身边这个男人那样深沉和难测，像一本最费解的书。她接触过许许多多男孩子，但那些都只是"孩子"，而目前这人却是个道地的、成熟的"男人"。她觉得自己被捕捉了，像个扑入蛛网里的飞蛾，挣扎不出那牵缠不清的"网"。而最糟的，是她摸不清这"网"的性质。

"慕槐！"她轻叫了一声。

"唔，怎样？"他迅速地转过头来，两眼亮晶晶地盯着她，"你有什么话要告诉我吗？"

她是有些话想告诉他，但在这对清亮的目光下，她忽然又瑟缩了，她只觉得又软弱又无力。

"我……我只是要告诉你,"她吞吞吐吐地说,"我……我并没有和那个欧世澈认真。"

"哦,是吗?"他咬了咬牙,"那么,你和我是认真的吗?"

她突然感到一阵愤怒,她听出在他的语气里,竟带着一丝揶揄的味道,这刺伤了她的自尊,伤害了她的感情。事实上,这男人自始就在伤害着她,她忽然发现,自己一直在玩弄男孩子的感情,现在,她却被他所"玩弄"了!他的声音那样轻飘,那样满不在乎!而她,她却托出了内心深处的言语!

她站住了。她的眉毛高高地挑了起来。

"你并不在乎,是吗?"她憋着气说,"看来,你是并不'认真'的,是吗?"

"我能对你认真吗?"他反问,仍然带着他那股揶揄的味道,"我告诉你,羽裳。人生如戏,男女之间,合则聚,不合则分,最好谁对谁都别认真。认真只会给彼此带来烦恼,记住吧!"

她的血液僵住了。愤怒迅速地从她胸腔中生起,像燎原的大火般烧着了她。她死死地盯着面前这个男人,这是谁?这就是刚刚在门口那样拥吻着她的男人吗?这就是对她扮演了半天痴情的男人吗?原来他只是在戏弄她!只是在和她逢场作戏!别认真!他以为她是什么?是他爱情上的临时伴侣吗?这男人,这男人,这男人简直是个无情的魔鬼!怪不得他三十岁还没结婚!这男人,这该死的混蛋!而最最糟糕的,是她居然向他捧上了一片真情!

"你这混蛋!"她咬着牙说,"你半夜三更打电话给我,只是为了好玩吗?"

"为了寂寞。"他说,"我想,你也可能会寂寞,我们可以彼此帮忙,度过一段乏味的时光。"他注视她,不解地扬起了眉,"你在生气吗?为什么呢?难道你不愿意听真话,而宁愿我欺骗你,告诉你一些什么'天长地久'的谎言吗?你必须明白,我不是那种男人,我是不会和你结婚的!"

"结婚?"她大叫,泪水冲进她的眼眶里,她气得浑身发抖,"你以为我要嫁给你吗?你以为天下的男人都死绝了吗?你少自抬身价吧!你这个……你这个……"她气得说不出话来,而那可恶的、不争气的眼泪又一直在眼眶里打滚,她必须用全力来遏制它的滚落,于是她就更说不出话来了,只能哽咽在喉咙里。

"你这是怎么了?"俞慕槐更加不解地瞪视着她,眉头紧紧地蹙了起来,"什么事值得你这样大呼小叫呢?既然你无意于嫁给我,那是最好不过的事了。就因为你刚刚说了一句认真不认真的话,让我吓了一跳,我可不愿意被一个痴缠的女孩子所拴住!所以我要先跟你讲明白,我想,你也是个聪明人,和我一样,不会对感情认真的,所以我才选择了你。你干吗这样大惊小怪?"

"大惊小怪!"她嚷着。那受伤的、受侮的感觉把她整个地吞噬了。俞慕槐这番话粉碎了她所有的柔情,打击了她全部的自尊。她那满是泪水的眼睛冒火地盯着他,语不成声地说:"好,好,我现在才认清你!才知道你是怎样的人!是的，我是不会认真的，我决不会认真的，尤其对你这种人！我告诉你，我根本看不起你！从你的头到你的脚，我没有一个细胞看得上，我根本讨厌你！讨厌你！讨厌你！"她叫着，泪水终于突破了防线，滚落在面颊上，她的气喘不过来了，不得不停止了叫嚷。

"哎呀，我的天！"俞慕槐惊异地抬了抬眉毛，像看到什么传染病一样，赶紧退后了一步。"羽裳，"他吃惊地说，"你不会是真的爱上我了吧？我是不会动真感情的！你也不会以为我是爱上你了吧？"

杨羽裳气得要昏倒，举起手来，她狠狠地对他的面颊抽过去。但是，她的手被他一把抓住了，他紧紧地握着她的手腕，他的眼睛严厉地盯着她。

"别对我发你的娇小姐脾气，"他微侧着头，阴沉地说，"我不是你的俘虏，也不是你的不贰之臣，你如果想发脾气，去对别人发去，永远别对我撒泼，我是不会吃你这一套的！"

杨羽裳睁大了眼睛，惊愕更战胜了愤怒，在她有生的二十年来，她从没有碰到一个人用这样严厉的口吻来教训她。她在惊讶与狂怒之余，整个人都呆住了。

他甩开了她的手，那样用力，使她几乎摔倒在人行道上。然后，他径直走到马路当中去，伸手拦住了一辆计程车。黎明，早在不知不觉中来临了。

他折回到她身边来，拉住她的手腕，把她向计程车拖去，她尖叫着说：

"放开我！我不跟你走！"

"谁要你跟我走呢?"他恶狠狠地说,把她推进了计程车里,"砰"的一声关上了车门。他站在车窗外面,对司机大声地交代了杨家的地址,丢进了一张钞票。再转向杨羽裳嘲讽地说,"老实说,小姐,你即使要跟我走,我也没有兴趣了!"

说完,他掉转了头,大踏步地走开了。

车子发动了,向杨家的方向开去,杨羽裳瘫软在车子里面,她气得那样厉害,以至于牙齿咬破了嘴唇,深深地陷进了肉里面去。

俞慕槐看着那车子驶走了,他的脚步陡然放慢了,像经过一场大战,他突然觉得筋疲力尽起来。踏着清晨的朝露,望着那天边蒙蒙的曙光,他孤独地、疲乏地迈着步子。那种深切的、"落寞"的感觉,又慢慢地、逐渐地对他紧紧地包围了过来。

第八章

"哥哥!"俞慕枫气急败坏地冲进了俞慕槐的房间,大嚷大叫地说,"你到底对杨羽裳做了些什么?你快说吧!杨伯母打电话来说不得了了,杨羽裳把整个房间的东西都砸了,在那儿大哭大叫大骂,口口声声地叫着你的名字,杨伯母说,求求你帮帮忙,去解说一下,到底你怎么欺侮杨羽裳了?哥哥!你听到没有?"

俞慕槐和衣躺在床上,头枕双手,眼睛大大地睁着,注视着天花板上的吊灯,他的身子一动也不动,对于慕枫的叫嚷,似乎一个字也没有听到。

"哥哥!"慕枫冲到床边去,用手摇撼着俞慕槐,"你怎么了?你在发什么呆?快说呀,你到底闯了什么祸,杨羽裳说要杀掉你呢!"

俞慕槐慢吞吞地从床上坐了起来,静静地望着慕枫。

"让她来杀吧!反正她已经杀过一个人了!"他冷冷地说。

"你在胡扯些什么?"俞慕枫叫,"哥哥!你不可以这样的!"

"我不可以怎么样?"俞慕槐瞪大眼睛问。

"人家杨羽裳是我的同学,是我介绍你认识她的,"俞慕枫气呼呼地说,"你现在不知道对人家做了什么恶劣的事,你就躲在家里不管了,你让我怎么对杨伯伯杨伯母交代?"

"你以为我对她做了些什么?"俞慕槐没好气地说,"我告诉你,我既没占她便宜,又没强奸她,行了吧?"

"哥哥!"慕枫叫,"别说得那么难听,行不行?我不管你怎么得罪了她,你现在跟我到杨家去一趟!"

"我去干吗?去赔罪吗?你休想!"

"不是赔罪,去解释一下行不行?"俞慕枫忍着气说,"你不知道杨羽裳在家是千金小姐,她父母宠她宠得跟什么似的,现在她爸爸又不在家,她妈妈急得要发疯了,她妈妈说,杨羽裳闹着要去跳淡水河呢!"

"哈哈!"俞慕槐翻了一下白眼,"你可以告诉她,跳海比跳淡水河更好!"

"哥哥!"俞慕枫跺了跺脚,生气地嚷,"你撞着鬼了吗?"

"早就撞着了!杨羽裳就是那个鬼!"俞慕槐说。

俞慕枫侧着头看了看俞慕槐,她不解地皱起了眉头。

"哥哥,你跟杨羽裳是怎么回事?你们到底有什么深仇大恨,彼此这样恨得牙痒痒的?现在,我也不管你们在闹些什么,就算我求求你,请你看在我这个妹妹的面子上,去杨家一趟好不好?"

"你以为我去了,就可以使她不发脾气了吗?"俞慕槐望着妹妹,"只怕我去了,她的火会更大呢!"

"我不管。"慕枫嘟起了嘴,"杨伯母说要请你去,你就跟我去一次,到底你和杨羽裳闹些什么,你去告诉杨伯母去!"

俞慕槐注视着慕枫,沉思了一会儿,终于,他一甩头,下决心地说:

"好吧!去就去吧!"

站起身来,他走到书桌前面,打开抽屉,他取出一个卷宗和一沓厚厚的照片,说:

"走吧!"

"你拿的是什么?"慕枫问。

"你不用管!要走就快!"

慕枫不敢再问了,她只怕多问下去,这个牛脾气的哥哥会回身又往床上一躺,那你就休想再请动他了。偷眼看他手里的卷宗,那样厚厚的,真不知道是些什么。或者,他离开杨家以后,还有公事要办。看看表,上午十一点钟,阿香说哥哥一夜都在外面,清晨才回来,接着,杨家就来电话了,接二连三来了十几个,哥哥根本拒听电话,只是躺在床上发呆,一直等到慕枫上完早班的课,回到家里,才知道哥哥似乎闯了滔天大祸。俞太太急得满屋子搓手,看到慕枫就说:

"慕枫,快求你哥哥去一趟吧,真不知道他怎么欺侮人家小姐!杨太太打了几百个电话来了!"

慕枫马上和杨家通了电话,杨太太那气急败坏的语气,那近乎哀求的声音,立即把慕枫吓坏了,吓得她连思考的余地都没有，就冲进了哥哥的房间。

现在，俞慕槐总算答应去了，她生怕再生变化，就乖乖地跟在俞慕槐身后走出了房间。俞太太还在客厅中搓手，看到儿子出来，她不安地望了他一眼，儿子的脸色多苍白呀，神色多严厉，她从没看到他有这种脸色。她追过去，怯怯地叮了一句：

"慕槐，别和人家再起冲突呀，如果……如果……你做了什么事，你就负起责任来吧！那杨家小姐，论人品学识，也都不坏呀！"

天！她们以为他做了什么？俞慕槐站住了，严厉而愤怒地说：

"妈！你在说些什么？你们都以为我和杨羽裳睡了觉了吗？真是笑话！我告诉你们吧，那杨羽裳根本是个疯子！她的父母也和她一样疯，因为他们居然纵容这个女儿的疯狂！"

"哎呀，我的天！"俞太太叫着，"你这么大火气，还是别去的好！"

"现在我倒非去不可了，"俞慕槐怒气冲天地说，"否则还以为我干了什么坏事呢。今天大家把所有的事情都抖出来吧！我还要去质问那个母亲呢，她到底管教的什么女儿！"

说完，他冲出院子，打开大门，推出了他的摩托车，发动了马达，他大叫着说：

"慕枫！你到底是来还是不来？"

慕枫对母亲投过去无奈的一瞥，就慌忙跑过去，坐上了摩托车的后座，她的身子才坐稳，车子已"呼"的一声，冲出了院门。

几分钟后，他们已经置身在杨家那豪华的客厅中了。杨太太看到他们，如获至宝般迎了过来，急急地说：

"你们总算来了，谢天谢地！从没看到她发那么大脾气，全屋子的东西都砸了，现在，总算砸累了，可是，还在那儿哭呢，已经哭了好几个小时了，我真怕她会哭得连命都送掉呢！"她望着俞慕槐，并无丝毫责怪的样子，却带着满脸祈谅的神情，"俞先生，我知道羽裳脾气不好，都给我们惯坏了，可是，您是男人，心胸宽大，好歹担待她一些！"

听了杨太太这番话，看了杨太太这种神情，俞慕槐就是有再大的脾气，也不好发作了。他看出这个母亲，是在怎样深切的烦恼与痛苦中。母亲，母亲，天下的母亲，是怎样难当呀！

"羽裳在哪儿呢？"他忧郁地问。

"在她的卧室里。"杨太太说，祈求地看着俞慕槐，"俞先生，我是个母亲，我了解我自己的女儿。我知道，她一定对您做了什么不可原谅的事，但是，你已经报复过她了，她一生要强，这是第一次我看到她这么伤心。俞先生，解铃还须系铃人，你去劝劝她吧！"

俞慕槐心中一动，所有的火气都没有了。想到羽裳的伤心，相反地，他心中竟生起一股难解的懊悔与心疼的感觉，他是太过分了！她只是个顽皮的孩子，所作所为，不过是顽皮与淘气而已。他不该戏弄她的感情。垂下了眼帘，他轻叹了一声，有些寥落地说：

"伯母,你叫我的名字慕槐吧!对羽裳的事,我也不知该怎样解释,这儿有一沓照片,是我在新加坡照的,照片中的女孩,是个歌女,名叫叶馨,我想——您认识她的。"他把照片递过去,"这女孩有个很凄凉的身世,出生在贫民窟里,父亲酗酒,母亲患肺病,哥哥在监牢里,全家的生活,靠这歌女鬻歌为生。"他注视着杨太太,"一个很值得同情的女孩,不是吗?"

杨太太望着那些照片,一张张地看过去,脸色由白而红,又由红而转白了。慕枫也伸过头去看,惊异地叫了起来:

"嗨!这女孩长得像杨羽裳,怪不得你曾经问杨羽裳姓不姓叶呢!"

"除了长相之外,这女孩没有一个地方像杨羽裳!"俞慕槐说,"抛开这歌女不谈,我还有另外一个故事,却发生在香港……"

那母亲的脸色更苍白了,她哀求似的看着俞慕槐。俞慕槐把要说的话咽住了,再叹了口气,他说:

"好吧!我去和羽裳谈谈!"

杨太太如释重负地松口气,把他带到杨羽裳的房门口,手按在门柄上,她低声说:

"慕槐,原谅她,这是她第一次动了真情!"

俞慕槐浑身一震,他迅速地抬头看着杨太太,后者的眼睛里已经溢满了泪水,唇边却带着个勉强的、鼓励的笑。俞慕槐想说什么,但,房门已经开了,他看到杨羽裳了。

杨羽裳躺在床上,头埋在枕头里,正在那儿抽抽噎噎地哭泣。砸乱的房间早已收拾过了，所有瓶瓶罐罐及摆饰品都已不见，整个房间就显得空空荡荡的。杨太太站在门口，低声细气地叫了一声：

"羽裳，你瞧谁来了，是俞慕槐呢！"

一听到俞慕槐的名字，杨羽裳像触电般从床上跳了起来，迅速地回过头，露出了她那泪痕狼藉而又苍白的面庞。她的眼睛燃烧着，像要喷出火来般盯着他，嘴里发狂般地大叫着说：

"滚出去！俞慕槐！谁要你来？你这个混账王八蛋，你居然有脸到我家里来，你给我滚出去！滚出去！滚出去！"她一面叫着，一面抓起了一个枕头，对着他砸了过来，俞慕槐一手接住，她第二个枕头又砸了过来。那母亲紧张了，生怕俞慕槐会负气而去，她赶过去拉住了女儿的手，急急地说：

"羽裳，你别乱发脾气，你和慕槐有什么误会，你们两个解释解释清楚，就没事了，你这样发脾气，怎能解决问题呢？"

"我和他有什么误会！"杨羽裳乱嚷乱叫，"我根本不要见他！这个人是个衣冠禽兽！"

俞慕槐的脸色发白了。他咬牙说：

"我是禽兽，你是什么？海鸥吗？谋杀了丈夫的妻子吗？新加坡的歌女吗？你到底是什么？你不要见我，你以为我高兴见你吗？最好，我们这一生一世都不要再见到面！"说完，他掉转头就预备离去。

"慢着！"杨羽裳大叫，"你说些什么？"

俞慕槐转过了身子，面对着杨羽裳，打开了手里的卷宗，他把那文件丢到她的身上来，冷冷地说：

"这上面有你的全部资料，你最好自己看看清楚！别再对我演戏了，虽然你有最好的演戏天才！海鸥小姐。"

杨羽裳低下了头，望着身上那个卷宗，在摊开的第一页上，她看到下面的记载：

姓名：杨羽裳——海鸥——叶馨。以及其他。

年龄：二十岁。

出生年月日：一九五〇年二月十六日。

出生地：美国三藩市。

所持护照：美国护照及中国护照。

国籍：美国及中国双重国籍。

本人籍贯：河北。

父名：杨承斌。

母名：张思文。

居住过之城市：三藩市、马尼拉、新加坡、香港、台北、曼谷、东京，以及欧洲。

学历：六岁毕业于三藩市××幼稚园。

十二岁毕业于马尼拉××小学。

十五岁毕业于香港××初中。

十七岁来台，考进师大艺术系。目前系艺术系三年级学生。

这一页的记载到此为止，后面还有厚厚的一沓，杨羽裳再也没有勇气去翻阅下面的，她抬起头来，呆呆地望着俞慕槐，愣愣地说：

"原来你都知道了！"

"是的，我都知道了。"俞慕槐点点头，阴沉地说，"你一生所做的事，这个卷宗里都有，包括你童年假扮成小乞丐，去戏弄员警，扮演残疾人，去戏弄一个好心的老太太。以至于十七岁那年，在香港，你假扮作一个痴情姑娘，去戏弄一个年轻人，弄得那年轻人为你吞安眠药，差点送掉了命。你父亲的事业遍及世界各地，你又有护照上的方便，于是，每到假日，你就世界各地乱跑，走到哪儿，你的玩笑开到哪儿。你扮过歌女、舞女，也冒充过某要人的女儿。你扮什么像什么，受你骗的人不计其数，包括我在内。每当闯了祸，你有父母出面为你遮掩，反正钱能通神，你的恶作剧从未受到惩罚。你的哲学是：人生如戏！于是，你天天演戏，时时演戏，对人生，对感情，你从没有认真过！"

杨羽裳听呆了，大大地睁着眼睛，她注视着他，什么话都说不出来。那站在一边的慕枫，也听得出神了。

"去年圣诞节期间，你刚好在香港度假，"俞慕槐继续说，"那个下雨的深夜，在天星码头，很凑巧我竟赶上那班轮渡，遇到了你，又很不幸地被你选作戏弄的对象。"

杨羽裳畏缩了，垂下了睫毛，她轻轻地几乎是痛苦地说：

"那晚，完全是个偶然。我只是无聊，我想试试看，如果我扮出一副失魂落魄的样子来，你会不会找我搭讪？谁知你真的过来了,我只好顺口胡说,演戏演到底了。"

"很好,"俞慕槐耸了耸肩,"你击中了人性的弱点,或者,你是击中了我的弱点,总之,那个晚上,你完全达到了目的,把我弄得团团转。你扮演得真好,把绝不可能的事竟演得栩栩如生!我是傻瓜,我活该上当!这也别提了,使我不解的是,你怎么知道我会去新加坡,又怎么知道我会去那家夜总会,而能第二度戏弄我?"

"谁知道你会去新加坡了?谁又想第二度戏弄你?"杨羽裳嘟着嘴苦恼地说,"那是寒假里,我反正没事做,到新加坡去玩。那家夜总会根本是我姑丈开的,我一时好奇,想试试当歌女是什么滋味,就跑去唱着玩。谁知道你阴魂不散地又闯了来了,世界那么大,你别的地方不好去,就单单跑到新加坡来?"

"哦,这倒是我的不是了?!"俞慕槐冷冷地说,"那闻经理显然是你的同谋了?"

"闻经理才不知道呢!"杨羽裳仍然嘟着嘴,"他真以为我是被介绍来客串的二流歌星。"

"我实在不能不佩服你的演技,"俞慕槐再点了点头,"你见到我之后居然能面不改色,马上编出另一套故事来!连口音、语气、举动,一切都变了,在这么短的时间内,两度弄得我团团转,好,好,你是天才,我佩服你!"

"那个服务生来告诉我,闻经理叫我到五号桌子上去坐坐,我就觉得有点不对,"杨羽裳怯怯地、负疚地解释,"我躲在帘子后面偷看了一下,一眼就看到了你。我能怎样呢?

本想不出去，溜之大吉算了，反正我又不是真的歌星。可是，后来我一想，干脆再演一场戏，试试我会不会被你识破，所以，我出来的时候，已经想好了整套的计划，当然面不改色啦！"

"很好，"俞慕槐打鼻子里哼了一声，回想前情，回想整个被捉弄的经过，他不能不又愤怒了起来，"你果然又成功了，你创造了一个全新的人物——叶馨，你欺骗了我整整一个星期，让我为你伤神，为你操心，为你难过……结果，"他咬牙切齿，"你只是在游戏！"

杨羽裳再度垂下了眼睛。

"我曾经想告诉你的，"她轻声地说，"尤其那最后一个晚上，我几乎说出真情来了，但你阻止了我，是你使我说不出口来的！"

"看样子，这又是我的不是了？"俞慕槐冷笑了一下，"而时隔数月，你居然胆敢跑到我家里来，对我做第三度的戏弄！"

杨羽裳的头垂得更低了。

"我不是成心要戏弄你，"她的声音低得几乎听不清楚，"我费了好大的心机，才找出机会来再度认识你。"

俞慕槐瞪视着她。

"是的，你费了好大的心机，你打听出我有个妹妹也在师大读书，你千方百计地接近她，先跟她成为好朋友，再找一个适当的时机，以另一副全新的姿态出现在我眼前！当我惊愕万状的时候，你又故技重施，装作从未见过我，哼！"他再哼了声,"你是有演戏天才,但是,小姐,你太信任你自己,你也太低估别人了!你以为,我是个可以一而再、再而三地被欺骗的人吗?你以为我生来就是个傻瓜,是个笨蛋吗?小姐,你未免太大胆了。"

杨羽裳沉默了,垂着头,她一语不发,她的手指无意识地抚摸着那个卷宗。

"你确实又把我弄糊涂了,我甚至想去找精神科的医生了!"他继续说,"幸好我坚信自己的头脑清楚,坚信自己的眼光和判断力,整整两个星期,我什么事也不做,只是调查你,从各方面调查你……"他顿了顿,睨视着她,"我奉劝你,小姐,下次你要找开玩笑的物件时,千万别找一个记者!"

她的头抬起来了,她的眼睛怔怔地瞅着他,带着一份难以描述的苦恼,她说:

"那么,你很早就都知道我的真相了?"

"不错,很早就猜到了一个大概,但是,所有细节,还是陆续查出来,陆续拼凑出来的。我曾一再试探你,我也曾一再暗示你,我希望你能主动地告诉我,那么,我会原谅你。"他的声音降低了,"但是,无论我怎样暗示与试探,你都置之不理,却依然演你自己的戏!于是,我明白了,你的戏会一直演下去!不,小姐,我不愿再做牺牲品了,永远不愿了!你懂了吗?"

她的脸色惨白,喃喃地说:

"我懂了!你戏弄了我!从一开始,你就计划着报复,你对我若即若离，你对我欲擒故纵，然后，"她的眼睛冒着火，"你侮辱了我的感情！我懂了，你在报复，你从没有喜欢过我！你只是玩弄我！"

"彼此彼此，不是吗？"他嘲弄地说，嘴角浮起一个恶意的笑，"应该有人让你受点教训了，不是吗？假如你竟然真心爱上了我，那就是你的悲哀了。"

她的头高高地昂了起来，像一只待战的公鸡，她整个身子都挺直了。她脸上，那原有的怯意与愧疚都一扫而空，取而代之的，是一份极度的愤怒与憎恨。她的眼睛一眨也不眨地盯着他，她的呼吸沉重地鼓动着胸腔。好一会儿，他们对视着没有说话，然后，她忽然"咯咯咯"地笑了起来，笑得前俯后仰，笑得喘不过气来，笑得眼泪都出来了。一面笑，她一面指着他说：

"说老实话，你调查得确实很清楚，我一生游戏人生，不知戏弄过多少人，但是以这一次最有意思！你是我碰到的第一号傻瓜！"

俞慕槐的脸色气得发白。

"你很得意，是吧？"他说，"那么，今天干吗发这么大脾气呢？今天凌晨三点钟，又是谁对我投怀送抱的呢？"

这次，轮到杨羽裳的脸发白了。

"假若你认为吻了我，就足以沾沾自喜的话，那你就大错特错了！"她笑嘻嘻地说，"你是我吻过的不知道第几百个男人了！我从十四岁起就和男人接吻了！同时，我必须告诉你，论接吻技术，你还是个小学生呢！"

听到这儿,一直沉默着的杨太太跳了起来,急促而焦灼地说:

"孩子们,求你们别再斗气了好吧?误会都已经讲开了,正该重新开始……"

她的话没讲完,就被一阵门铃声所打断了,秀枝去开了门,大家都回头张望,门外,欧世澈正大踏步地跨了进来,他一直走到杨羽裳的卧室门口,诧异地望着这一群人,嚷着说:

"这儿在开什么紧急会议吗?"

杨羽裳一跃下床,高兴地欢呼了一声,扑奔过去,她抱住了欧世澈的脖子,热烈地送上了她的嘴唇。欧世澈吃了一惊,完全莫名其妙,惊喜之余,却本能地回应了杨羽裳的吻。杨羽裳吻完了他,亲热地拉着他的手,把他带到俞慕槐的面前来:

"世澈,让我给你介绍,这是俞慕枫的哥哥俞慕槐,俞先生,你该认识认识欧世澈,他是我的未婚夫!"

俞慕槐的嘴唇颤抖着,他深深地看了欧世澈一眼,一句话也没有说,一甩头,他转过身子,大踏步地走了,甚至忘记叫慕枫一起走。欧世澈不解地说:

"这人怎么了?"

"他吗?"杨羽裳高声地说,"他在害'自作多情'病呢!"

俞慕槐咬紧了牙,冲出了杨家的大门。

第九章

日子浑浑噩噩地过去了。

夏季的台北，热得像个大大的蒸笼，太阳整日焚烧着大地，连夜里，气温都高得惊人。

是由于天气的燠热吗？是由于工作的繁重吗？俞慕槐近来消瘦得厉害。他憔悴，他苍白，他脾气暴躁而易怒，他精神紧张而不稳定。全家没有谁敢惹他，他也不常在家。这些日子，他忙碌得像只大蜜蜂，整日地跑新闻，写专访，晚上上班，夜里又写特稿，虽然，据俞太太说：那些特稿都写坏了，因为每天早上阿香要从他房里扫出大堆大堆的字纸。但是，他却从不中止这份忙碌，他吃得少，睡得少，夜以继日地工作，他成了工作的奴隶。俞太太眼看着他消瘦，她不敢说什么，俞步高只是默默地摇头，儿子大了，做父母的操不了那么多心了，由他去吧！俞慕枫呢？

或者，全家只有慕枫比较了解俞慕槐，但是，随着暑假的来临，慕枫反而忽然忙了起来，和俞慕槐一样，她也很少在家，而她在家的日子，她身边常多出来一个高高个子的、漂亮的男孩子！俞太太发现，儿子的心还没操完，她已经该操女儿的心了！

"这个欧世浩，家里是做什么的呀？"私下里，她询问着女儿。

"他父亲是个律师，叫欧青云，有名的呢！"

"噢，是欧青云吗？"俞太太愣了愣，"那律师是出名的精明人物呢！欧世浩像他吗？"

"世浩吗？"慕枫笑着，"不，世浩像他母亲，心肠软，脾气好，对任何事都大而化之。倒是世澈，完全像他父亲，又能干，又镇静，又仔细。"

"欧世澈？"那母亲有些弄糊涂了，"他是杨羽裳的男朋友吗？"

慕枫沉默了，笑容从她的唇边隐去，她沉思着没有说话。俞太太又自言自语地叹息着说：

"那个杨羽裳，她到底是在搅些什么呢？那一阵子常常来，最近连面也不露了。你哥哥每天三魂少掉了两魂半，也不知道是不是为了这杨羽裳？而那欧世澈，又在扮演什么角色呢？唉，你们这些年轻人，我真是越来越不了解了。慕枫，你不是把杨羽裳介绍给你哥哥的吗？怎么变成了杨羽裳介绍她男朋友的弟弟给你了？"

"哎呀，妈妈！"慕枫叫，"你少管我们这档子事吧！这事连我们自己都搅不清楚呢！"

"你只告诉我一句,那杨羽裳和你哥哥之间,是完全吹了吗?"

慕枫蹙起了眉,半天没说话,最后,她才叹了口气。

"妈,你别对他们的事抱希望吧!据我看来,是没有什么希望了,他们已经一个多月不来往了。而且,哥哥那份牛脾气,他怎么肯像欧世澈一样,对杨羽裳下尽功夫,说尽好话呢?"

俞太太默然不语了。

这篇谈话,使慕枫失神了一整天,她也曾细细地分析过哥哥和杨羽裳间的关系。杨羽裳的任性,哥哥的要强,两个人又都嘴底不饶人……但,他们之间是真的没有感情吗?那么,哥哥为何如此憔悴?那杨羽裳又为何整日消瘦呢?是的,杨羽裳也变了,正像哥哥的变化一样。她不再活泼,不再嬉笑,每日只是愁眉苦脸和乱发脾气,这不正和哥哥的情形一样吗?

于是,这晚,慕枫守在房里,很晚都没有睡觉。一直等到俞慕槐从报社回家后,她才走到俞慕槐的房门口,轻轻地敲了敲门:

"哥哥,我可以进来吗?"

"进来吧!"俞慕槐说。

慕枫穿着睡衣,走进了俞慕槐的房间。一进门就闻到一股浓郁的香烟味,再定睛一看,俞慕槐正坐在书桌前面,拿着一支香烟在吞云吐雾。书桌上,一沓空白稿纸边,是个堆满烟蒂的烟灰缸。

"嗨，哥哥！"慕枫惊奇地说，"你从不会抽烟的，什么时候学会了？"

"任何事情，都是从不会变成会的。"俞慕槐不经心似的说，吐出了一个大大的烟圈，望着妹妹，"你有什么事吗？和欧世浩玩得好吗？"

"你居然知道！"慕枫惊愕地瞪大眼睛。

"我有什么不知道的事呢？你以为我没有眼睛，不会看吗？"俞慕槐冷冷地说，"但是，小心点，慕枫，那欧家都是出名的厉害人物！你小心别上了人的当！"

"你是在担心我呢，还是在担心羽裳呢？"慕枫问，盯着哥哥，一面在俞慕槐对面的椅子里坐了下来。

俞慕槐跳了起来，严厉地望着慕枫，他警告地说：

"你最好别在我面前提杨羽裳的名字！"

"何苦呢？"慕枫不慌不忙地说，"我可以不提，大家都可以不提，你却不能不想呀！"

俞慕槐的眉毛可怕地纠结了起来，他的声音阴沉而带着风暴的气息：

"慕枫，你是要来找麻烦吗？"

"我是来帮你忙！"慕枫叫着，俯近了他，她的眼睛亮晶晶地盯着他，"哥哥，别自苦了，真的，你何必呢？你爱她，不是吗？"俞慕槐恼怒地熄灭了烟头，恶狠狠地说：

"我说过我爱她的话吗？你别自作聪明了！"

"哥哥，"慕枫慢慢地叫，不同意地摇了摇头，"你不用说的，爱字是不必说出口来的，我知道你爱她，正如同我知道她爱你一样。"俞慕槐震动了一下。

"你说什么?"他问。

"她爱你。"慕枫清清楚楚地说。

"别胡扯吧!"俞慕槐再燃起一支烟,"她爱的是那个大律师的儿子,贵男友的哥哥,他们已经订了婚了。"

"订个鬼婚!"慕枫说,"他们认识两年多了,杨羽裳从没和他谈过婚嫁问题,欧世澈追了两年多,一点成绩都没有,直到你去帮他忙为止。"

"帮他忙?我帮谁忙?"俞慕槐睁大眼睛问。

"帮欧世澈呀,你硬把杨羽裳推到欧世澈怀里去了!"

"我推的吗?"俞慕槐叫着说。

"怎么不是你推的呢?我亲眼目睹着你推的!哦,哥哥呀,"慕枫坐近了他,恳挚地说,"你虽然比我大了十岁,但是对于女孩子,你实在知道得太少了!杨羽裳有她的自尊,有她的骄傲,你那样去打击人家,当着我们的面去取笑她的感情,你怎么会不把她逼走呢?"

"她有她的自尊,有她的骄傲,难道我就没有我的自尊和我的骄傲了吗?"俞慕槐愤愤地说,大口大口地抽着烟,"她捉弄我,就像捉弄一个小孩子一样。"

"她爱开玩笑,这是她的个性使然,爱捉弄人,也只是孩子气而已。你一个大男人,还不能原谅这份淘气吗?何况已经是过去的事了!"

"我怎么知道她不是在继续捉弄我呢?如果她是真心和我交往,为什么她不坦白告诉我以前两次的恶作剧呢?她还要继续欺骗我,继续撒谎!而我,我曾一再给她机会坦白的!"

"这……"俞慕枫有些结舌了,半晌才说,"或者她没有勇气坦白。"

"没有勇气?为什么?"

"当你真心爱上一个人的时候,你就会害怕他看出你的弱点了。如果她没有患得患失的心情,如果她对你根本不在乎,只是开玩笑,她或者早就揭穿一切了。因为,她第三次出现在你眼前,你没有马上拆穿她,她不是早就达到开玩笑的目的了吗?何必再继续遮掩以往的行为,而兢兢业业地去保持和你来往呢?"

俞慕槐愣住了,怔怔地望着慕枫,他忽然发现这个妹妹的话也颇有几分道理。回忆和杨羽裳的交往,回忆她的言行,尤其,回忆到那凌晨时分的拥吻,和她那一瞬间对他的泪眼凝注,那确实不是伪装得出来的呵!

"再说,"慕枫又说了下去,"假若她不是真心爱你,那天早上,她干吗发那么大脾气呢?只因为她太认真,她才会气得发狂呀。哥哥,你想想吧,你是当局者迷,我是旁观者清,我告诉你,杨羽裳根本不爱欧世澈,她爱的是你。"

俞慕槐重重地抽着烟,再重重地喷着烟雾,他的眼睛沉思地看着那向四处扩散的青烟。

"假若你根本不爱杨羽裳,只是为了报复她而接近她,我今天就什么话都不说了,反正你已经达到了目的,你报复到她了,报复得很成功,我从没看到杨羽裳像现在这样痛苦过,一个多月来,她瘦得已不成人样了。"

俞慕槐惊跳起来,烟蒂上的烟灰因震动而落到衣襟上,他的眼睛紧紧地盯着慕枫。

"而且,我必须提醒你,"慕枫深深地望着哥哥,"如果杨羽裳没有爱上你的话,你的报复也就完全不能收效了,你想想清楚吧!去报复一个真心爱你的女孩子,你的残忍赛过了她的淘气,哥哥,不是我偏袒杨羽裳,你实在做得太过分了。"

俞慕槐咬住了烟头,咬得那样紧,那烟头上的滤嘴都被他咬烂了。

"哥哥!"慕枫冲过去,一把握住了俞慕槐的手,诚恳而真挚地喊,"假若你爱她,别毁了她吧,哥哥!别把她逼到欧世澈怀里去。你所要做的,只是抛开你的自尊,去向她坦白你的感情!去告诉她吧!哥哥,别这样任性,别这样要强,去告诉她吧!"

俞慕槐抬起眼睛来,苦恼地看看慕枫。

"我要说的话都说了,我也不再多嘴了,"慕枫站了起来,"去也在你,不去也在你,我只能再告诉你一点情报,要去的话早些去吧,再迟疑就来不及了。那欧家已正式去向杨家求了婚。欧世澈知道杨羽裳是变化多端的,他想打铁趁热,尽早结了婚以防夜长梦多呢!"俞慕槐愣愣地坐着。

"别因一时的意气,葬送一生的幸福吧!"

慕枫再抛下了一句话,就转过身子,自顾自地走出了俞慕槐的房间。

俞慕槐望着那房门合拢了,他取出了嘴里的烟头,丢在烟灰缸里。他就这样呆呆地坐在那儿,一直坐了好几个小时。夜慢慢地滑过去了,黎明染亮了玻璃窗,远处的鸡啼,啼走了最后的夜色。他用手支着头,呆愣愣地望着窗外那些树木,由朦胧而转为清晰。他的心境也在转变着,由晦暗转为模糊,由模糊转为朦胧,由朦胧转为清晰。当太阳从东方射出第一道光线时,他心底也闪出了第一道阳光。从椅子里跳了起来,他全心灵、全意识、全感情都在呼唤着一个名字:杨羽裳!

他心底的云翳在一刹那间散清了,他迷糊的头脑在一刹那间清明了!他忽然觉得浑身都充满了力量,满心都弥漫着喜悦,一种崭新的、欣喜若狂的感觉在他血液中奔窜、流荡、冲激,他突然想欢跃,想奔腾,想高歌了!

没有时间可耽误,没有耐心再等待,他迫不及待地冲出了房门,冲过了客厅。俞太太叫着说:

"这么早就要出去吗?你还没吃早饭呢!"

"不吃了,对不起!"他叫着,对母亲抛下一个孩子气的笑。俞太太呆住了,多久没看过他这样的笑容了,他浑身散发着多大的喜悦与精力呀!

骑上了摩托车,飞驰过那清晨的街道。飞驰!飞驰!飞驰!他的心意在飞驰,他的灵魂在飞驰,他的感情也在飞驰!一直驰向了那杨家院落,一直飞向了那羽裳的身边,不再斗气了,羽裳!不再倔强了,羽裳!不再演戏了,羽裳!我将托出心灵最深处的言语,我将作最坦白与无私的招供,我将跪在你膝下,忏悔那可恶的既往!我将抹杀那男性的自尊,说出那早该说出的话:我爱你!我要你!不是玩笑,不是台词，而是最最认真的告白！啊，羽裳！羽裳！羽裳！我是多大的傻瓜，白白耽误了大好的时光，我是多大的笨蛋，竟让我们彼此，受这么多痛苦与多余的折磨！噢，羽裳！羽裳！羽裳！

停在杨家的门前，没命地按着门铃，他的心跳得比那急促的门铃声更响。来吧，羽裳！只要几分钟，我可以解释清楚一切，只要几分钟，我可以改变我们整个的命运！啊，想想看！在轮渡上的海鸥，在夜总会里的叶馨，天！这折磨人的小东西啊！他更急促地按着门铃，我不再怪你了，羽裳，不再怪你的天真，不再怪你的淘气，不再怪你的调皮及捉弄，啊，如果没有你的调皮与捉弄，我又怎能认识你？！你原是那样一个与众不同的小怪物呀！就因为你是那样一个与众不同的小怪物，我才会这样深深地陷进去，这样地对你丢不开，又抛不掉呀！

大门蓦然地拉开了，他对那惊讶的秀枝咧嘴一笑，就推着车子直冲了进去，一面兴冲冲地问：

"小姐在吗？"

"在，在，在。"秀枝一迭连声地说。

他把车子停妥。陡然间，他呆了呆，触目所及，他看到另一辆摩托车，150CC的光阳！他以为自己来得很早，谁知道竟有人比他更早！低下头，他看看手表，才八点三十分！

像是兜头浇了一盆冷水，他有些昏乱，更有些迷糊，怔怔地走进客厅，迎面就是那个漂亮的、清秀的、文质彬彬的面孔——欧世澈！

两个男人都呆了呆,两张脸孔都有一刹那的惊愕与紧张,接着,那欧世澈立即恢复了自然,而且堆上了满脸的笑,对俞慕槐伸出手去:

"啊,真没料到,是慕槐兄,好久不见了,近来好吗?常听令妹谈到你!你是我们大家心目里的英雄呢!你采访的那些新闻,真棒!也只有你敢那么说话,不怕得罪人!"他一连串地说着,说得那么流利,那么亲热。一面,他掉转头对屋子里面喊,"羽裳!你还不出来,来了稀客了,知道吗?"

俞慕槐已经打量过整间客厅,并未见到羽裳的身影,这时,被欧世澈这样一打岔,他整个心境都改变了,整个情绪都混乱了。迫不得已,他握了握欧世澈的手,他觉得自己的手汗湿而冰冷,相反地,欧世澈的手却是干燥而温暖的。他下意识地打量了一下欧世澈,一件浅蓝色的运动衫,雪白的西装裤,加上那瘦高挑的身材,天!谁说羽裳不会爱上他呢?这男孩何等英爽挺拔!

"慕槐兄,你起得真早啊!"欧世澈又说了句,再回头对里面喊,"秀枝!秀枝!怎么不倒杯茶来?"把沙发上的报纸收了收,他以一副主人的姿态,招呼着俞慕槐,"请坐,请坐,坐这边吧,对着冷气,凉快点!这个鬼天气,虽然是早上,就热成这样子!"

俞慕槐身不由己地坐下了,他努力地想找些话来说,却一个字也说不出口。他恨透了自己,觉得自己表现得像个傻瓜。而那鬼天气,确实热得让人透不过气来,他从口袋里掏出了手帕,不住地拭着额上的汗珠,他奇怪欧世澈会一点都不觉得热，他那白皙的面庞上，一丝汗渍都没有。

"羽裳还没有起床，"欧世澈说，把香烟盒子递到他面前，"抽烟吗？"

他取出一支烟，看了欧世澈一眼，他连羽裳起床没起床都知道啊！欧世澈打燃了打火机，送到他嘴边来，他深吸了一口烟，再重重地吐了出来。隔着烟雾，他看到欧世澈遍布着笑意的脸。

"羽裳这懒丫头，"欧世澈的声音中充满了亲密的狎昵，"你坐坐，让我去闹她去！"

俞慕槐瞪大了眼睛，那么，他已熟稔得足够自由出入于她的卧室了，甚至不管她起床与否！欧世澈站起身来了，还没走，一阵脚步声从里面传来，俞慕槐的心脏猛地加速了跳动，他鼓着勇气回过头去，不是羽裳，却是刚梳洗过的杨太太！

"伯母！"俞慕槐站起身来。

杨太太有一刹那的惊愕，接着，她的眼睛亮了亮，顿时堆上了满脸的笑容。

"慕槐！怎么，你瞧你这么久都不来！真不够意思，快坐，快坐，我去叫羽裳！"

"我去吧！"欧世澈抢着说，不由分说地跑进里面去了。

杨太太愣了一下，伸出手，她似乎想阻止什么，但欧世澈已跑得没影子了。回过头来，她对俞慕槐勉强地笑了笑：

"近来好吗？"

"还好。"俞慕槐阴郁地说，忽然间觉得兴味索然了。他已经忘了来时的目的，忘了来时的热情，现在，他只想赶快走开，赶快离去，以避免即将来临的尴尬。"我没什么事，"他解释似的说，"因为跑一件新闻，经过这儿，就进来看看！现在，我必须去工作了！"他想站起身来。

"不不，别这么急着走！"杨太太急忙说，又莫名其妙地补了一句，"世澈也是刚来。"

他管世澈是什么时候来的呢？俞慕槐想着。但是，对于杨太太这多余的解释，却忽然疑惑了起来。你也只是刚起床，怎么知道欧世澈是刚来的呢？你又何必多这句嘴呢？是想遮盖什么吗？是想掩饰什么吗？或者，这欧世澈已经来了很久了，更或者，他昨晚就来了，听他那亲热的口气"我去闹她去！"。那么，他们之间，大概早已不简单了！啊，俞慕槐呀俞慕槐，他在心中叫着自己的名字，你还想搅进这潭浑水里来吗？

他毅然决然地站了起来。

"不，我走了！"他说，还来不及移动步子，就听到屋后一阵嬉笑的声音，是欧世澈和杨羽裳！他浑身的肌肉都紧张了起来，全身的血液都沸腾了。他听到羽裳那清脆的笑骂声，在不住口地嚷着：

"不成，不成，你再呵我痒，我就要大嚷大叫了！"

"谁怕你大嚷大叫呢？"是欧世澈的声音。

俞慕槐看了杨太太一眼，杨太太的脸色是阴晴不定的。他掉转头，预备走出去，但是，杨羽裳奔进客厅里来了！

"嗨！"她怔了怔，怪叫着说，"这是谁呀？"

俞慕槐再转回身子，面对着她。她只穿着件薄纱的晨褛，头发是散乱的，面颊上睡靥犹存。俞慕槐的心沉进了地底，而愤怒的情绪就像烈火般烧灼着他，烧得他全身全心都剧烈地疼痛了起来。于是，他的眼光带着严厉的批判，紧紧地盯着她，他的声音带着浓重的讽刺，僵硬地说：

"你好，杨小姐。十分抱歉，这样一清早跑来打扰'你们'！"

听出他语气里的嘲讽，看出他眼光里的轻蔑，杨羽裳的背脊挺直了，眉毛高高地挑了起来。初见到他时的那种心灵的震动迅速地就被愤怒所遮掩了。她的脸色变白了，声音尖锐而高亢：

"谁叫你来'打扰'呢？这么一清早，你跑到我家来干吗？又想约我去'散步'吗？"

"显然我来得不是时候，"俞慕槐愤愤地说，"但是，小姐，别误会，我不是来看你的，我是来看你父母的，别以为到你家来的男人都看上了你！"

"啊哈！"杨羽裳怪叫了一声，她那瘦削了的小脸板得铁青，"幸亏你解释得清楚，否则，我真要误会了呢！曾经有人从香港追我追到新加坡，从新加坡追到台北，半夜三更约我'散步'，原来只是看上了我的父母！"

"你满嘴里胡说八道些什么？"俞慕槐气得发抖，"我才不知道有人在香港扮小可怜，在新加坡扮歌女，是成心想引诱谁？……"

"你以为我想引诱你吗？"杨羽裳大叫，也气得浑身发抖,"别自己往脸上贴金了,天下的男人死绝了我还想不到你呢!你少自作多情,一厢情愿吧!"

"喂喂喂,怎么了?"欧世澈插了进来,满脸带着笑,劝解地说,"干吗这样吵呀?慕槐兄,羽裳是孩子脾气,爱开玩笑,你别见怪吧!"回过头来,他又笑嘻嘻地对杨羽裳说,"羽裳,看在我面子上,别生气了。来来来,去换件衣服,咱们不是要去金山游泳的吗?"

俞慕槐深深地看了欧世澈一眼,这时,欧世澈正拥着杨羽裳的肩,要把她带到后面去,而杨羽裳还在直挺地站着,对他恶目相向。俞慕槐忽然觉得心中一阵绞痛,眼前的人物就都模糊了,他相信自己的脸色一定非常难看,因为他突然感到头晕目眩起来。转过身子,他勉强地对杨太太点了点头。

"对不起,"他喃喃地说,"我告辞了。"

"慕槐兄,急什么?"欧世澈说,依旧笑嘻嘻地,"别和羽裳闹别扭吧,你跟她混熟了,就知道她的个性就是这样,喜欢和人拌拌嘴,其实她一点恶意都没有。这样吧,我们一起去金山海滨游泳好吗?打电话请你妹妹和我弟弟一起去,大家玩玩,散散心,就把所有的误会都解除了,好不好?"

一起去?让我眼看你的成功吗?让我目睹你们卿卿我我吗?俞慕槐想着,还来不及说话,杨羽裳就尖叫了起来:

"谁要他去?他去我就不去!"

俞慕槐再看了杨羽裳一眼。

"不用担心,"他说,"我还不至于不识趣到这个地步!"对欧世澈点了点头,他大踏步地走了。

骑着车子,飞驰在仁爱路及敦化南路上,他无法分析自己的心情,来时的兴致与热情,换成了一腔狂怒与悲哀,他在路上差点撞车。昏昏沉沉地来到家门口,他一眼看到慕枫打扮整齐了,正走出家门。他扑过去,一把抓住了慕枫的衣服,恶狠狠地说:

"你下次再敢帮杨羽裳说一句话,我就杀掉你!"

慕枫愣愣地呆住了!

第十章

深夜。

杨羽裳穿着睡袍,盘膝坐在床上,她的怀里抱着一个吉他。她轻轻地拨弄着琴弦,反复地奏着同一首曲调,奏完了,再重复,奏完了,再重复,她已经重复地弹奏了几十遍了。她的眼光幽幽地注视着窗外,那棵大榕树,像个朦胧的影子,耸立在夜色中。今夜无风,连树梢都没有颤动。听不到风声,听不到鸟鸣,夜,寂静而肃穆,只有她怀中的吉他,叮叮咚咚地敲碎了夜。敲碎了夜!

是的,她敲着,拨着,弹着。她的眼光随着吉他的声响而变得深幽,变得严肃,变得迷茫。把头微向后仰,她加重了手指的力量,琴声陡地加大了。张开了嘴,她不由自主地跟着琴声唱了起来:

夜幕低张,

海鸥飞翔,

去去去向何方?

回旋不已,

低鸣轻唱,

去去去向何方?

我情如此,

我梦如斯,

去去去向何方?

我情如此,

我梦如斯,

去去去向何方?

歌声停了,吉他也停了,她呆坐了几分钟,眼光定定地望着窗子。然后,她换了个曲调,重新拨弄着吉他,她唱:

经过了千山万水,

经过了惊涛骇浪,

海鸥不断地追寻,

海鸥不断地希望,

日月迁逝,春来暑往,

海鸥仍然在找寻着它的方向!

歌声再度停了,她抱着吉他,一动也不动地坐着,像个已经入定了的老僧。接着,她忽然抛掉了手里的吉他,一下子扑倒在床上,把头深深地埋进枕头里,她开始悲切地、沉痛地啜泣了起来。

房门迅速地打开了,杨太太闪了进来。关好房门,她径直走到女儿的床前。摇撼着她的肩膀,急急地说:

"怎么了?怎么了?怎么了?"

"哦,妈妈,"杨羽裳的声音从枕头里压抑地飘了出来,"我觉得我要死了。"

"胡说!"杨太太温和地轻叱着,扳转了杨羽裳的身子,杨羽裳仰躺了过来,她的头发凌乱,她的泪痕狼藉,但,她的眼睛却清亮而有神。那样大大地睁着,那样无助地望着母亲。

"真的,"她轻声说,"我要死了。因为我对任何事都没有兴趣了。画画,唱歌,作诗,交朋友,旅行,甚至开玩笑,捉弄人……没有一样事情我感兴趣的,我觉得我还不如死了。"

杨太太凝视着女儿,她一向承认自己根本不了解这个孩子,不知道她的意愿,不知道她的思想,也不知道她的心理。可是,现在,面对着这张年轻的、悲哀的、可怜兮兮的面庞,她忽然觉得自己那么了解她,了解得几乎可以看进她的灵魂深处去。

"羽裳,"她低声说,在女儿的床沿上坐了下来,"你和欧世澈在一起不开心吗?"

"不是欧世澈,与欧世澈毫无关系!"羽裳有些暴躁地说,"他已经用尽方法来讨我的欢心了。"

"那么,"杨太太慢吞吞地说,"是为了俞慕槐了?对吗?

这就是你的病根了。"

杨羽裳静静地仰躺着，静静地望着她的母亲。她并没有因为母亲吐出"俞慕槐"这三个字而惊奇，也没有发怒，她安静得出奇，安静得不像往日的羽裳了。

"是的，俞慕槐。"她承认地说，"我想不出用什么方法可以杀掉他！"

"你那样恨他吗？"杨太太问。

"是的，我恨透了他，恨不得杀了他！"

"因为他没有像欧世澈那样来讨你欢心吗？因为他没有像一般男孩子那样臣服在你脚下吗？因为他没有像个小羊般忍受你的捉弄吗？还是因为——他和你一样倔强，一样任性，一样自负。你拿他竟无可奈何？"

"哦，妈妈！"杨羽裳惊喊，"你以为我稀罕他的感情？你以为我爱上了他？"

"你不是吗？"杨太太清晰地反问，目光深深地盯着女儿。"羽裳，"她叹息地说，"妈妈或者不是个好妈妈，妈妈或者不能深入地了解你，帮助你，使你快乐。但是，妈妈毕竟比你多活了这么多年，多了这么多经验，我想，我了解爱情！羽裳，妈妈也是过来人哪！"

杨羽裳瞪大了眼睛，注视着母亲。

"我虽然不太明白你和俞慕槐之间，是怎么一笔账，"杨太太继续说，"但是，以我所看到的和所知道的事来论，都是你不好，羽裳。你欺侮他，你戏弄他，你忽略了他是个大男人，男人有男性的骄傲与自尊哪！"

"妈妈!"杨羽裳恼怒地喊,"你只知道我戏弄他,你不知道他也戏弄我吗?那天晚上,他约我出去散步,我对他是真心真意的,你知道他对我说些什么?……"

"不用告诉我,"杨太太说,"我可以猜到。羽裳,你先捉弄他,他再报复你。你们像两只冬天的刺猬,离开了都觉得冷,靠在一块又彼此刺得疼。事实上,你们相爱,你们痛苦,却谁也不肯让一步!"

"妈妈!"杨羽裳惊愕地怪叫着,"你竟然认为我和他相爱吗?"

"不是吗?"杨太太再反问了一句,"如果他不爱你,今天早上就不会到我们家来受气了。"

"他来受气还是来气我?"杨羽裳大叫,"他根本是存心来侮辱我的!"

"羽裳,你需要平静一些,客观一些。他今天早上来的时候,据秀枝说,是兴致冲冲的,一进门就找你,所以,他是为你来的。但他在客厅里碰到了欧世澈,你假若聪明点,就会知道情敌见面后的不自在。世澈又表现出一副和你熟不拘礼的态度来,这已够打击他了,而你还偏偏服装不整地和欧世澈跑出来,你想想,羽裳,如果你是他,你会怎样呢?"

杨羽裳呆了,从床上坐起身来,她弓着膝,把下巴放在膝上,微侧着头,深思地看着母亲。她脸上的泪痕已经干了,眼睛里逐渐闪出一种异样的光彩来。

"再说,羽裳,如果他不爱你,他怎么会生那样大的气呢?你知道,羽裳,今天早上的情形,任何一个男人都会误会你和欧世澈已经好得不得了了！"

"我能怎么样呢？"杨羽裳烦恼地叫，"难道要我敲锣打鼓地告诉他，我和欧世澈只是普通朋友，根本没有任何关系吗？"

"你不必敲锣打鼓，"杨太太微笑了起来，"你只要压制一点你的骄傲和你的火气，你只要给他机会去表白他的感情。羽裳，"杨太太慈爱地抚摸着杨羽裳那满头乱发，"从一个孩子变成一个女人吧！淘气任性的时期应该已经过去了。女人该有女性的温柔。"

杨羽裳沉默了。半晌，她抬起眼睛来，困惑而迷茫地注视着母亲。

"妈，你为什么帮俞慕槐说话？你喜欢俞慕槐胜过欧世澈吗？"

杨太太笑了。

"他们两个都是好孩子，都各有长处，也各有短处。"她说，"不过，我喜欢谁根本没有关系，问题是你喜欢谁。你到底喜欢谁呢？羽裳？"

杨羽裳默然不语。

"我是个很开明的母亲，一直都太开明了，我从没有干涉过你的事情。"杨太太好温柔好温柔地说，"我现在也不干涉你。我只能提醒你，提醒你所注意不到的事，提醒你所忽略了的事，然后，一切都由你自己决定。"她抚平了她的头发，"你当然知道，欧家已经正式来谈过，希望你和欧世澈早些完婚。"

"我说过我要嫁他吗?"杨羽裳困恼地说。

"你说过的,孩子。而且是当着很多人的面,当着俞慕槐的面,你宣布他是你的未婚夫!"

"哦,天!"杨羽裳翻了翻眼睛,"只有傻瓜才会把这种话当真!"

"只怕欧世澈和俞慕槐两个都是傻瓜呢!"杨太太轻笑着说,从床边站起身来,"你仔细地想一想吧,羽裳。现在,应该好好地睡一觉了,现在已经……"她看看表,"哎呀,两点半了!瞧你近来瘦得这副样子,下巴都越来越尖了。每天晚上不睡觉,眼圈都熬黑了。唉!"她叹了气,"提起瘦来,那俞慕槐也瘦得厉害呢!"

转过身子,她轻悄地走出了房间,关上了房门,把杨羽裳一个人留在那儿发愣。

很久很久,杨羽裳就那样坐着,了无睡意。她想着早上俞慕槐来访的神情,回忆着他们间的争执、斗嘴和翻脸。由这个早上,她又追想到那凌晨的散步,再追想到以前的约会,新加坡的相聚及香港渡轮上的初次邂逅!谁说过?人生是由无数的巧合组成的。谁说过?生命的故事就是一连串的偶然。她和俞慕槐的相遇相识,不像个难以置信的传奇吗?或者,冥冥中有个好神仙,在安排着人生的遇合。但是,现在,神仙的工作已经结束了,剩下来的命运,该是操在自己手里的。

或者,这是杨羽裳第一次如此认真地思考。也或者,这是杨羽裳由孩子跨进成人的第一步。总之,在过了长长的半小时以后,她忽然振作起来了。她的心在狂跳着,她的情绪在兴奋着,她的脸发着烧,而她的手指,却神经质地颤抖着。

深吸了口气,拿起了电话听筒,她把那听筒紧压在胸口,闭上眼睛,静默三分钟:希望他在家,希望是他接电话,希望他还没睡,希望他也正在想她,希望,希望,希望!睁开眼睛,她鼓足勇气,拨了俞家的电话号码。

把听筒压在耳朵上,她的手心冒着汗,她的头脑和胸腔里都热烘烘的。听筒中,铃响了一声,响了第二声,响了第三声……啊,那恼人的声响,每一响都那样重重地敲在她的心灵上。终于,铃响停止,有人拿起了听筒:

"喂喂,是哪一位?"对方说。

呵,是他,是他,是他!谢天谢地!她张开嘴,泪水却冲进了眼眶里去,她的嘴唇颤抖,发不出丝毫的声音。

"喂喂,是谁呀?"俞慕槐的声音充满了不耐,他显然在恼怒与坏脾气之中,"说话呀!喂喂,开什么玩笑?半夜三更的!见鬼!"

"咔嗒"一声,对方挂断了电话。

杨羽裳用手背拭去了颊上的泪痕。你真不争气!她对自己说。你怎么连开口的勇气都没有了呢?你一向那样天不怕地不怕的!却怕打一个电话!你真不争气,你真是好懦弱好无能的东西!

她用了五分钟的时间来自怨自艾,又用了五分钟的时间来平定自己,再用了五分钟的时间来重新鼓足勇气,然后,她再度拨了俞家的电话。这次,对方一拿起听筒,她就急急地说:

"慕槐吗？我是杨羽裳。"

"杨——羽——裳？"俞慕槐大叫着，声音里带着浓重的火药气息，"那么，刚刚那个电话，也是你打来的了？"

"是的。"她怯怯地说，声音微微地颤抖着，她多恼怒于自己的怯弱！为什么听了他的声音就如此瑟缩呢？

"好呀！"俞慕槐愤愤地说，"欧太太，你又有什么新花样要玩了？说出来吧！"

什么？他叫她什么？欧太太？！欧太太？！他以为她和欧世澈怎样了？他以为她是多么随便、多么不正经的女人吗？欧太太？！欧太太？！她的呼吸急促了起来，她的血液翻腾了起来……她又说不出话来了。

"怎么了？"俞慕槐的声音继续传了过来，冰冷而尖刻，"你的欧世澈不在你身边吗？你寂寞难耐吗？或者，你想约我去散步吗？"

杨羽裳感到脑子里轰轰乱响，像有几百辆坦克车从她脑中轧过，揉碎了她所有的意识，轧痛了她每一根神经，她努力想聚集自己涣散的思想和昏乱的神志，但她只觉得挖心挖肝般的痛楚和火灼般的狂怒。俞慕槐仍然在电话中说着话，那样冷冰冰的，充满了刻薄与嘲讽：

"为什么不说话呢？欧太太？还没有想好你的台词吗？还是想演什么默剧？不管你在转什么坏念头，我告诉你，本人没有兴趣和你捉迷藏了！去找你的欧先生吧！"

她终于能发出声音来了，聚集了自己所有的力气，她听到自己的声音惊天动地般地对着电话听筒大叫：

"你这个混账王八蛋!你这个该死的!下流的!该下地狱的……"

她的话没有喊完,对方又"咔嗒"一声收了线,她咽住了骂了一半的话,呆呆地握着听筒,整个人像化石一般坐在那儿。杨太太又急急地赶了过来了,推开门,她焦灼而紧张地喊:

"羽裳,羽裳!你又怎么了?"

一眼看到杨羽裳握着电话听筒,呆坐在那儿,她赶到床边,顿时怔住了。杨羽裳的面孔雪白,眼睛直直地瞪着,牙齿紧咬着嘴唇,一缕鲜红的血渍正从嘴唇上流下来。杨太太吓呆了,用手抓住她的肩膀,才觉得她全身的肌肉都是僵硬的,杨太太更加惊恐了。不住地摇撼着她,杨太太叫着,嚷着:

"羽裳!羽裳!羽裳!你怎么了?发生了什么事?你说话呀!你别吓我!"

杨羽裳仍然一动也不动地坐着,整个人都失了魂了。杨太太吓得手足失措,抓起杨羽裳手里的电话听筒,她取出来,送到自己耳边去听听,对方什么声音都没有,显然是挂断了的。把电话听筒放回电话机上,她坐在床边,双手握住杨羽裳的肩,没命地摇撼了起来:

"羽裳,羽裳,你要是受了什么委屈,你说吧,你告诉我吧!别这样吓唬我!羽裳!羽裳!羽裳!"

给杨太太这么一阵死命的乱摇,杨羽裳终于被摇醒了。回过神来,她抬起眼睛来看了看,一眼看到杨太太那张焦灼

而慈祥的脸,她这才"哇呀"的一声哭出来了。她扑进了杨太太的怀里,哭得声嘶力竭,肝肠寸断,一面哭,一面断断续续地叫:

"妈妈呀！妈妈呀！我……我……不不……不再开玩笑了！妈妈呀！我……我……我怎么办？怎么办？怎么办？妈妈呀！"

杨太太被她哭得鼻中发酸,禁不住也眼泪汪汪起来,第一次看到这孩子如此悲切与无助,她一向都是多么乐观而淘气的！以前,她曾为她的淘气伤透脑筋,但是,她现在却宁可要那个天不怕、地不怕的淘气孩子了！

"羽裳,"她吸吸鼻子,含泪说,"谁打电话欺侮你了,是俞慕槐吗？"

杨羽裳像触电般尖叫了起来:

"不许提他的名字！我永远不要听他的名字！永远！永远！永远！"

杨太太又吓呆了。

"好好好,不提,不提,再也不提了！"她拍抚着羽裳的肩,不住口地安慰着,"你瞧,还有一段时间才开学呢,我们出去玩玩好不好？把这儿的烦恼都抛开,我们去香港住住,给你添几件新衣裳好吗？"

"我不去香港！"杨羽裳又大叫。

"好好,不去香港,不去香港,你要去哪儿呢？"

杨羽裳离开了母亲的怀抱,忽然平静下来了。弓着膝,她把头放在膝上,含泪的眸子呆呆地望着远处,好一会儿不动也不说话,她的脸庞严肃而悲哀。

"妈,"终于,她开了口,声音凄凄凉凉的,"我想要结婚了。"

杨太太惊跳了一下,"和谁?"她问。

"欧世澈。"

杨太太又惊跳了一下,她深深地凝视着女儿,谁家女儿提到婚事时会这样悲悲切切的呢?她怔了怔,小心翼翼地问:

"你是说真的吗?"

杨羽裳看了母亲一眼,眼神怪异。

"我说过,不再开玩笑了。"她幽幽地说。

"但是,"杨太太迟疑了一下,"你爱他吗?"

杨羽裳的脸扭曲了。她转头看着窗外,今夜无风,树梢没有风吟。今夜无星无月,暗夜中一片模糊。她摸了摸汗湿的手臂,空气是闷热而阴沉的。

"快下雨了。"她轻声地说,转回头来看着母亲,"你去告诉欧家,要结婚就快,两个月之内,把婚事办了,我不愿意拖延。"

杨太太再度惊跳。

"两个月!你何苦这么急呢?再一年就毕业了,毕业之后再结婚,怎样?"

"我不念书了。"

"你说什么?"

"我不再念书了。"杨羽裳清晰地、肯定地说,"我最爱的并不是艺术,而是戏剧,念艺术本身就是个错误,而即使毕了业，结婚后又怎样呢？我永远不会成为一个画家，正像我不会成为音乐家或戏剧家一样，我只是那种人：样样皆通，样样疏松！我除了做一个阔小姐之外，做什么都不成材！"

杨太太愕然地瞪视着女儿。

"怎么忽然变得这么自卑了？"她困惑地说，"我记得，你一向是骄傲而自负的。"

"童年时期过去了，"杨羽裳凄楚地说，"也该真正地正视一下自己了。"

"那么，正视一下你的婚事吧！"杨太太说，"你真要这么早结婚吗？你还是个孩子呢！"

"不是了。"杨羽裳摇摇头。

"你有把握能做一个成功的妻子吗？"

杨羽裳默然不语。窗外，忽然掠过一阵狂风，树梢陡地骚动了起来，远远的天边，响起了一串阴阴沉沉的闷雷，暗夜里，骤然笼罩起一层风暴的气息。杨羽裳看了看窗外，低低地说：

"要下雨了。"望着母亲，她说，"我已经决定了，你去转告欧家吧！好吗？明天，我想搬到闲云别墅里去住几天，台北太热了。"

"我陪你去闲云别墅住几天，关于你的婚事，你能够再考虑一下吗？"

杨羽裳凄然一笑。

"我已经决定了。"她再说了句，满脸的凄惶与坚决，看她那副样子，她不像是要结婚，倒像是准备慷慨赴难似的。

杨太太摇了摇头,谁叫她生了这么个执拗而古怪的女儿呢?她叹口气,烦恼地走出杨羽裳的房间,在门外,她一头撞在杨承斌的身上。

"怎么?"她惊讶地说,"你起来了?"

"你们这么吵,谁还睡得着?"杨承斌说。

"那么,你都听见了?"杨太太低低地问。

"是的。"

"你怎么说呢?"

"让她结婚吧!"杨承斌叹了口气,"或者,婚姻可以使她安静下来,成熟起来,她一直是个那样疯疯癫癫的孩子。"

"和欧世澈吗?"杨太太忧愁地说,"我只怕她爱的不是世澈,这婚姻是她的负气的举动,她想用这婚姻来气俞慕槐。"

"但是,世澈比俞慕槐适合羽裳,"杨承斌说,"世澈深沉,有涵养,有忍耐力,他可以容忍羽裳的坏脾气。俞慕槐呢?他尖锐,敏感,自负……这些个性和羽裳是冲突的。假若羽裳嫁给俞慕槐,我打赌他们三天就会闹离婚。"

"是吗?"杨太太惊喜地说,"我倒从来没想过这一点,这倒是真的。瞧,世澈和羽裳认识快三年了,从没闹过什么大别扭,那俞慕槐和羽裳认识不过几个月,就已经吵得天翻地覆了。"

"而且,"杨承斌说,"世澈从各方面来说,条件都是不坏的,家世、人品、相貌、学识……都是顶尖儿的,我们还挑什么呢?最可喜的,还是他对羽裳这股恒心和忍耐力,咱们

147

的女儿早就被宠坏了,只有世澈的好脾气能受得了她。我看,趁她有这个意思的时候,我们还要尽快把这件事办了才好,免得她又改变主意了。"拍拍杨太太的肩,他安慰地说,"女儿大了,总是要嫁人的,我知道你的心,你是舍不得而已。你想想看,欧世澈有哪一点不好呢?错过了他,我们有把握找到更好的吗?那个俞慕槐,他对我们的女儿有耐心吗?"

杨太太沉思了一下,禁不住喜上心头,笑意立即浮上了嘴角。

"真的,"她说,"还是你想得透彻,我明天就去欧家,和他们好好谈谈。"

"告诉他们,我送一幢房子作陪嫁!"

杨承斌说着,搂着太太的肩,夫妇两人兴高采烈地商量着,走进卧房里去了。

窗外,一道闪亮的电光闪过,接着,雨点就"唰"的一声落了下来,敲打着屋檐,敲打着玻璃窗,敲打着树梢。夜,骤然地变得喧嚣了起来。

杨羽裳仍然没有睡,坐在那儿,她看着玻璃窗上流下来的水珠,听着那榕树在风雨中的呻吟。她坐了很久很久,一动也不动。然后,她慢慢地从地下拾起了她的吉他,抱在怀中,她又沉思片刻,终于,她拿起电话听筒,第三次拨了俞慕槐的号码。

对方拿起了听筒,她一句话也没说,把听筒放在桌上,她对那电话弹起吉他来,一面弹,她一面悠悠地唱着:

夜幕低张，

海鸥飞翔，

去去去向何方？

回旋不已，

低鸣轻唱，

去去去向何方？

我情如此，

我梦如斯，

去去去向何方？

我情如此，

我梦如斯，

去去去向何方？

电话听筒里，俞慕槐的声音在叫着：

"羽裳！羽裳！你到底在捣什么鬼？"

杨羽裳拿起了听筒，无声地说了句：

"别了！俞慕槐！别了！做海鸥的日子！"她挂断了电话。

窗外的雨更大了。

第十一章

一夜风狂雨骤。

早上,天又晴了,但夜来的风雨,仍留下了痕迹,花园里叶润苔青,落英遍地。俞慕槐站在园中,深吸了一口清晨的空气,挺了挺背脊。昨晚又一夜没睡好,那阴魂不散的杨羽裳,竟一连打了三次电话来,第一次不说话,第二次破口大骂,第三次唱歌,一次比一次莫名其妙!但是,不能想杨羽裳,绝对不能想她,如果想到她,这一天又完了!他用力地一甩头,甩掉她,把她甩到九霄云外去,那个疯狂的、可恨的、该死的东西!

是的,不想了,再也不想她了。他今天有一整天的工作要做。早上,要去机场接一位海外来的要人,赶出一篇专访,明天必须见报。晚上,某机关邀宴新闻界名流,他还必须出席。走吧!该去机场了!别再去想夜里的三个电话,别再去分析她的用意,记住,她是个不能用常理去分析的女孩!她根本就没有理性！你如果再浪费时间去思想，去分析，你就是个天大的傻瓜！

推出摩托车来，他打开大门，再用力地一甩头，他骑上了车子。整个上午，他忙碌着，他奔波着，采访、笔录、摄影……忙得他团团转。中午，他回到了家里，吃完饭，立即钻进了自己的房间，摊开稿纸，他准备写这篇专访。

咬着圆珠笔，他对着稿纸沉思片刻，他的思想又飞回到昨夜去了。她为什么要打那三个电话？为什么？再一次开玩笑吗？深夜的三个电话！怎么了？他摇摇头，他要想的是那篇专访！不是杨羽裳！他的思想怎么如此不能集中？这要命的、不受他控制的思想！再这样胡思乱想下去，他的记者生涯也该断送了！恼怒地诅咒了几句，他提起笔来，对着稿纸发愣，写什么？写什么呢？

"夜幕低张，海鸥飞翔，去去去向何方？"他脑中浮起了杨羽裳的歌词，那么忧郁，那么哀凄！他又想起第一次在渡轮上听她念这几句话的神情。唉，她到底是个怎样的女孩呢？怎样一个古怪的精灵？怎样一个恼人的东西！抛下了笔，他用手托着下巴，呆呆地沉思了起来。

依稀记得，他曾看过一个电影，其中的男主角写过一首小诗，送给那女主角，诗中的句子已不复记忆，但那大意却还清楚。把那大意稍微改变一下，可以变成另一首小诗。他提起笔来，在稿纸上迅速地写着：

我曾经认识一个女孩，

她有些狂，她有些古怪！
　　她装疯卖傻，她假作痴呆！
　　她惹人恼怒，她也惹人爱，
　　她变化多端，她心意难猜，
　　她就是这样子：
　　外表是个女人，
　　实际是个小孩！

　　抛下笔来，他对着这几行字发呆，这就是他写的专访吗？他预备拿这个交到报社里去吗？他恼怒地抓起那张稿纸，准备把它撕掉。但是，他再看了一遍那文字，把它铺平在桌上，他细细地读它，像读一个陌生人的作品一般。这就是他给杨羽裳的写照吗？他蹙起了眉，一下子把头埋进了双掌之中，痛苦地自语：

　　"你爱上她了！俞慕槐，你早已无可救药地爱上她了！你爱她的变化多端，你也爱她的疯狂古怪！这就是你忘不了她，又抛不开她的原因！尽管她给你苦头吃，尽管她捉弄你，你仍然无法停止爱她！俞慕槐，你完了，你已经病入膏肓了！"

　　把头从双掌里抬了起来，他苦恼地瞪视着桌上的小诗，反复地低念着"她就是这样子，外表是个女人，实际是个小孩"的句子，连念了好几遍，他禁不住又自问了，你既然知道她是个孩子，又为什么要和她怄气呢？可是，不怄气又怎样呢？这孩子早已名花有主呵！

　　烦恼！烦恼！那么烦恼！在这种烦恼的心情下，他怎能工作呢？站起身来，绕室走了一圈，再走了一圈，他停在书桌前面，眼睛定定地注视着桌上的电话机。

她能打电话给你，你为什么不能打一个给她呢？仅仅问问她，昨夜的三个电话是什么意思？还有，当她唱完歌后，又低低地、模糊不清地叽咕了一句什么？仅仅问问她！别发脾气，别暴躁易怒，要心平气和！昨夜，你原就火气太大了！现在，一定要平静，一定要平静，那个欧世澈，未见得真是你的对手啊！干吗这么早就撤退呢？

拿起听筒，拨了电话，他压制着自己的心跳，一再提示自己要冷静，要耐心，因为："她外表是个女人，实际是个小孩"呀！

"喂！"接电话的是秀枝，他一听声音就知道了。

"请问杨小姐在吗？"他问。

"小姐去阳明山了！"

阳明山？他愣了愣，颓然地放下了电话，当然，不用说，她准是和欧世澈一起去的！杨家在阳明山有别墅，别墅中有游泳池，他几乎已经看到杨羽裳穿着泳装和欧世澈嬉笑在池中的画面。闭了闭眼睛，他低声自语：

"俞慕槐！你还不醒醒吗？难道你在她那儿受的侮辱还不够多！她的三个电话又勾走了你的魂吗？醒醒吧！她只是拿你寻开心，人家早就有了意中人了！"

经过自己给自己的这一顿当头棒喝，他似乎脑中清醒了一些。看着桌上的稿纸，他不能再不工作了，晚上还有宴会呢！强迫自己抛开了那个杨羽裳，他开始认真地、仔细地写起那篇专访来。

一连几天,他都忙得厉害,他又把自己习惯性地抛进工作里了。他发现,这仍然是治疗烦恼、失意与落寞的最好办法。他工作,他忙碌,他奔波,他不允许自己有时间思想,他不知道从什么时候起,思想已成为他最大的敌人了。

数日来夜里都有豪雨,他竟有了倚枕听雨的雅兴。或者,他潜意识中仍有所期待,但那深夜的电话是不再响了。这样也好,希望她能够从此放过了他,让他安安静静过一过日子。他是多么怀念那些遇到她以前的生活,那时,他不会失眠,他不会内心绞痛,他也不会整夜听那深夜雨声!

这天,他又是一清早就出去跑新闻,忙到中午才回家。一走进客厅,他就看到慕枫和俞太太并肩坐在沙发中,不知道在喁喁细谈些什么,看到他走进来,母女两个都立即住了嘴。他有些狐疑,也有些诧异,站住了,他看看母亲,又看看妹妹:

"你们有什么秘密吗?"他问,"有什么事是需要瞒我的吗?"

"才没有呢!"慕枫说,站起身子,走到唱机边去选唱片,"我们谈的事情与你毫无关系。"

"那么,是与你有关的了?"他似笑非笑地望着慕枫,"在讨论你的终身大事吗?"

慕枫红了脸,低下头去弄唱机,选了一张琼·贝兹的金唱片,她播放了起来,立即,室内响起了琼那甜润、温柔而纯女性的声音,这歌星是个伟大的艺术家,她的声音确有荡气回肠之效。他不禁想起有一次曾和杨羽裳谈到唱歌，那时他还没揭穿她的真面目，曾试探地问：

"听说你很会唱歌，为什么不去做歌星呢？"

她立刻回答：

"全世界只有一个琼·贝兹！而她是上帝创造的杰作，不可能再重复的那种杰作！至于我们呢？"她耸耸肩，满不在乎地，"都是些平凡庸碌之徒，根本谈不上'会'唱歌！"

当时，他曾认为这是她违心的遁词，可是，现在细听琼·贝兹的歌声，他才体会出她说的竟是由衷之言！她就是那样一个真真假假、假假真真的女孩子，你就摸不清楚她什么时候说真话，什么时候说假话。可是……唉，怎么又想起杨羽裳了呢？摇摇头，他看着慕枫，那脸红及那沉默岂非承认了吗？他在沙发上坐了下来，伸长了腿，看着母亲：

"怎么？妈？咱们这个小丫头也红鸾星动了吗？是哪个倒霉鬼看中了她？我见过的吗？"

"你当然见过，"俞太太慢吞吞地说，"就是欧家那个老二。"

俞慕槐像被针刺了一下。

"欧家！"他冲口而出地嚷，"那欧老头是个老奸巨猾，两个儿子准是小奸巨猾！"

"哥哥！"慕枫被激怒了，迅速地抬起头来，直视着俞慕槐，她气冲冲地说，"你别胡说八道吧！只为了你追不上杨羽裳，给人家欧世澈抢走了，你就把欧家的人全恨上了！你不怪你自己没出息，反而骂人家，真是莫名其妙！"

俞慕槐的脸孔一下子变得雪白了。

"说得好，慕枫，"他气得发抖，"你已经等不及地要爬进他们欧家的大门里去了！他们欧家是一门英雄豪杰，你哥哥只是个没出息的废物，哪敢和人家欧氏兄弟相提并论！我走了，你们去继续研究吧，我原也无权过问你的终身大事！"站起身子，他转身就走。

"慕槐！"俞太太及时阻止了他，"怎么了吗？你们兄妹两个，每次一见面就拌嘴，难道不能好好讨论一些事情吗？"

"她需要我讨论吗？"俞慕槐愤愤地说，"她已经决定好了，急着要嫁了。妈，我告诉你，女大不中留，你还是早些把她嫁到欧家去吧！"

"谁说过要嫁了？"慕枫哭了起来，呜咽着说，"你别有气就往我身上出吧，我大学毕业之前是不会结婚的，我又不是杨羽裳，那么早结婚干吗？人家欧家不过是希望趁世澈和羽裳结婚之便，宣布我和世浩订婚，我还不愿意呢，也不过是问问妈妈的意见，你就插进来骂起人来了。欧世澈得罪了你，世浩也没惹你，你心里不开心，何苦找着我出气呢？我又不是没帮过你忙。"

俞慕槐怔了。他慢慢地转过身子来，面对着慕枫。

"谁要结婚了？"他慢吞吞地问。

慕枫垂下头去，不住地拭着眼泪。

"欧世澈和杨羽裳。"她轻声地说，"日子都订好了，下个月十五日。"

俞慕槐呆立在那儿，身子僵直，面色灰白，他的眼睛死死地盯着慕枫。好半天，他就这样站着，室内的气压低沉而凝重，只有琼·贝兹在那儿自顾自地唱着歌。终于，俞慕槐摇了摇头，蹙紧了眉，仓促地说了一句：

"对不起，慕枫，我无意于伤害你！"

说完，他迅速地转过身子，大步地走出客厅，冲进自己的卧室里去了。

"哥哥！"慕枫叫着，追了过去，一直追到俞慕槐的房门口，她用手抵住门，不让俞慕槐关门，急急地说："你别这样苦恼吧！你真要骂我，就骂我吧，骂了我出出气，远比这样憋着好！"

"好妹妹！"俞慕槐说，眼眶潮湿了，他伸手捏捏慕枫的下巴，"你的哥哥是真的没出息。"

"别这样说，别这样说！"慕枫又哭了，"我刚刚是急了，根本不知道说了些什么。你别生气吧！"

"没关系。"俞慕槐抬了抬眉毛，轻轻地把妹妹拉进屋里，把门关上了，"和我谈谈，好吗？"

慕枫顺从地点了点头。

俞慕槐沉坐进了椅子里，用手支住头，他闭上了眼睛。慕枫在他身边坐下了，带着一种惊悸的情绪，她望着他，不敢说话。半晌，俞慕槐睁开眼睛来，振作了一下，他燃起一支烟，重重地吸了一口，"告诉我，"他说，声音似乎很平静了，"她很快乐吗？"

"羽裳吗？"慕枫说，"我不知道。"

"怎么呢？"

"她在生病。"

俞慕槐一震。

"生病？快做新娘子了，应该很开心才是，怎么会生病呢？"

"不知道她是怎么弄的，前些日子她都住在阳明山，说是每天夜里就跑到树林里去淋雨，淋得浑身透湿的，就病了，这几天烧得很高，医生说可能转为肺炎，假若转为肺炎的话，婚期一定会耽误，所以，杨家和欧家都急得很，整天汤呀水呀打针呀医生呀，房间里挤满了人，我也没有机会和她谈话。"

"淋雨？"俞慕槐喃喃地说，喷出一口浓浓的烟雾，"她一向就有淋雨的习惯。"他注视着那烟雾的扩散，依稀仿佛，又看到那站在雨夜的渡轮上的杨羽裳，"她病得很厉害吗？"

"有些昏昏沉沉的，但我想没什么关系，她的身体底子强，过两天大概就没事了。"

俞慕槐不说话，那厚而重的烟雾，把他整个的脸都笼罩了起来，他的眼睛像两泓深不见底的深潭。

"哥哥，"慕枫轻声地说，"你就忘了她吧！天下的女孩子多得很，我给你再介绍一个。"

俞慕槐盯着慕枫。

"免了吧，好妹妹，"他的语音怪异而苦涩，"我承认我没出息，再也没兴趣招惹女孩子了，你饶了我吧！"

慕枫怯怯地看了俞慕槐一眼。

"你还在生我的气吗？"她问。

"没有生你的气，"他幽幽地说，"一直没生过你的气，如果我在生气，也只是生我自己的气而已。"

"你也别生你自己的气吧,哥哥。"慕枫说,诚恳地望着俞慕槐,"我前天和杨伯母谈了很久,她说,她一度也希望你能和羽裳结合。但是,她认为,你们真结合了,却不一定幸福。因为羽裳像一匹脱了缰的野马,你呢,却像头固执的骡子,假若你们结合了,两人都使起性子来,谁也不会让谁,那么,后果会怎么样呢?而欧世澈呢,他平稳、踏实、有耐心,永不发怒,他能容忍羽裳。"

"所以,杨家是非常赞成这桩婚事了?"俞慕槐阴沉地说。

"是的,他们很高兴这桩婚事。"慕枫点了点头,"哥哥,杨伯母的看法也有她的道理,你们两个的个性都太强了,事实上并不见得合适。现在,事已至此,一切都成了定案,你也就认了吧!"

俞慕槐深吸了一口烟。

"我能不认吗?"他冷冷地哼了一声,"他们男方满意,女方也满意,男女本人也满意,这显然是一桩天作之合的婚姻,我还会怎样?又能怎样?"他望着慕枫,"你放心,慕枫,我不会去破坏你意中人的哥哥的好事!去转告杨羽裳吧,我祝她和世澈白头偕老!"

"你也不要恨欧家吧!"慕枫忧愁地皱皱眉,"这可能是命中注定的安排!"

"可能。"俞慕槐咬咬牙,"我答应你,慕枫,我不会破坏,我也不仇视欧家,而且,我会尽量努力去和欧世浩做朋友,行了吗?"

"你是个好哥哥。"慕枫站了起来,勉强地微笑着,"还有，你要去参加婚礼!"

俞慕槐迅速地抬起头,紧盯着慕枫。

"婚礼那天,"慕枫低声地说,"我是女傧相,世浩是男傧相。"

俞慕槐低下了头,重新燃起一支新的烟。慕枫已经轻悄地退出了他的房间,关上了房门。听到门的合拢声后,他才跳了起来,绕着房间,他像困兽般地兜着圈子,一圈又一圈,一圈又一圈,一圈又一圈……停在墙边,他一拳头对墙上挥了过去,拳头碰上了那坚硬的墙壁,像撕裂般地痛楚起来,他的另一只手,又一拳挥向了那堵墙。然后,他伏在墙上,用自己的额顶住了墙,痛苦地、辗转地摇着头,嘴里低低地喊着:

"羽裳,羽裳,羽裳,你太残忍,太残忍,太残忍!"他的身子滑了下去,坐在地板上,他用双手紧紧地抱着头。"羽裳,"他低语,"我会恨你一生一世!我会恨你一生一世!"

同一时间,杨羽裳正躺在她的床上,在高烧中挣扎。昏沉中,她觉得自己奔跑在一个燃烧着的丛林里,四周都是火焰与浓烟,脚底下的草也是燃着的。她赤着脚,在火焰上奔跑,奔跑,奔跑……她跑得喘不过气来,跑得筋疲力尽……于是,她忽然看到,在那浓烟的后面,俞慕槐正咧着嘴,对她嬉笑着。她伸出手去,哀求地喊:

"救我!救我!救我!"

他继续嬉笑着,满不在乎地望着她。她向着他奔跑,他却一步一步地倒退,于是,她永远追不上他,而那火焰却越

来越盛地包围过来。她跌倒了,爬起来,她再跑,她的手渴求地伸向了他:

"求求你,慕槐!求求你,救我!求求你,我要死掉了!我要死掉了!"

她扑过去,她的手差一点抓住了他,但他迅速地摆脱了她,身子向浓雾后面隐退。她狂叫:

"不要走!不要走!不要丢弃我!不要丢弃我!求求你!不要丢弃我!"

可是,他嬉笑了一声,转过身子,他跑走了,轻快地消失在那浓烟的后面,再也看不到了。她发狂般地尖叫了一声,身子从床上直跳了起来。于是,她感到一只温柔的手按住了自己,一个慈爱的声音在她耳边喊着:

"怎么了?羽裳?你在做噩梦呢!羽裳!醒一醒,羽裳!羽裳!"

她"哎呀"一声,睁开了眼睛,只觉得一头一身的冷汗和浑身的痛楚。在她面前,哪儿有火?哪儿有烟?哪儿有俞慕槐?只有母亲担忧而慈和地望着她。

"怎么了?羽裳?做了什么噩梦?"母亲问,把冰袋压在她的额上,"瞧,烧得这么火烧火烫的。"

她环顾四周,一屋子静悄悄的,她想找寻什么,但她什么都没看到。

"有人……来过吗?"她软弱地、渴望地问。

"是的。"俞太太悄悄地看了她一眼,"世澈来过,看到你睡着了,就先走了,他要去新房子那儿,监督工人裱壁纸。"

"哦!"她轻吁,"还有……还有人吗?"

"没有了,只有慕枫来了一个电话,问你好些没有。她还说……"她看看女儿,横了横心,这一刀迟早是要开的,不如早开为妙,"她还说,她哥哥要她告诉你,他祝你和世澈白头偕老!"

"哦!"杨羽裳把头转向了床里,手在被中紧紧地握成了拳,指甲深陷进肉里去。眼泪迅速地涌上来,模糊了她的视线,她的牙齿咬住了被角,死死地咬住。在心中,她绝望地、反复地呼号着:

"俞慕槐!我要恨你一生一世!恨你一生一世!"

第十二章

多么紧张又多么乱糟糟的日子！

杨羽裳穿着纯白色的媚嬉新娘装，戴着头纱，像个玩偶似的站在房间内，满屋子挤满了人，姨妈、婶婶、姑妈、伯母、表姐、表妹，以及其他各种的亲眷，把整个房子挤得水泄不通，到处都是人声，到处都是大呼小叫。那冷气虽已开到最大，室内仍是热烘烘的，充满了各种脂粉、花香和香水的气息，这些气息那样浓郁，空气那样闷热，声音那样嘈杂……杨羽裳觉得整个头都要炸开了。

"我告诉你，羽裳，新娘化妆真的不能这么淡！"慕枫也穿着白色拖地的纱衣，站在杨羽裳面前，手里举着一副假睫毛，"你一定要戴上假睫毛，要不然照出相来不好看！而且，那中泰宾馆地方大，你不浓妆一点，客人根本看不清你的相貌！"

"如果我戴上那个，客人就只看到了假睫毛！"杨羽裳不耐地说,"我宁愿淡妆!"

"还说呢!"杨太太在一边叫,"请来一个化妆师,人家给她弄了两个小时,她一照镜子,就全洗掉了,把化妆师也气跑了,她坚持要自己化妆,化得那样淡,好像是别人结婚似的!"

"这样吧!"慕枫满屋子绕,找剪刀,"我把这假睫毛修短一点。"

"羽裳!"一个姨妈一直在弄羽裳的衣褶,手里又是针又是线的,"你不要这样动来动去好不好?我要把你这礼服的腰收小一点,否则身材都显不出来了!"

"定做礼服的时候比现在还胖些,"杨太太又要解释,"谁知她越忙越瘦,这礼服就宽了!"

"缝上一点就好了,哎呀,哎呀,羽裳,你别动呀!待会儿扎了肉!"

"羽裳,你把头偏过来一些,你这边的头发没夹好,瞧,头纱又松了!"

"羽裳,我看看,右边面颊的胭脂淡了些,别动,别动,让我给你补一补!"

"羽裳,假睫毛剪好了,拜托拜托你贴上!"

"羽裳,你在礼堂里要换的几套服装,都放在这手提箱里了,噢,还是交给伴娘吧!俞小姐,俞小姐……"

"羽裳,你站直好不好?"

"羽裳,手套呢?你没戴上手套!"

"戒指!慕枫,你把那戒指收好!等会儿在礼堂是要由你去交换的!"

"哎呀!那新娘的捧花都快枯了,哪一位去拿些水来喷一喷!"

"羽裳!我再给你喷上一点香水,新娘必须香喷喷的!后面衣服上,头纱上,多喷点,别躲呀!"

"羽裳!你记住面纱掀起来的时候要微笑呀!"

"羽裳……"

"羽裳……"

"羽裳……"

杨羽裳觉得满眼的人影穿来穿去,满耳朵的声音此起彼伏。羽裳这个,羽裳那个。她直挺挺地站着,气都透不过来,她感到自己快昏倒了。

门打开了,欧世浩伸进头来,满脸的汗。

"小姐们,快一点,必须出发了,爸爸从中泰打电话来,客人都到得差不多了!迎亲的车子也马上来了!"

"哎呀,快了!快了!快了!"杨太太叫,"捧花!羽裳,你抱好捧花!摄影师呢?要先在这房间里照几张!来,大家排好,大家排好,羽裳,你站在中间,世浩,你也来!大家站好呀!"

亲友们挤着,笑着,闹着,你踩了我的脚,我又勾了你的衣裳,闹个没完。镁光灯不住地闪烁,不停地闪烁,闪得人睁不开眼睛。不知从哪儿又冒出一个灯光师来,举着一盏好亮好亮的灯,一个摄影师拿起一架摄影机,居然拍起电影来,杨太太趁空在羽裳耳边说:

"你爸爸请人来录影,将来你自己就可以看到整个婚礼的过程了。"

"听说电视公司派了记者去中泰宾馆,要拍新闻片呢!"欧世浩说。

"是呀!"一个亲戚在叫着,"欧杨联姻,这是多好的新闻,大律师的公子和大企业家的小姐,郎才女貌,门当户对,我相信,明天各报都会登出新闻和他们的结婚照片来呢!"

"各报都有记者来吗?"

"是呀!"杨羽裳的神志飘忽了起来,各报都有记者,包括俞慕槐的报吗?各报都会登出新闻,也包括俞慕槐的报吗?俞慕槐!他今晚会去中泰宾馆吗?他很可能不会出席,因为他晚上是要上班的!但是,他出不出席,现在还关她什么事呢?她马上就名分已定,到底是嫁为欧家妇了!怎会嫁给欧家的呢?她在办婚事的时候,就常常会迷糊起来,实在弄不懂,自己为什么嫁给欧世澈!当请帖发出去,结婚贺礼从世界各地涌到她面前来,当父亲送的新房子装修完毕,欧世澈拉着她去看卧室中的布置和那张触目的双人床,她才惊觉到这次的"结婚"真的不是玩笑,而是真实的了。这"真实"使她迷惘,使她昏乱,也使她恐惧和内心隐痛。她看到周围所有的人都洋溢着喜气,她听到的都是欢声和笑语。她被迫地忙碌,买首饰、做衣服、选家具、定制礼服……忙得她团团转,但她一直是那样浑浑噩噩的。直到那天,秀枝捧进了一个大大的盒子。

"有人送结婚礼物来!"

当时,欧世澈也在旁边,他抢先去接了过来,高兴地笑着说:

"这是什么?包装得很漂亮呢!"

真的,那扁扁的、长方形的大盒子用粉红色的包装纸包着,系着大红缎子的绸结。杨羽裳走过去不在意地看了一眼,她对所有的礼物都不感兴趣。可是,触目所及,是那盒子上贴着的一张卡片,写着"俞慕槐贺"几个字。她抓起那盒子,拆开了包装纸,里面竟是一个精致的画框,画框里是一张油画!画面整个是蓝色调的:蓝色的大海,蓝色的天空,蓝色的波涛,蓝色的烟云……一片深深浅浅的蓝中,是一只白色的海鸥,正孤独地飞向那海天深处!画上没有题字,也没有落款,竟不知是何人所绘!杨羽裳呆了,她是学艺术的,当然知道这画的水准相当不坏,她也知道俞慕槐自己不会画画,这幅画真不知他从何处搜购而来!但,在她婚礼之前,他竟送来了这张孤独的海鸥,难道他也明白这婚姻对她只是一片空虚吗?她拿着画,不由自主地怔住了。偏偏那欧世澈,还在一边兴高采烈地喊:

"嗨,一张好画,不是吗?咱们那新房里,还就缺一幅画呢,让我拿去挂去!"

他真的拿到新房里去,把它挂在卧室里了。当晚,杨太太第一次那么认真而坦诚地对杨羽裳说:

"羽裳,婚姻不是儿戏,你马上要做一个妻子了,从此,你就是个家庭的女主人,一个男人的伴侣和助手,你再也没有权利来游戏人生了。那世澈,他是个善良的、优秀的孩子,你千万别伤了他的心。以后,你要跟着他过一辈子呢,要共同创造属于你们的世界。所以,羽裳,试着去爱世澈,并且,忘了俞慕槐吧!"

那晚,她沉思了整夜,很安静很理智地沉思,她知道母亲是对的,她应该去爱世澈,应该试着做一个成功的妻子,尤其,应该忘掉俞慕槐!于是,她从浑浑噩噩中醒过来了。她认真地布置新房,准备婚礼了。趁欧世澈不在的时候,她取下了那幅海鸥,换上了一幅自己画的静物,当欧世澈问起的时候,她轻描淡写地说:

"卧室里应该挂我自己的画,别忘了,我也学了好几年的画呢!"

欧世澈笑着吻了吻她,也不追究了。欧世澈,他真是个心胸宽大的谦谦君子啊,她实在"应该"爱他的!

可是,现在,当婚礼即将进行的时候,她竟又想起俞慕槐来了!只要别人随便的一句话,她就会联想起俞慕槐,这不是糟糕吗?她毕竟是欧世澈的新妇啊!站在穿衣镜前面,她望着镜子里的自己,那个在白色轻纱中的、轻盈的身子,那朦胧如梦的脸庞和眼睛,这就是自己,杨羽裳!立即,她就该属于另一个人了!

一串震耳欲聋的鞭炮声陡地响了起来,惊醒了她迷茫的思想。满屋子的人声,叫声,嬉笑声,恭喜声,喧闹声……其中夹杂着喜悦的叫嚷:

"迎亲的喜车来了!"

"新郎来了,让开让开!"

鞭炮不住地响着,人声都被鞭炮声压了下去。满屋子的人你挤我,我挤你,挤个不停。灯光又亮了起来,摄影机的镜头一忽儿对着人群,一忽儿对着杨羽裳,又一忽儿对着门口,门开着,人群让了开来,欧世澈带着满脸的笑意盈盈,对着她走了过来。人叫着,嚷着,起着哄,笑着……欧世澈对她伸出手来。

鞭炮一直没有停止,她放下了婚纱,走出杨家的大门,那鞭炮始终在响,把她的耳朵都震得嗡嗡然。终于,在人群的簇拥下,在邻居的围观下,在慕枫和欧世澈的左右环绕下,她总算坐进了喜车。车子开动了,一连串那么多辆的车子,浩浩荡荡地开向了中泰宾馆。她低垂着头,手里紧捧着花束。欧世澈在她耳边低声说:

"中泰宾馆席开一百桌,大家都说这是近年来最隆重的一个婚礼!"

"一百桌!"慕枫低呼,对欧世浩说,"等会儿敬酒有得敬了!"

车子进行着,鞭炮也一路跟着放过去,行人都驻足而观。那辆摄影师的车子,跟喜车并排而行,镜头一直对着喜车。

这条短短的路程,不知道走了多久,终于,车子停在中泰宾馆门前了。又是震耳欲聋的鞭炮声,她被搀扶着跨下了喜车,一群记者拥上前来,镁光灯左闪右闪,人群喧闹,各种叫嚷声,许多人挤过来看新娘子。她向前走去,镁光灯一直跟着闪……记者、镁光灯,这里面会有俞慕槐吗?当然,不会有,他不会亲自出马来采访这种小新闻的。

她进了新娘休息室,好热!她的气又透不过来了。慕枫走上来,拿了一条小手绢,给她拭去了额上和鼻尖上的汗珠,又忙着拿粉扑给她补粉。她轻轻地对慕枫说:

"你结婚的时候,千万别选在夏天!"

慕枫笑笑,下意识地看了欧世浩一眼。他正杂在人群中,不知道在说些什么。透过新娘休息室的门向外望,到处都是人,真没料到这婚礼的排场如此之大,慕枫庆幸自己没有把订婚礼和这婚礼合并,她发现,这份排场大部分是杨承斌的安排,怪不得世浩曾说:

"我们何必去沾别人的光呢?"

真的,订婚也好,结婚也好,排场并不重要,重要的是要自己当主角呀!

行礼还没开始,却不住有人走进来向新郎新娘道喜,欧世澈笑吟吟地周旋在宾客之间,风度翩翩而应酬得体。杨氏夫妇和欧氏夫妇都忙着招呼客人,忙得头昏脑涨,应接不暇,那欧青云身材壮硕高大,声音响亮,时时发出得意而高兴的大笑声。杨羽裳坐在那儿,低着头,听着那满耳朵的人声,只觉得又干又渴,又闷又热,被吵得心发慌而头发昏。

忽然,一个声音刺进了她的耳鼓:

"我特来向新郎新娘道喜!"

她迅速地、悄悄地抬起眼睛来,心脏莫名其妙地乱跳,她的呼吸不由自主地急促了。俞慕槐!他来了!他毕竟是来了!偷偷注视,那俞慕槐正紧握着欧世澈的手,似笑非笑地说:

"你知道吗?世澈?你得到了一个天下的至宝!"

她的心再一跳,是天下的至宝吗?你却不稀罕那至宝呵!俞慕槐向她走过来了,笑容从他的嘴角上隐没,他凝视她,对她深深地一弯腰。

"祝福你!羽裳!"他说,"相信快乐和幸福会永远跟着你!"他迅速地掉开头去,喊了一声,"慕枫,你应该给新娘拿一杯凉水来,这屋里的空气太坏了。"

慕枫真的去端了一杯冰水过来,杨羽裳啜了一口,多么沁人心脾的清凉呀,她又多么燥热多么干渴呀,握着杯子,她一口气把整杯水喝干,抬起眼睛来,她看到俞慕槐正凝视着自己,两人的目光甫一接触,一抹痛楚的表情就掠过了他的脸,他立刻转开了头,向人群中走去。杨羽裳的心跳得厉害,一种昏乱的情绪蓦然间抓住了她,她顿时觉得不知身之所在,情之所至了。

昏乱中,只听到一阵噼里啪啦的爆竹齐鸣声,接着,人群骚动,欧世浩急急地奔来:

"准备准备,要行礼了!"

慕枫飞快地拿走了她手里的茶杯,又飞快地帮她盖好面纱,再飞快地整理了一下她的花束和衣襟。把她拉了起来,挽住了她的手臂,准备出场。那欧世浩和欧世澈兄弟俩,已经先出去了,司仪早已在大声地报告:

"婚礼开始!"

"鸣炮!"

"奏乐!"

"主婚人入席!"

"介绍人入席!"

"证婚人入席!"

"新郎新娘入席!"

再也逃不掉了,再也无法退出了,这不是游戏!而是真真实实的婚礼。她浑身乏力地倚着慕枫,走出了新娘休息室,新郎和欧世浩早已在前面"恭候"。她跨上了那红色的氍毹,随着音乐的节拍,机械化地、一步一步地向前走着。她的神志迷糊,头脑昏沉,她觉得这整个的一切,都越来越变得不真实了,她像是踏在云里,她像是走在雾里,那音乐,那人声,都离她好遥远好遥远,似乎与她毫无关联。

接下来的一切,她都是糊里糊涂的:新郎新娘相对一鞠躬,两鞠躬,三鞠躬,交换戒指,对证婚人一鞠躬,对介绍人一鞠躬,对主婚人一鞠躬,证婚人致辞,介绍人致辞……她像个玩偶,随着慕枫拨弄,慕枫不时要在她耳边悄悄提醒她该做什么,因为她一直那样恍恍惚惚的。终于,司仪大声地吼了两句:

"礼成!"

"鸣炮!"

又是那惊天动地的爆竹声,震得人心慌意乱。同时,宾客陡地又混乱了起来,叫声,笑声,向他们抛过来的彩纸彩条,以及那些镁光灯和拍电影的灯光。慕枫挽着她退向新娘休息室,一路帮她挡着彩纸的纸屑,好不容易进了休息室,她跌坐在椅中,一点力气都没有了。

慕枫拥住她，吻了吻她的面颊：

"我头一个吻新娘。"她说，立即，她开始催促，"快换衣裳！要入席了呢！赶快赶快！"

她懵懵懂懂地坐在那儿，模糊地领悟到，自己那"小姐"的身份，已在那声"礼成"中结束了。现在，她是一个妻子了，一个名正言顺的妻子，一个小"妇人"，她奇怪自己并无喜悦的心情，只有麻木与疲倦。这天气，一定是太热了。

"哎，你怎么还不动？我来帮你吧！"慕枫赶过来，不由分说地拉开她背后的拉链，"快！快一些吧。"

她无可奈何地站起身来，开始换衣服。

穿了件金光闪闪的长旗袍，重新走出来，在宾客的鼓掌声中，走到前面主席上坐下。接着，是敬酒又敬酒，敬证婚人，敬介绍人，敬双方父母，敬这个，敬那个，刚敬完了一圈，慕枫附在她耳边说：

"该去换衣服了！"

是谁规定的喜宴上要服装表演？是谁规定的喜宴上新娘要跑出跑进地换衣服？杨羽裳突然感到可笑，她不像是新娘，倒像是个服装模特。一件又一件地换衣裳，整餐饭她似乎始终在那走道上来来去去。好不容易坐定了一会儿，慕枫又在她耳边提示：

"该去每一桌上敬酒了。"

她看看那豪华的大厅，那上百桌的酒席，那熙熙攘攘的人群……还没敬酒，疲倦和可笑的感觉已对她双方面地包围了过来。必须都去吗？天！谁规定的这些繁文缛节？她感到自己活像一场猴戏中的主角。

和欧世澈双双站起,在男女傧相的陪同下,一桌桌地走过去,敬酒?实际上她喝的是茶,宾客们也知道她喝的是茶,但仍然相敬如仪。每桌客人敷衍地站起,又敷衍地坐下。偶尔碰到一两个爱闹的,都被欧世浩和慕枫挡回去了。然后,他们来到了这一桌。

"把你们的茶放下,这儿是'真正'的酒,难得碰到这样'真正'隆重的婚礼,难道还喝'假酒'?"

杨羽裳瞪视着这个人,这张太熟悉的脸,她怔在那儿,一时间,不知道应该说什么,或做什么。慕枫已经不同意地叫了起来:

"哥哥,好意思来闹酒,你应该帮忙招待客人才是!"

"别多嘴!"俞慕槐指着慕枫,"你和世浩也得喝一杯!都逃不掉!一对新人和一对准新人,谁也不许跑!"他把一串四个酒杯排在桌子上,命令似的说,"喝吧!假若你们不给面子也算了!我先干!"一仰脖子,他把一杯酒全灌了下去,把杯底对着他们,"如何?要不要我再敬一杯?"他再斟满自己的杯子。

慕枫惊奇地看着俞慕槐,立即发现他已经喝了太多的酒,他的眼睛红着,脸也红着,浑身的酒味,他根本不善于喝酒,这时似乎早已醉意醺然。她有些着急,想要找方法来解围,但她还没开口,杨羽裳就一把握住了桌上的酒杯,急急地说:

"你别敬了,我们干了就是!"

欧世澈难以觉察地微笑了一下,也立即端起桌上的酒杯,夫妇两人，双双对俞慕槐干了杯。欧世浩对慕枫作了个眼色，说了句：

"我们也恭敬不如从命了！"

就端起杯子，慕枫只得端起杯子。都喝完了，欧世浩笑着说：

"俞大哥饶了我们吧，还有那么多桌要敬呢！"

俞慕槐奇异地笑笑，一语不发地坐下去了。杨羽裳很快地看了他一眼，却看到他正对着那四个空酒杯傻笑。她心中陡地抽了一下，抽得好疼。在这一瞬间，她看出他并不是那嬉笑的宾客中的一个，而是个孤独落寞的影子。她无法再看他，欧世澈、欧世浩和慕枫已簇拥着她走向了另一桌。

再也不知道以后的时间是怎样度过的，再也不知道那些酒是怎样敬完的，所有的人都浮漾在一层浓雾中，所有的声音都飘散在遥远的什么地方。她眼前只有那个对着空酒杯傻笑的人影，她心中只有那份锥心的惨痛，这不是婚礼，这不是婚礼，但是，这竟是婚礼！

终于，她又进了休息室，作最后一次换衣服，以便送客。软弱地倒进了椅子中，她直直地瞪着眼睛。慕枫迅速地把休息室的门关上，一把抓住了杨羽裳的手臂，急切地、焦灼地对她说：

"你绝不许哭！羽裳！今天是你结婚的日子，你决不能哭！在这么多的宾客面前，你不能闹笑话。欧世澈对你那么好，你也不能丢他的脸！"

杨羽裳深吸了一口气，闭上眼睛。是的，是的，是的，这是婚礼,她不能闹笑话,她再也不是个任性的孩子,而是个刚结婚的妻子,她必须控制自己!她必须!哪里会有一个在婚礼上为她失去的爱情而哭泣的新娘呢?她再抽了口气,睁开眼睛,紧紧地攥住慕枫的手。

"你放心,慕枫,我不会闹笑话,我不会哭。"她说着,声音颤抖,接着,两滴泪珠就夺眶而出,沿着面颊跌碎在衣服上了。慕枫慌忙用小手帕拭去了她的泪,又急急帮她补妆。她噎住气,强忍着说,"慕枫,请你帮个忙,好吗?"

"好的,好的,好的!"慕枫一迭连声说。

"你溜出去找找你父母在哪一桌,请他们把你哥哥带回家去吧!"

"好的,我去,但你不许再哭了,而且,赶快换衣服吧!"

慕枫焦灼地说,走出了休息室。

杨羽裳把头扑进手掌中。

"还好,婚礼马上就要结束了,还好,明天就要飞到日本去度蜜月,我将逃开这一切,逃得远远的!只是……"她忽然神思恍惚起来,抬头注视着屋顶的吊灯,她喃喃地问,"这是为什么呢?是谁让我和他都陷进这种痛苦中呢?是谁?是谁?"

第十三章

蜜月是早已过去了。

杨羽裳靠在沙发里,手上握着一本《唐诗宋词选》,眼睛却对着窗外蒙蒙的雨雾出神。不过刚刚进入初秋,天就突然凉起来了。从早上起,那雨滴就淅沥淅沥地打着窗子,天空暗淡得像一张灰色的巨网,窗外那些街道树木和高楼大厦,都在雨雾里迷迷蒙蒙地飘浮着。一阵风来,掀起了浅黄色的窗帘,也带进一股凉意。她下意识地用手摸摸裸露的手臂,怎么?今年连秋天也来得特别早!

一声门响,用人秋桂伸进头来:

"太太,先生回不回来吃晚饭?"

她怔了怔,回来吗?谁知道呢?

"你准备着就是了,多做了没关系,少做了就麻烦!"

"是的。"

秋桂退进厨房去了。她把腿放在沙发上,蜷缩在那儿,继续地对着窗外的雨雾出神。房里没有开灯,光线好暗淡,暗淡一些也好,可以对什么都看不清楚,反而有份朦胧的美,如果你看清楚了,你会发现每样东西的缺点与丑陋。

当初,她并没有费多少时间和心血来布置这屋子,室内的东西差不多都是欧世澈选择的,黄色的窗帘,米色的地毯,咖啡色的家具,她不能否认欧世澈对色彩的调和确实颇有研究,但她总觉得所有的家具都太考究了些,像那些紫檀色的雕花小几和椅子,那柚木刻花的餐桌和丝绒靠背的餐椅,每样东西给人的感觉都是装饰意味胜过了实用。刚从日本回来的时候,她也提出过这一点,欧世澈却耸耸肩,满不在乎地说:

"反正你爸爸有钱,家具当然选最贵的买!"

"什么?"她吃了一惊,"家具也是我爸爸付的钱吗?"

"当然,"欧世澈笑笑,"你难道希望我家里拿出钱来?你爸爸送得起房子,当然也送得起家具!"

她凝视着欧世澈,或者,这是婚后她第一次正眼凝视欧世澈,在他那文质彬彬的面貌下,她只看到一份她所不了解的沉着,不了解的稳重和不了解的深沉。她吸了口气,轻声问:

"那么,我们到日本度蜜月的来回飞机票、旅馆费用、吃喝玩乐的钱,是什么地方来的?"

"你还不知道吗?"欧世澈笑得得意,"你有个阔爸爸,不是吗?"走到杨羽裳的面前,他轻轻地吻了吻她的面颊。"这值得你烦恼吗?"他问,"你一生用钱烦恼过吗?为什么结了婚之后就不能用呢?难道你结了婚,就不再是你父母的女儿了?再说,你爸爸高兴拿出这笔钱来,他希望你快乐,不是吗?"

"那么,"她怔怔地说,"你家拿出什么钱来了呢?"

"我家!"欧世澈惊讶地说,"我父亲又不是百万富豪!而且,我这么大了,还问父亲要钱吗?"

"不能问你父亲要,"杨羽裳憋着气说,"却可以问我父亲要啊!"

欧世澈顿时沉下脸来。

"你什么意思?"他说,"我没问你父亲要过,是他自己送上来的!他怕你吃苦,怕你受罪,这是你的问题!你嫁的根本是个穷丈夫,供不起你的享乐!你以为我高兴接受吗?还不是为了你!你去想想清楚吧!"

说完,他调转身子就走出去了,"砰"地碰上了大门。摩托车喧嚣地响起,他甚至不交代他去什么地方。

从那次以后,杨羽裳很少再询问婚事费用的来源。但她却变得很怕面对家中的家具了,那讲究的壁纸、窗帘、地毯……甚至这幢房子。父亲细心,知道她没住惯公寓,居然给了她这栋二层楼的花园洋房。房子不大,楼上是卧室、书房、客房和一间为未来准备的婴儿室。楼下是客厅、餐厅、厨房、下房等。前后还有两个遍植花木的小花园。她从不知道房地产的价钱,她也从不知金钱的意义,只因为,她从小就没受过金钱的压迫。可是,现在,她却觉得这栋房子和房中的家具,在在都压迫着她,使她不舒服,使她透不过气来。

为什么？她也弄不清楚，欧世澈的一套似是而非的道理弄昏了她。只是，她觉得这房中的家具都不再美丽了。

天更昏暗了，雨在慢慢地加大，那敞开的窗子，迎进了一屋子的暮色，也迎进了一屋子的寥落。奇怪，在她婚前，她几乎不知道什么叫寥落，什么叫寂寞。她太忙，忙于玩乐，忙于交朋友，忙于游戏人生！后来，又忙于和俞慕槐斗气。她没有时间来寂寞，现在呢，时间对她来说，却太多太多了！

几乎不再记得蜜月时期是怎样过去的。在日本，生活被"匆忙"所挤满，他们去了东京、京都、大阪、神户和著名的奈良。每个地方住个数天，包着车子到各处去游玩，他们跑遍了京都的寺庙，奈良的公园，去神户参观养珠场，吃贵得吓死人的神户牛排。欧世澈是第一次去日本，好奇和惊喜充满了他，他曾沉溺在东京的豪华歌舞中，也曾迷失在银座的小酒馆里，他们的新婚并不胶着，也不甜腻，外界太多的事物分散了欧世澈的注意力。这对杨羽裳来说，是最好不过的事了，她曾恐惧新婚的日子，没料到却那样轻易地度过了。只是，在奈良的鹿园中，在平安神宫的花园里，在六十间堂那古老的大厅侧，以及在苔寺那青苔遍地、浓荫夹道的小径上，她都会不由自主地想到俞慕槐……

"如果现在站在我身边的不是欧世澈，而是俞慕槐，那么，一切的情致会多么地不同呀！"

她想着，一面又庆幸人类的思想并没有反光镜，会反射到表面上来。欧世澈读不出她的思想，他太忙，忙于去观察日本，而不是观察妻子。

回到台湾后，她像是骤然从虚空中落到现实里来了。新居豪华考究，却缺乏家的温暖和家的气氛。欧世澈又恢复了上班，早出晚归，有时，连晚上都不回来，只打个电话通知一声，近来，他连电话都懒得打了。杨羽裳并不在乎他在家与不在家，只是，整日守着一个空房子并不好过，她想回到学校去念书，欧世澈却反对地说：

"结了婚还念什么书？你那几笔画反正成不了毕加索！如果想借念书为名义，再去交男朋友的话，你又已经失去交男朋友的身份了！"

"什么？交男朋友？"她大叫，"你以为我念书是个幌子吗？你把我想成怎样的人了？"

"你是怎样的人，别以为我不清楚，"欧世澈笑着说，"你那些历史，说穿了并不好听！"

"什么历史？你说你说！"杨羽裳暴跳如雷了。

"说什么呢？反正你心里有数！"欧世澈笑嘻嘻地说，"我劝你安分点儿，我不跟你吵架！还有好多事要办呢！我出去了！"

"你别走！说清楚了再走！"她追在后面喊。

但他已经走得无影无踪了。

她毕竟没有回到学校里去念书，并不是怕欧世澈反对，而是她本身被一种索然的情绪所征服了。她忽然觉得什么都没有意义，对什么都失去了兴趣。她蜷伏了下来，像只冬眠的小昆虫，外界任何事都刺激不了她。她安静了，她麻木了，她整日待在家中，不出门，不胡闹，不游戏，外表上，她像个十全十美的、安静的小妻子。连杨承斌都曾得意地对妻子说：

"你瞧，我说得如何？咱们的女儿和以前完全换了一个人了。我早说过，婚姻可以使她成熟，使她安静吧！"

是的，杨羽裳换了一个人，换得太厉害了，她再也不是个爱吵爱闹爱开玩笑爱闯祸的淘气姑娘，她成了个安静的、沉默的、落落寡欢的小妇人。这种变化并不让杨太太高兴，凭一份母性的直觉，她觉得这变化太突然，太快，也太厉害了。私下里，她问杨羽裳：

"羽裳，你和世澈过得快乐吗？"

"还好。"杨羽裳轻描淡写地说。

"吵过架吗？"杨太太关怀地问。

"吵架？"杨羽裳歪着头想了想，"吵架要两个人对吵才吵得起来，一个人跟一棵树是不会吵架的。"

"什么意思呢？"杨太太皱皱眉，弄糊涂了。

"没什么，"羽裳笑笑，避开了这问题，"我只是说，我们很好，没吵什么架。"

"很亲爱吗？"杨太太再叮了一句。

"亲爱？"羽裳像是听到两个很新奇的字，顿了半天才说，"我想，我和他是一对典型的夫妇。"

"什么叫典型的夫妇？"做母亲的更糊涂了，以前，她就常听不懂羽裳的话，现在，她成了个小妻子，说话却更会打哑谜了。

"典型就是一般模型里的出品,我们夫妇和其他夫妇并没有什么不同。和许多夫妇一样,丈夫主外,太太主内,丈夫忙事业,太太忙家庭,丈夫早出晚归,太太管柴米油盐,都一样,包括……"她咽住了,想说"包括同床异梦在内"。

"包括什么?"那母亲偏偏要打破砂锅问到底。

"包括什么?"羽裳冒火了,"包括晚上一起上床!"她叫着。

"呸!"杨太太呸了一声,只好停止询问。心想,女儿再怎么改变,说话还是那样没轻没重。

于是,杨太太不再追问女儿的闺中生活,杨羽裳也就继续着她的"冬眠"。在那恢恢长日里,她的思想常漫游在室外,漫游在冬季雨夜的渡轮上,漫游在新加坡的飞禽公园里!……往事如烟,一去无痕。她追不回那些逝去的日子,她也扫不开那缠绕着她的回忆。为了这个,她曾经写下了一首小诗:

那回邂逅在雨雾里,
你曾听过我的梦呓,
而今你悄然离去,
给我留下的只有回忆,
我相信我并不伤悲,
因为我忙碌不已,
每日拾掇着那些回忆,
拼凑成我的诗句!

不知何时能对你朗读？
共同再创造新的回忆！

她把这首小诗题名叫"回忆"，夹在自己心爱的《唐诗宋词选》里面，当她用《唐诗宋词选》来打发时间的时候，她知道，事实上她是用"回忆"来打发时间。"不知何时能对你朗读？共同再创造新的回忆！"她明白，她永不会对他朗读，也永不会再有"新的回忆"。自从她回台湾后，慕枫和世浩虽然常到她家里来玩，却都绝口不提俞慕槐，她也没有问过，因为她知道自己已无权询问了！从婚礼过后，她再没见过他。她所住的房子在忠孝东路，与敦化南路只数步之遥，但这咫尺天涯，已难飞渡！

天更黑了，暮色更重了。她仍然蜷伏在那沙发里，不想做任何事情。秋桂在厨房里炒着菜，菜香弥漫在屋子里面，快吃晚饭了吗？看样子，欧世澈是不会回来吃饭了，这样也好，她可以享受她的孤独，也能享受她的回忆！她叹口气，把头深深地埋进靠垫里面。

蓦然间，大门口响起了一阵汽车喇叭声，接着，门铃就急促地响了起来。怎么了？难道是父亲和母亲来了吗？她已经好多天没有看到父母了。跳起身来，她一迭连声地叫秋桂开门，一面把灯打开，她不愿父母看出她的落寞。

秋桂去开了门，立刻，她听到外面有人在直着脖子大喊大叫：

"羽裳！羽裳！快出来看看我的新车！"

又是一阵汽车喇叭响。

怎么？这竟是欧世澈！杨羽裳惊奇地跑出大门，一眼看到在大门口的街道上，竟停着一辆崭新的小汽车。欧世澈的头从车窗里伸了出来，兴高采烈地喊：

"羽裳！你瞧！一辆全新的野马！你猜是谁的？我的！我今天买下来的！你看好看吗？"

那是辆深红色的小跑车，那新得发亮的车顶在雨中闪着光，确实是一辆漂亮的车子，又小巧，又可爱。杨羽裳惊异地说：

"我不知道你还会开汽车！"

"你不知道的事还多着呢！"欧世澈说，"我告诉你，我在十八岁的时候就学会开车了，只是没车可让我开而已，到现在总算夙愿以偿。怎样？你别站在那儿发呆，上车来，让我载你去兜兜风，也叫你知道一下我的驾驶技术。"他打开了车门，"来吧！"

"你有驾驶执照吗？"杨羽裳怀疑地问。

欧世澈从口袋里掏出一样东西，扔在座位上。

"你看这是什么？"

"驾驶执照！"杨羽裳更加惊奇了，"你什么时候去考的？"

"三天以前！当我决定要买这辆车的时候！好了，别问东问西了，你上不上车？"

杨羽裳无可无不可地上了车，坐汽车对她并不是什么稀奇事，家里从没缺过车子，她的驾驶技术可能比欧世澈还要娴熟得多。但，欧世澈却在相当的兴奋之中，开到敦化北路、飞机场去兜了一圈，回到家门口，他把车子停在大门的围墙边，下了车，他打量着那围墙。

"你爸爸实在该选一栋有车库的房子，"他不满地说，"明天我找工人来拆围墙，把花园的一部分改为车库！"

"你最好别动那花园，"杨羽裳说，走进了室内，"我要保留那几棵玫瑰！"

"为了几棵玫瑰让我的车子停在街上吗？"欧世澈跟了进来，"你别婆婆妈妈了。"

"反正我不要把花园改成车库！"杨羽裳执拗了起来，"我要它维持现状！"

"你试试看吧。"欧世澈似笑非笑地说，"我明天就叫工人来拆墙。"

"嗨！"杨羽裳站住了，盯着他，"你想找我麻烦，还是想找我吵架？"

"我从不要找你吵架，"欧世澈仍然微笑着，"我只是要建一个车库。而我要做的事，我是一定会做到的，没有人能反对我！"

"我反对！"杨羽裳挑起了眉毛，大声说，"这房子是我的，是爸爸给我的，除非我同意，你休想改动它一丝一毫！"

欧世澈安静地望着她，微笑地、慢吞吞地说：

"你可以去查一查房子的登记，它是用我们两个人的名义买的，你爸爸并不是送你这栋房子，他是送给我们两个人的。所以，不管你赞成还是反对，我明天要改建车库！"

"我不要！"杨羽裳大叫，"我不要！即使房子登记了两个人的名字，它到底是我爸爸的钱买的！"

欧世澈脸上的微笑加深了。

"你还是你爸爸生的呢！怎么现在姓名上要冠以我的姓了呢？"

杨羽裳瞪大了眼睛，呼吸沉重地鼓动了胸腔。

"你是什么意思？"她哑着喉咙说。

"我只是告诉你，别那样死心眼，你当杨小姐的时期早已过去了，现在你是欧太太。无论你多强，无论你脾气多坏，你嫁进了欧家，你就得学着做欧太太！"他注视着她，他挺拔的身子潇洒地倚在楼梯扶手上，嘴角边仍然挂着那满不在乎的微笑，"而做欧太太的第一要件，就是服从，你该学习服从我，记住，我是一家之主！"

"见你的鬼！"杨羽裳大吼了起来，涨红了脸，气得浑身发抖，"服从你？我生来就没有服从过任何一个人！"

"那么，从现在开始吧！"欧世澈轻松地说，向楼上走去，"告诉秋桂，稍微晚一点开饭，我要先洗个澡！"

"慢着！站住！你这个混蛋！"

欧世澈停住了，他慢慢地回过头来，望着她。

"你刚刚叫我什么？"他问。

"你这个混蛋！"杨羽裳大叫。

"你不可以再叫我混蛋！"欧世澈低沉地说，"如果你再这样叫我，我会打你！"

"打我？"杨羽裳挑起了眉毛。

"是的，"欧世澈冷静地回答，"你最好别尝试。"他走下楼梯，站在她面前，笑嘻嘻地望着她："永远别尝试骂我，我不喜欢人骂我！"

杨羽裳的眼睛瞪得那么大，惊愕把她的愤怒都遮盖了，她一瞬不瞬地望着面前这张漂亮的脸孔，这是谁？欧世澈？一个她认识了三年的男孩子？一个她所嫁的男孩子？她的丈夫？将和她共同生活一辈子的男人？在这一刹那间，她觉得完全不认识他，这是个陌生人，一个陌生得从未见过的人。而他那个笑，那个漂亮而潇洒的笑，竟使她如此瑟缩，如此胆怯，如此恐惧起来。微微地后退了一步，她张开嘴，嗫嚅地说：

"你……你真会打我？"

"我希望你不会造成那局面，"他说，"我并不希望打你，但我也不希望挨骂。"

"你……你为什么娶我？"她问，困惑地看着他。

"好问题！"他笑了，"你早就应该问了。"他顿了顿，凝视着她，他的声音低沉而带着讽刺，"因为你是我碰到的最值得我追求的女孩子。"

"我不懂。"她昏乱地摇摇头。

"不懂吗？"他笑得得意，"当然，因为你漂亮，你可爱，而且，你是一条捷径，可以帮我得到一切我所要的东西！"

"我还是不懂。"

"例如那辆汽车！"

"那辆汽车？"她惊跳，脸发白了，"那辆汽车是从什么地方来的？"

"当然是你父亲送的!"他笑嘻嘻地说,"羽裳,你有个很慷慨的好父亲!"

杨羽裳深抽了一口冷气,她的声音发抖了:

"你居然去问我父亲要汽车?"她咬着牙说,"你好有出息啊!"

"嗨,别误会,我可没问你父亲要汽车,是他求着我买的。"欧世澈轻松地说。

"他求着你买?他发疯了?会求着你买?"

"我只告诉他台湾摩托车的车祸率占第一位!我告诉他我喜欢骑快车,我又告诉他我常骑摩托车带你出去玩,就这样,"他耸耸肩,"你爸爸就带着我到处看车子,费了九牛二虎之力说服我,要送我一辆汽车,我有什么办法,只好恭敬不如从命了!他知道你个性强,要我瞒着你,说是分期付款买来的。你既然追根究底,我就让你知道真相吧,现在,你满意没有?"

她咬紧了牙,瞪视着他,眼睛里几乎冒出火来。

"你利用我父亲对我的爱心,去向他骗一辆车子,你真是个不择手段的衣冠禽兽!"

"你又骂人了!"他微笑着提醒她,"下次你再犯这种错误,我就不再原谅你了,我说过,我会打你,你最好相信这句话!至于车子,你用了一个骗字,我不喜欢这种说法,那是我赚来的。"

"赚?"杨羽裳怪叫,"你赚来的?你真说得出口,真不害羞呵!"

"你必须学学,这就是人生,赚,有各种不同的赚法,赚到手的人就成功了,谁也不会问你是怎么赚来的!想想看,我下了多少功夫,仅仅在你身上,就投资了我三年的时间……"

"投资!"她喊,"你对我原来是投资?这下好了,你开到一座金矿了!"

"随你怎么说,"他笑笑,"我可不是你的俞慕槐,只认得爱情,我也不会为你发疯发狂,但是,我得到了你,那个傻瓜只能干瞪眼而已。"

"啊!"杨羽裳抱着头狂叫,"你这个魔鬼!你这个混蛋!你这个杂种!"

"啪"的一声,她脸上挨了一下清脆的耳光,她惊愕地抬起头来,完全吓呆了。欧世澈却轻松地甩了甩手,满不在乎地说:

"我警告了你好几遍了!"

她吓呆了,吓傻了,有好几秒钟她不知道该做什么,然后,她向电话机冲去。欧世澈抢先一步拦了过去,手按在电话机上,他望着她,笑着:

"怎么?要打电话向你爸爸告状,是不是啊?很好,你打吧,告诉他你骂我混蛋杂种,我打了你一耳光,去告诉他吧!我帮你拨号,如何?你还是个三岁的小姑娘,在幼稚园里和小朋友打了架,要告爸爸妈妈了,是不是啊?"他真的拨了号,把听筒交给了她,"说吧!告诉他们吧!小娃娃!"

她昏乱地接过了听筒,眼泪在眼眶里打着转,下意识地把听筒压在耳朵上,她不知道自己要做些什么。电话中,杨太太的声音传了过来:"喂,哪一位呀?"

她深抽了一口气,好软弱好软弱地叫了一声:"妈,是我。"

"羽裳吗?"杨太太喜悦地喊,"你还好吧,世澈说你这两天有点感冒,我好担心好担心呢!看了医生没有?要爱惜身体呀。世澈买的车你喜欢吗?是你爸爸陪他去买的,你是为了这个打电话来吗?别担心,世澈分期付款,每期缴不了多少钱,那车主是你爸爸的朋友,你放心,尽管和世澈开车出去玩玩吧!老关在家里会闷出病来的。"杨太太忽然停了停,有些不安地说,"羽裳,怎么不说话,有什么事吗?"

"我……哦,我……"她嗫嚅着,半天才慢吞吞地说,"没有事,我只是——只是想妈妈。"

"你瞧!还像个小姑娘!"杨太太说,却掩饰不住声音里的喜悦和宠爱,"这样吧,明天世澈上班之后,我来陪你逛街去,好不好?"

"好。"她无力地说。电话挂断以后,她呆呆地坐在那儿,无法移动,也无法说话,她像沉进了一个无底的深渊里,四周没有任何东西可以攀附。欧世澈靠了过来,用手托起了她的下巴,他微笑着凝视她,轻声地说:"这样才是个好孩子呢!你也该学乖了,既然嫁给了我,你就得好好地做我的妻子!"

她睁大了眼睛,被动地望着他,眼泪滚落在她的面颊上,她望着他嘴角那个笑,无力地想着,她怎样能抓掉那个笑呢?

"别哭了,我不喜欢有个寡妇脸孔的妻子,去擦干你的眼泪吧!"他说,放下手来,转身又向楼上跑去,"告诉秋桂,等我洗完澡再开饭!"他跑到楼梯顶,又回过头来交代了一句:"明天工人来拆围墙,造车库!"

她一动也不动地坐着,听着窗外的雨声。

第十四章

又是一年的冬天了,万物萧瑟。雨,整日不停地飘飞,到处都是湿漉漉的,冷飕飕的。

新建的仁爱路四段宽敞而平坦,车少,人少,整条路都静幽幽地躺在雨雾里,充满了萧索,也充满宁静。俞慕枫和欧世浩都穿着雨衣,手挽着手,并肩走在那斜风细雨中。他们并不匆忙,那样慢吞吞地踱着步子,轻言细语地谈话,他们显然在享受着这雨中的散步。

"慕枫,"世浩亲昵地说,"等我受完军训,我们就结婚好吗?"他已经毕了业,目前正在受预备军官的训练,他被分发到新店的某单位里工作,所以经常有时间来找慕枫。

"你不是说过,受完军训想留学的吗?"

"丢开你吗?"他摇摇头,"我是不去的。除非你一起去。"

"我还要教一年书呢!"按照师大的规定,毕业后的学生必须实习一年,才能拿到文凭。

"那我也不去了,我们先结婚。"

"你错了,世浩。"慕枫说,"我们并不急于结婚,真正该急的,是怎样创一番事业。"

世浩揽紧了她。

"好慕枫!"他赞叹地说,"你说到我心里去了!我只是不敢告诉你,像我,刚刚大学毕业,没有一丝一毫的经济基础,也没有自己的事业,结了婚,我不能给你一份很享受的生活,我们要同甘共苦,去度过一段艰苦的奋斗时期。如果不结婚,叫我离开你去独闯天下,我又抛舍不开你,我真不知如何是好。"

"哎,世浩,"慕枫把头倚在他的肩上,"我告诉你怎么办吧,等我毕了业,你也受完了军训,我们先订婚,然后我留在台湾教书,你去美国念书,等我服务满期,我再到美国来找你,共同创造我们的天下,好吗?以一年的离别,换百年的美景,好吗?"

欧世浩站住了,他凝视着慕枫,他的脸发光,他的眼睛发亮。

"慕枫,你真愿意这样做?"

"是的。"

"我们会很吃苦。你知道,留学生的生活并不好过。"

"我愿意。"

"慕枫,"他摸摸她的面颊,低声说,"我爱你。"

她倚紧了他,他们继续往前走,欧世浩沉思了片刻,忽然说:

"答应我一句话，慕枫，无论我们多艰苦，我们决不可以问双方父母要一毛钱。"

慕枫愣了一愣。

"怎么想起这么一句话呢？"她问。

欧世浩咬牙切齿。

"我决不做我哥哥第二！"他愤愤地说。

慕枫怔了怔，轻轻问：

"他又兴出什么新花样了吗？"

"最近，他不知道用什么理由，又从杨家骗去了一大笔钱，整天开着车子，花天酒地，用钱像倒水一样，偏偏我爸爸还支持他，说他有办法呢！"

"怪不得，以前哥哥说……"慕枫忽然咽住了。

"你哥哥说什么？"

"不说了，说了你要生气。"

"告诉我，我不生气。"

"哥哥说，你父亲是个——老奸巨猾。"慕枫吞吞吐吐地说了出来，"儿子是小奸巨猾。"

欧世浩低下头去，默然不语。

"瞧，你生气了！"慕枫说，"你说过不生气的！你知道，我哥哥是为了羽裳呀！"

"我没有生气，真的，慕枫，我没有生气。"欧世浩长长地叹口气，诚挚地说，"我只是觉得惭愧和难过。"

"怎么呢？"

"你不了解我父亲的历史，"他慢慢地说，望着前方的雨雾,"我父亲出身寒苦之家,幼年丧母,少年丧父,他等于是个孤儿,从少年到青年,他用拳头打他的天下,然后,他半工半读,遭尽世人的白眼,吃尽了各种苦头,他一再说,他必须成功,哪怕不择手段!然后,他碰到了我母亲,一个善良、柔弱、纯洁而好脾气的女孩,他并不爱我母亲,但我母亲的家庭,正像杨羽裳的家庭一样,是个百万富豪。"

"哦,"慕枫恍然地哦了一声,"历史又重演了。"

"我父亲下苦功追求我母亲,终于到手。由此,他念了大学,学了法律,又出去留学,成了名律师。我父亲精明能干,做律师,只负责打胜官司,不负责担保犯人是否犯罪,他有各种办法胜诉,各种花样来出脱犯人。他办案,只问有钱没有,不问犯罪没有。这就是你哥哥说他是老奸巨猾的原因。"

慕枫望着世浩,她从没听过他如此坦白地谈论他的父亲和家庭。

"我和哥哥从小受父亲的教育,他告诉我们,在这世界上,要做一个强者,才能生存,否则你就会遭尽白眼,受人践踏,至于'强者'的定义,他下得很简单,有钱有势,有名有利,就是强者!至于如何做一个强者,他说:'不要犯法律上的错误,而用各种手段去达到你的目的!'他毕竟是个念法律的,知道要儿子们避免犯罪。就这样,他教育出来一个'十全十美'的哥哥!"

"可是,你呢?"慕枫问,"你和你哥哥的个性完全相反!"

"是的,我从小无法接受父亲的思想和教育,这大概要归功于我母亲,她自从婚后第一年,就发现了错误,但是,嫁入欧家,就是欧家妇!她无从反抗,也无力反抗!哥哥是爸爸的宝贝,他从小爱爸爸,胜过爱妈妈,爸爸是哥哥心目中的榜样和英雄。我呢?我成为母亲唯一的寄托和希望,她宠我,爱我,常向我诉说她心底的痛苦,于是,我秉承了母亲的个性,哥哥却秉承了父亲的个性,这就是我们兄弟两个迥然不同的原因。"

慕枫叹口气,猛地跺了一下脚。

"你为什么不早告诉我这些?"她责备地说。

"怎么呢?"

"我们白白地葬送了杨羽裳,也白白地牺牲了我哥哥了!"她叫,"你明知道你哥哥是不可信赖的,为什么不全力阻止那桩婚事?"

"别忘了,是羽裳自己要嫁给我哥哥的。"欧世浩说,"而且,我也以为哥哥是真心爱羽裳的,他追了她三年之久呀!慕枫,别责备我吧,你想想看,不管我和哥哥的性格多么不同,他到底是我哥哥,总有份手足之情,我没做任何促成工作,我也不该做任何破坏工作呀!"

"是的,"慕枫垂头丧气地说,"不该怪你,应该怪我自己,我对不起羽裳和哥哥。"

"怎么该怪你呢?"欧世浩不解地问。

"我没有尽到全力,"她摇摇头说,"假如我那时全力帮他们撮合,如果我去告诉羽裳,我哥哥有多爱她,她或者不会嫁给你哥哥的。但我自私,我想到了我们,不愿因我哥哥破坏了你哥哥的婚事,而造成你我间的不愉快,所以,我没尽到全力，我只劝了劝哥哥，就让他们去自由发展。等羽裳选定了你哥哥，我反而庆幸，反而劝哥哥放手算了！我自私，竟没有去全力帮他们的忙！"

"别自责了，慕枫。"欧世浩揽紧了慕枫的腰，叹息地说，"这又怎能怪你呢？羽裳和你哥哥的个性都那么强，即使你从中斡旋，也未见得能成功。总之，爱情是男女双方的事，谁也帮不上忙的。我想，他们这一切发展，都是命中注定了的。"

"什么时候你又变成宿命论者了？"慕枫微笑地说。

"当许多事情，你无法解释的时候，就只好归之于命了。"欧世浩也笑着说。

他们已沿着仁爱路四段，走到了仁爱路三段和敦化南路交界的圆环处。站住了，他们四面望望，他问：

"我们到什么地方去坐坐吗？你冷了。"

"我不冷。"她沉思了一会儿，忽然说，"我们看羽裳去，好久没去过了！"

他想了想。

"也好，拉她出来走走，散散心。"

于是，他们安步当车地向羽裳家里走去，一刻钟以后，他们已经到了羽裳家。羽裳以一份意外的惊喜来欢迎他们，把他们迎进了客厅，她望着他们，诧异地说：

"你们就这样淋着雨走过来的吗？"

"可不是！"慕枫说，"淋了一下午的雨了。"

"我也喜欢淋雨，在雨中，有种奇异的感觉。"杨羽裳出神地说。

"我知道,在阳明山上,差点淋出一场肺炎来!"慕枫说着,脱下了雨衣,秋桂走来,把两件雨衣都拿去挂了。又捧上两杯热气腾腾的上好香片茶。慕枫在沙发上坐了下来,打量了一下室内,房中暗沉沉的,沙发边却有一盆烧得旺旺的炉火。"嗨!羽裳,你可真会享受,本想拉你出去走走的,一进来,又是火,又是茶,我都舍不得出去了。"她伸长了腿,靠在沙发里,把手伸到炉子边去取暖,一副懒洋洋的样子。

"你知道吗?羽裳?"欧世浩笑着说,虽然羽裳已成为他的嫂嫂,但当初一块玩惯了,他却改不过口来,仍然叫着她的名字,"慕枫是成心来你这儿,敲一顿晚饭的,你瞧她那副赖皮样子,你不给她吃饭,她是不会走了!"

"哼!"慕枫哼了一声,也笑着,"我倒没想到这一点,大概世浩的饷金又报销了,请不起我吃晚饭,所以巴巴地把我带到他嫂嫂家来了。"

杨羽裳听着他们的打情骂俏,看着他们的一往情深,心中陡然浮起了一股异样的酸涩,为了掩饰这股酸涩的情绪,她拂了拂头发,很快地笑着说:

"你们别彼此推了,反正我留你们吃晚饭就是!"

欧世浩四面看了看:

"哥哥快下班了吧?"他问。

"他吗?"杨羽裳怔了怔,"他大概不会回来吃晚饭了,我们不用等他,最近他忙得很。"

慕枫仔细地看了杨羽裳一眼,杨羽裳本就苗条,现在看起来更加清瘦了,那苍白的脸色,那勉强的笑容,那迷茫的眼睛,和那落寞的神态……孤独与寂寞明显地挂在她的身上,她走到哪儿,寂寞就跟到哪儿。慕枫蓦然间鼻子一酸,眼眶就红了。她想起了那个和她一块疯、一块闹、一块打羽毛球的杨羽裳,现在到哪儿去了?

"你们想吃点什么?我叫秋桂做去!"杨羽裳说,一面向屋后走去。

"算了吧,你别乱忙,"慕枫一把抓住她,"你有什么,我们吃什么,不要你张罗,你还不坐下来!跑来跑去的,什么时候学得这么世故了?"

杨羽裳顺从地坐了下来,望望慕枫,又望望欧世浩,微笑地说:"什么时候可以请我喝喜酒?"说着,她拍了拍慕枫的肩,"看样子,咱们注定要做亲戚的,不是吗?"说完了,杨羽裳才突然想起,这话有些语病,什么叫"注定"呢?如果她不嫁给欧世澈,这亲戚关系从何而来?她不是在明说,她如不嫁欧世澈,就嫁定了俞慕槐了!这样一想,她那苍白的脸就漾上了一片红晕。

听出她说溜了嘴,也看出她的不好意思,慕枫立刻接了口:

"早着呢,你等吧!世浩还要出去留学,想多学点东西,我也想出去念教育,等学成了,再谈婚姻吧!"

"先要拿到博士学位,是吗?"杨羽裳笑着,又轻叹了一声,"我真羡慕你们,无论做什么,都有计划。不像我,凡事都凭冲动,从不加以思考,落到今天……"她猛地咽住了,看了看欧世浩,发现自己又说错了话。

欧世浩知道她顾忌自己,不愿多说,他又不能告诉她,他很了解她的感触,就只有沉默着不开口。慕枫是深知她的心病的,看她欲言又止,吞吞吐吐,而那眼圈就涨红了,自己也跟着难过起来,怔怔地望着她,也不知该说什么好。杨羽裳一再失言,心里已百般懊恼,又看他们都沉默着,只当他们都不高兴了,心中就更加烦恼起来。于是,一时间,三个人各想各的,都不开口说话,室内就顿时沉寂了下来。空气显得沉重而尴尬,那份寂静压迫着每一个人,却谁也无力于打破这份寂静。就只有一任窗前雨声,敲击着这落寞的黄昏。

就在这份寂静里,突然间,大门口响起了两声喇叭响,杨羽裳惊跳起来,带着一脸的惶恐,她仓促地说:

"糟了,怎么想到他又回来了?我真的要去问问秋桂菜够不够了!"她转身往厨房就跑。

欧世浩和慕枫两人面面相觑,慕枫立即站了起来,很快地说:

"羽裳,你别麻烦了,我和你开玩笑呢,我们还有事,不能在你这儿吃晚饭了,我们马上就要走!"

杨羽裳迅速地折了回来,她一把抓住了慕枫的手,带着一脸祈求的神情望着她,急急地说:

"慕枫,你千万别走!你陪陪我吧!我去厨房又不是要赶你们走!"

慕枫站在那儿,怔了。一时间,她不知道是该走还是该留。尤其,当她看到杨羽裳那一脸的惶急与祈求的时候,她是真的傻了。杨羽裳,那飞扬跋扈的杨羽裳,那不可一世的杨羽裳,那骄纵自负的杨羽裳,何时变成了这样一个可怜兮兮的小妇人?

就在慕枫的错愕之中,门口响起了欧世澈的声音:

"羽裳!你就不晓得到门口来欢迎你的丈夫吗?只会躺在沙发里想你的旧情人吗?"

"世澈!"杨羽裳轻轻地喊了一声。

欧世澈走进了客厅,看到世浩和慕枫,愣了愣,马上笑嘻嘻地说:"你们怎么来了,没看到摩托车呀!"

"我们散步来的!"

"在雨里散步吗?好兴致!"欧世澈重重地拍了拍世浩的肩,"当兵滋味如何?"

"你是过来人,当然知道。现在这单位还挺轻松的,要不然怎么有时间来玩呢?"

"好极了!"世澈转向杨羽裳,"帮我留世浩和慕枫吃晚饭,我马上要出去!"

"你不在家吃晚饭吗?"杨羽裳问。

"我有个应酬。"他看看世浩,"世浩,你们坐一坐,我和我老婆有点话要说。"他望着羽裳,"来吧,到卧室里来,我有点事要和你商量。"

杨羽裳咬咬嘴唇。

"世澈!"她轻声地、微带抗议地叫,"世浩和慕枫又不是外人!"

"羽裳！"欧世澈瞅着她，微笑地，"你来吗？"他领先走上了楼梯。

杨羽裳抱歉似的看了慕枫一眼，就低垂着头，乖乖地、顺从地走上楼去了。

慕枫目送他们两人的影子消失在楼梯顶端，她掉过头来，望着欧世浩，她的眼睛里盛满了疑惑与悲痛，她的脸色微微带着苍白。

"你哥哥在捣些什么鬼？"她低问，"我看我们来得很不是时候呢！"

欧世浩长叹了一声。

"天知道！"他说，"连我都不了解我哥哥！"

"我看我们还是走吧。"

"这样走太不给羽裳面子了，"欧世浩摇摇头，"我们必须吃完饭再走！"

他们待在客厅里，满腹狐疑地等待着。从楼上，隐隐传来了羽裳和世澈的谈话声，声音由低而逐渐提高，显然两人在争执着什么问题。他们只听到好几次提到了"钱"字。然后，足足过了大约十五分钟，欧世澈下楼来了，他脸上是笑吟吟的：

"真对不起啊，不能和你们一起吃晚饭，好在是自己人。你们多坐坐，陪陪羽裳，我的事情忙，她一个人也怪闷的。好了，我先走一步，再见！世浩，你代我招待慕枫，不要让她觉得我们欧家的人不会待客！"

一面说着，他已经一面走出了大门。慕枫站在那儿，一句话也没说,只是呆呆地看着他离去。世浩说了声再见,也没移动身子,他们听着大门合拢,听着汽车马达发动,听着车子开远了。两人才彼此看了一眼。

"这是个家吗?"慕枫低声问。

"这是个冰窖,"世浩摇了摇头,"怪不得羽裳要生一个火了。"

楼梯上一阵脚步响,他们抬起头来,羽裳走下来了,她的面颊光光的,眼中水盈盈的,慕枫一看就知道她哭过了。但是,现在,她却在微笑着。

"嗨!"她故作轻快地嚷道,"你们一定饿坏了!秋桂!秋桂!快开饭吧,我们都饿了呢!"

秋桂赶了进来。

"已经摆好了,太太!"

"好了吗?"羽裳高兴地喊,挽住了慕枫,"来,我们来吃饭吧,看看有什么好东西可吃!"

他们走进了餐厅,坐下了,桌上四菜一汤,倒也很精致的。羽裳拿起了筷子,笑着对世浩和慕枫嚷道:

"快吃!快吃!饿着了别怪我招待不周啊!就这几个菜,你们说的,有什么吃什么,我可没把你们当客人!快吃呀!干吗都不动筷子?干吗都瞪着我看?你们不吃,我可要吃了,我早就饿死了!"

她端起饭碗,大口地拨了两口饭,夸张地吃着。慕枫握着筷子,望着她。

"羽裳,"她慢吞吞地说,"你可别噎着呵!"

杨羽裳抬起头来，看着慕枫。然后，倏然间，一切伪装的堤防都崩溃了，她抛下了筷子，"哇"的一声就哭了起来，一面哭，她一面站起身来，往客厅奔去，又直奔上楼。慕枫也抛下筷子追过来，一直追上了楼。羽裳跑进卧室，扑倒在床上，放声痛哭。慕枫追过来坐下，抱住了她的头，嚷着说：

"羽裳！羽裳！你怎样了？你怎样了？"

羽裳死死地抱住了慕枫，哭着喊：

"我要重活一遍！慕枫！我要重活一遍！但是，我怎样才能重活一遍呢？我怎样才能？怎样才能？怎样才能？"

第十五章

近来,一直没有什么大新闻发生,报社的工作就相当闲暇。这晚,不到十一点,俞慕槐的工作就已经结束了。靠在椅子中,他燃起一支烟,望着办公厅里的同事。那些同事埋头写作的在埋头写作,高谈阔论的在高谈阔论。他深吸一口烟,心底那股寥落的感觉又悄悄地浮了上来,"发病"的时候又到了,他知道。自从那霏霏不断的雨季一开始,他就感到"病症"已越来越明显,他寥落,他不安,他暴躁而易怒。

"小俞,忙完了?"一个声音对他说,有个人影挡在他面前,他抬起头,是王建章。

"是的,没我的事了。"他吐了一口烟雾。

"准备干什么?"王建章问。

"现在吗?"他看看表,"想早些回家去睡觉。"

"这么早睡觉吗?"王建章喊着,"跟我去玩玩吧,去华侨,好不好?你不是还挺喜欢那个叫秋萍的舞女吗?要不然,我们去五月花喝两杯，怎样？"

俞慕槐沉默了一下，那还是半年前，当杨羽裳刚结婚的时候，他确实沉沦了一阵子，跟着王建章他们，花天酒地，几乎涉足了所有风月场所，他纵情声色，他呼酒买醉，他把他那份无法排遣的寥落与失意，都抖落在那灯红酒绿中。幸好，这沉沦的时期很短，没多久，他就看出自己只是病态的逃避，而在那灯红酒绿之后，他有着更深重的失意与寥落，再加一份自卑与自责。于是，他退了出来，挺直了背脊，他又回到了工作里。

但是，今晚，他有些无法抗拒王建章话中的诱惑力，他实在害怕回到他那间孤独的屋子里，去数尽长更，去听尽夜雨！他应该到什么地方去，到什么可以麻醉他的地方去。他再一次看看手表。

"现在去不是太晚了吗？"他还在犹豫。

"去舞厅和酒家，是决不会嫌晚的！"王建章说。

"好吧！"他站起身来，拿起椅背上的皮外衣，"我们去酒家，喝他个不醉不归好了！"

他们走出了报社，王建章说：

"把你的车子留在报社，叫计程车去吧，这么冷的天，我可没兴趣和你骑摩托车吹风淋雨。"

"随你便。"俞慕槐无所谓地说，招手叫了一辆计程车。他们钻进了车子，直向酒家开去。

这可能是台北最有名的一家酒家，灯光幽暗，而布置豪华，厚厚的地毯，丝绒的窗帘，一盏盏深红色的小灯，一个个浓妆艳抹花枝招展的女孩子，有大厅，有小间，有酒香，有丽影……这是社会的另一角，许多人在这儿买得快乐，许多人在这儿换得伤心，也有许多人在这儿办成交易，更有许多人在这儿倾家荡产！

俞慕槐他们坐了下来，王建章是醉翁之意不在酒，俞慕槐是醉翁之意偏在酒，一个和酒女打情骂俏，浪言浪语，一个却闷着头左饮一杯，右饮一杯，根本置身边的女孩于不顾。

时间不知道过去了多久，俞慕槐已经有些薄醉。王建章却拉着那酒女，两人在商量吃"宵夜"的事，现在已经是深更半夜了，不知道他们还要吃什么"宵夜"！真是莫名其妙！俞慕槐醉醺醺地想着，这本就是个莫名其妙的世界，不是吗？他身边那个酒女不住为他执壶，不住为他斟酒，似乎也看出他对酒女根本没兴趣，她并不撒娇撒痴地打搅他。他喝多了，那酒女才轻声地说了句：

"俞先生，你还是少喝一点吧，喝醉了并不好受呢！"

他侧过头去，第一次打量这酒女，年纪轻轻的，生得倒也白白净净，不惹人讨厌。他问：

"你叫什么名字？"

"秋萍。"她说，"秋天的秋，浮萍的萍。"

"秋天的浮萍，嗯？"他醉眼乜斜地望着她，"你是一片秋天的浮萍吗？"

"我们都是，"她低声说，"酒家的女孩子都是秋天的浮萍，残破，飘荡，今天和这个相遇，明天又和那个相遇，这就是我们。"

这是个酒女所说的话吗？他正眼看她，谁说酒女中没有人才？谁说酒女中没有高水准的人物？

"你念过书？"他问。

"念过高中。"

"为什么干这一行？"

"赚钱，还能为什么呢？"她可怜地笑着，"我们每个人都有个故事，你是记者，却采访不完这里面的悲剧。"她再笑笑，用手按住酒杯，"你别喝了吧，俞先生。"

"别的酒女劝人喝酒，你怎么劝人不喝呢？"他问。

"别人喝酒是快乐，你是在借酒消愁，不是吗？"

"你怎么知道？"

"我看的人太多了！"她说，"你看对面房间里那桌人，才是真的在找快乐呢！"

他看过去，在对面，有间豪华的房间，房门开着，酒女及侍者穿出穿进地跑着。那桌人正高声谈笑，呼酒买醉，一群酒女陪着，莺莺燕燕，娇声谑浪，觥筹交错，衣影缤纷，他们笑着，闹着，和酒女疯着。很多人离席乱闹，酒女宾客，乱成一团。

"这就是你们这儿典型的客人吗？"他问。

"是的，他们来这儿谈生意，喝得差不多了，就选定一个酒女，带去'吃宵夜'了。"

他再对那桌人望去。忽然间，他惊跳了起来，一杯酒全泼在衣服上。秋萍慌忙拿毛巾帮他擦着，一面说：

"怎的？怎么弄的？我说你喝醉了吧？"

"那儿有个人,"俞慕槐用手指着,讷讷地,口齿不清地说,"你看到吗?那个高高瘦瘦的年轻人!哎呀,他在吻那个酒女,简直混蛋!"他跳了起来。

"你怎么了?俞先生!"秋萍慌忙按着他,"你喝醉了!你要干什么?"

王建章也奇怪地转过头来:

"小俞,你在闹些什么?"

"我要去揍他!"俞慕槐愤愤地说,卷着袖子。

"他是你的仇人吗?"秋萍诧异地问,"那是欧经理呀,建成贸易公司的经理,今晚他是主人呢!他常常在这儿请客的,是我们的老主顾了!他怎会得罪你呢?他为人最随和最有趣了,出手又大方,大家都喜欢他呢!"

"可是,他……他……"俞慕槐气得直喘气,直挥拳头,"他在吻那个酒女呢!哎呀,他又在吻另一个了!"

王建章扑哧一声笑了出来。

"你以为这儿的小姐都是圣女吗?你问问秋萍,她们即使有心维持尊严,又有几个能做到呢?"

"我不管酒女的尊严问题!"俞慕槐重重地拍了一下桌子,拍得那些碗碟都跳了起来,"我管的是那个欧世澈,他没有资格吻那些女孩子,他不可以那样做!"

"为什么呢?"王建章问。

"因为他家里有太太!"俞慕槐直着眼睛说。

王建章哈哈大笑了起来,秋萍和另一个酒女也忍不住笑了。秋萍一面笑,一面说:

"俞先生，你真的是喝多了！你难道不知道，到我们这儿来的男人，十个有八个是有太太的吗？"

"但是他不可以！"俞慕槐猛烈地摇着头，醉得眉眼都直了，"他就是不可以！他有个世界上最可爱的太太，他却在这儿寻欢作乐！"他想站起身来，"我要去揍他，我要去教训他！"

"别发神经吧，小俞！吹皱一池春水，干卿何事？人家太太都不管，要你来管什么闲事？"王建章压住他的肩膀，"而且，你想在酒家里打架吗？你终日采访新闻，也想自己成为新闻人物吗？别胡闹了！多喝了几杯酒，你就神志不清了。秋萍，你去弄个冷手巾来，给他擦一把，醒醒酒吧！"

俞慕槐倒进椅子里，用手支着头。

"我没有醉，"他喃喃地说，"我只是生气，有个好太太在家里，为什么还要出来找女人？他该在家里陪他太太！"

"你这就不通了，小俞。"王建章笑着说，"太太再好，整天守着个太太也不行呀！拿吃东西来比喻吧，太太最好，太太是鸡鸭鱼肉，别的女人不好，只是青菜萝卜，但是，你天天吃鸡鸭鱼肉，总有吃腻的一天，也要换换口味，吃一点青菜萝卜呀！"

俞慕槐瞪视着王建章：

"你们这些男人都是没心肝的东西！"

"怎么连我也骂起来了？"王建章诧异地说，"别忘了，你也玩过，你也沉溺过，你也不是圣人！你在新加坡，还和一个歌女……"

"别提那歌女!"俞慕槐的眼睛涨得血红,跳起身子,指着王建章的鼻子说,"你再提一个字,我就揍人!"

王建章愕然地看着他。

"好好,我不提,不提!"他说着,也站起身来,"我送你回家去。"

俞慕槐甩开了他的手。

"我不要你送!"他嚷着,"我也没有醉,我自己可以回家。你尽管在这儿吃青菜萝卜吧!"

王建章啼笑皆非。

"你今天是怎么了?"他赔笑地看着俞慕槐,"你确信能一个人回去吗?"

"当然可以!"他从口袋里掏出皮夹,要付账,王建章阻止了他,"今天我请客!你去吧,叫侍者给你叫辆车。"

"不要!"他甩甩手,"我要散步!"回过头,他望着秋萍,"你本名叫什么?"

"丽珠。"她轻声说,"很俗气的名字。"

"还是做颗美丽的珍珠吧,别做秋天的浮萍了。"他说着,转过头去,脚步微带踉跄地冲出了酒家的大门。

一阵冷风迎面吹来,冷得刺骨,雨雾迅速地吞噬了他。他激灵灵地打了个冷战,在那冷风的吹拂和雨滴的打击下,他的酒意醒了一大半。几辆计程车迎了过来,他挥挥手,挥走了他们,然后,踏着那深宵的雨雾,迎着那街头的寒风,他慢吞吞地,毫无目的地向前走去。

他走了很久很久,头发上滴着水,一直滴到衣领里去。

皮衣湿漉漉的也滴着水,把裤管都淋湿了。他没有扣皮外衣的扣子,雨直打进去,湿透了里面的衬衫和毛衣。他走着,走着,走着……走过了那冷清的大街,走过了那寂寥的小巷。然后,他蓦然间发现,他已经来到忠孝东路羽裳的家门口。

早在羽裳婚前,他就知道这幢二层楼的花园洋房是羽裳的新居。在羽裳婚后,他也曾好几次故意骑着车从这门口掠过。或者,在他潜意识中,他希望能再看到她一眼,希望能造成一个"无意相逢"的局面。但他从没有遇到过她,却好几次看到欧世澈驾着那深红色的野马,从这巷子中出出入入。

现在,他停在这门口了,远远地站在街对面,靠在一根电杆木上,他望着这房子。整幢房子都是黑的,没有一个视窗有灯光,羽裳——她应该已经睡了。他望望屋边的车库,车库门开着,空的,那吃"青菜萝卜"的丈夫还没有回来。他把头靠在电杆木上,沉思着,不知那深夜不归的丈夫会不会是个"素食主义"者?

他在那儿站了很久很久,不知道自己要做什么,雨滴不住地从他身上滑落,他全身都湿透了。他模糊地想起一年前那个雨夜,在渡轮上初次见到羽裳。淋雨!她也是个爱淋雨的小傻瓜呵!

他的眼眶发热了,湿润了。然后,他轻轻地吹起口哨来,吹了很久,他才发现他吹的是羽裳那支歌:

夜幕低张,
海鸥飞翔,

去去去向何方？

他吹着，反复地吹着。然后，他看到那二楼的一个视窗亮起了灯光。他凝视着那窗子，继续吹着口哨。于是，一个女人的身影映在那窗子上，接着，窗子开了，那女人移过一盏灯来，对窗外凝视着。

他动也不动地靠在那柱子上，没有停止他的口哨，他的眼睛紧紧地盯着那女人，心中在无声地、反复地呼唤："下来吧，羽裳！出来吧，羽裳！如果你能听到我的呼唤，就请出来吧！"

那窗子又合上了，人影也消失了。他继续站立着，继续淋着雨，继续吹着口哨。

然后，那大门轻轻地打开了，他的心脏狂跳着，他的头脑昏乱着，站直了身子，他不由自主地停止了口哨，紧紧地盯着那扇门。羽裳站在那儿！穿了一件单薄的风衣，披散着头发，她像尊石像般，呆呆地站在那儿，对他这边痴痴地凝望着。

他一句话也没有说，只是张开了手臂。

她飞奔过来，一下子投进了他的怀里。她浑身颤抖，满面泪痕。他抱紧了她，他的头俯下来，吻住了她的唇。他狠命地吻着她，她的唇，她的面颊，她的颈项，她的眉毛，她的眼睛……他一直吻着，不停地吻着，天地万物皆已消失，宇宙时间皆已停顿，他拥着这战栗着的身子，他身上的雨水弄湿了她，他的泪混合了她的。

"呵,"她低呼着,喘息而颤抖,"我是不是在做梦呢?是不是呢?"

"不,你不是。"他说,继续吻她。他紧紧地抱着她,那样用力,他想要揉碎她。"羽裳!"他低唤着,"羽裳,啊,羽裳!"他揽着她的头。"你的头发又长长了。"他说,"真的,又长长了。像我第一次在渡轮上看到的你一样!"

她伸手抚摸他的面颊。

"你湿了,"她喃喃地说,"你浑身都滴着水。"她把手指压在他的眼睛上。"而且,你哭了。"她说,抽了一口气,泪水涌出了她的眼眶,她呜咽着说:"你也像那晚一样,从雨雾里就这样出来了。"她轻轻抽噎,"抱紧我,别再放开我!请抱紧我吧。"

他更加用力地抱紧了她,她颤抖得十分厉害。

"你冷了。"他说,"你需要进屋里去。"

"不,不,不。"她急急地说,猛烈地摇着头,像溺水的人般攀附着他,"别放开我,请你!我宁愿明天就死去,只要有这样的一刻,我明天就可以死去了。"

"你不要死去,"他说,喉中哽塞着,"我们才刚刚开始,你怎能死去?"

她仰着头,眼睛明亮地闪着光,她的脸被雨和泪洗得那样亮,在那苍白的路灯的照射下,她整个脸庞有种超凡的、怪异的美。她的眼睛一瞬不瞬地盯着他,呼吸急促而神色亢奋。

"嗨,慕槐,"她忽然说,怀疑而不信任地,"真的是你吗?我没有弄错吗?你的名字是叫俞慕槐吗?"

"是的,小妖怪,"他的声音喑哑,"你的名字是叫杨羽裳吗?"

"不,"她摇头,"我叫海鸥。"

"那么,我叫海天!"

"海天?"

"你忘了?你歌里说的:'海鸥没有固定的家……片刻休息,长久飞行,直向那海天深处!'"

"呵,你居然记得!"她哭了,又笑了。

"记得每一个字,记得每一件事,记得每一刹那间的你!记得太清楚了!"

她再伸手抚摸他的脸:

"你怎么来的?你怎么敢来?谁带你来的?啊,我知道了,你喝醉了!你浑身带着酒味,那么,是酒把你带来的,是酒给了你勇气了!"

"是的,我喝了酒。"他说,"当你的丈夫在吻那些青菜萝卜的时候,我就知道了,我应该来吻你。"

"你说些什么?"

"不要管我说些什么,也别听懂我说些什么!"他说。把头埋进了她耳边的浓发里,他的嘴唇凑着她的耳朵。"所有的胡言乱语都不重要,重要的只是一句话,一句几百年前就该对你说的话,明知现在已经太晚,我还是必须告诉你,羽裳……"他战栗地说,"我爱你。"

她在他怀里一震。

"再说一遍。"她轻声祈求。

"我爱你。"

她不再说话,好半天,她沉默着。然后,他听到她在低低啜泣。他抬起头来,用手捧着她的脸,用唇碾过她的面颊,碾过她的泪痕。

"不要哭吧!"他低低请求。

"我不哭,我笑。"她说,真的笑了,"有你这句话,我还流什么泪呢?我真傻!你该骂我!"

"我想骂,"他说,"不为你哭,为你许多许多的事情,但我舍不得骂你,我只能骂我自己。"他又拥住了她,把她的头紧压在自己的胸前,"啊,羽裳,听着,我不能一直停留在这儿,给我一个时间,请你,我必须见你!给我一个时间吧!"

"我……我想……"

"别想!只要给我一个时间!"他急迫地说。

"你是喝醉了,明天,你就不想见我了。"她忧伤地、凄凉地说。

"胡说!这是我一生最清醒的时候!"他叫,"我从没这么清醒过,我知道自己在做什么!"

"我……"她软弱地吐出一个字来,眼前立刻晃过欧世澈那张脸和那令人寒栗的微笑。她发抖,瑟缩在他怀里,"我……我……打电话给你,好吗?"

"不要打电话!"他更迫切地,"我无法整天坐在电话机旁边等电话,那样我会发疯!你现在就要告诉我,什么时候你能见我?或者……"他怀疑地说,"你并不想见我?是吗?你不愿再见到我吗?那么,你也说一句,亲口告诉我,我就不再来打扰你了！我答应……"

她一把蒙住了他的嘴，她的眼睛热烈地盯着他，那对眼睛那样亮，那样燃烧着火焰，她整个的灵魂与意志都从这对眼睛中表露无遗了。

"我不愿见你吗？"她喘着气低喊，"我梦过几百次，我祈求过几百次，我在心里呼号过几百次啊，慕槐！你不会知道的！你不知道！"泪重新涌出她的眼眶，沿颊滚落。她抽噎着，泣不成声了。

"我知道！我知道！你别哭吧，求你别哭！"他急急地喊，再用唇去堵住那张抽噎的嘴。

"我不哭了，我真的不再哭了！"她说，"你瞧，我不是笑了吗？"她笑得好可怜，好可怜，"慕槐，我是个小傻瓜，我一直是的，假若你当初肯多原谅我一点……"

他再度把她的头紧压在他的胸口，她听到他的心脏在那儿擂鼓似的敲动着他的胸腔，那样沉重，又那样迅速，他的声音更加嘶哑了，"你说过的，我是个混账王八蛋！我是的。"

"啊！慕槐！"她低呼，"我才是的。"

雨，一直在下着，她的头发开始滴水了，那风衣也湿透了，她打了个喷嚏，冷得瑟瑟发抖。他摸着她湿湿的头发，尝试用自己的皮外套去包住她。

"你必须进去了，"他说，"他随时会回来。快，告诉我吧！什么时候你能见我？"

"明天！"她鼓着勇气说。

"什么地点？什么时间？"他急切地问。

"下午两点钟,我在敦化南路的圆环处等你,不要骑车来,见面之后再研究去什么地方。"

"好,我会先到圆环,"他说,"你一定会到吧?"

她迟疑了一下。

"万一我没到……"

"别说!"他阻止了她,"我会一直等下去,等到晚上六点钟,假若你明天不来,我后天两点再去等,后天不来,我大后天再去等……一直等到你来的时候!"

她看着他,痴痴地,凄凉地,不信任地。

"慕槐,这真的是你吧?"

"羽裳,这也真的是你吗?"

他们又拥抱了起来,紧紧地吻着,难舍难分地。终于,他抬起头来:

"回房里去吧,羽裳,你不能生病,否则我明天如何见得到你?回去吧!一切都明天再谈,我有几千几万句话要告诉你!现在,回去吧!"

"好。"她顺从地说,身子微微后退了一些,但他又把她拉进了怀里。

"听我说,"他怜惜地望着她,"回去马上把头发弄干,洗一个热水澡,然后立刻上床去,嗯?"

"好。"她再说。

他松开了手。

"走吧!快进去!"

她望着他,慢吞吞地倒退到门边,站在那儿,她呆立了几秒钟,然后,她忽然又跑了过来,把手伸到他的唇边,她急急地、恳求地说:"你咬我一口,好吗?"

"为什么?"

"咬我一口!"她热切地说,"咬得重重的,让我疼。那么,我回到房里,就会相信这一切都是真的了!"

他凝视她,痛苦地闭上了眼睛。

"羽裳!"他低喊,然后,猛然一口咬在她的手腕上,咬得真重。抬起头来,他看到自己的齿痕深深地印在那手腕上面。他内心绞痛地吻了吻那伤痕,问:"疼吗?"

"疼的!"她说,但满脸都焕发着光彩,一个又美丽又兴奋的笑容浮现在她嘴角边。抽回了手,她笑着说:"明天见!"

很快地,她奔进那大门里去了。

第十六章

像一个最最听话的孩子，一回到屋中，关好房门，羽裳就轻悄地奔上了楼，把那件湿淋淋的风衣丢在卧室的地毯上，拿了块大毛巾，她跑进了浴室。

呵，怎样梦一般的奇遇，怎样难以置信的相逢，怎样的奇迹，带来怎样的狂喜呵！她看了看手上的齿痕，用手指轻轻地触摸它，这不是梦，这不是梦，这竟是真的呢！他来了，那样踏着雨雾而来，向她说出了内心深处的言语！这是她幻想过几百几千几万次的场面呵！

脱下了湿衣服，打开了淋浴的龙头，她在那水流的冲击下伸展着四肢，那温暖的水流从头淋下，热热地流过了她的全身。她的心在欢腾，她的意识在飞跃，她如卧云端，躺在一堆软绵绵的温絮里，正飘向"海天深处"！她笑了，接着，她唱起歌来，无法遏制那喜悦的发泄，她开始唱歌，唱那支她所熟稔的歌：

海鸥没有固定的家,
　　它飞向西,
　　它飞向东,
　　它飞向海角天涯!
　　渔船的缆绳它曾小憩,
　　桅杆的顶端它曾停驻,
　　片刻休息,长久飞行,
　　直向那海天深处!
　　……

　　直向那海天深处!"那么,我的名字叫海天!"他说的,她该飞向他啊!飞向他!飞向他!她仰着头,旋转着身子,让水流从面颊上冲下来。旋转吧,飞翔吧,旋转吧,飞翔吧!她是只大鸟,她是只海鸥,她要飞翔,飞翔,一直飞翔!

　　淋浴的水流哗啦啦地响着,她的歌声飘在水声中,她没有听到汽车停进车库的声音,也没听到开大门的声音,更没有听到有人上楼的声音,只是,倏然间,浴室的门被打开了,接着,那为防止水雾的玻璃拉门也一下子被拉开,她惊呼一声,像反射作用般抓住一块毛巾往自己身上一盖,睁大了眼睛,她像瞪视一个陌生人般瞪视着那个男人——她的丈夫——欧世澈。

　　"你好像过得很开心呵!"他说,笑嘻嘻地打量她,"怎么这么晚才洗澡?"

"看书看晚了。"她讷讷地说,关掉水龙头,擦干着自己。所有的兴致与情绪都飞走了。

"看书?"他继续微笑地盯着她,"看了一整天的书吗?看些什么书呢?"

"我想你并不会关心的!"她冷冷地说,穿上衣服,披上睡袍,用一块干毛巾包住了头发。

"语气不大和顺呢!"欧世澈笑吟吟地,"嫌我没有陪你吗?"他阻在浴室门口,伸手抱住了她。

她惊跳,浑身的肌肉都僵硬了。

"让我过去,"她低声说,黑白分明的眼睛静静地望着他,"我要睡觉了。"

"晚上到哪儿去了?"他问。

她迅速地想起卧房地毯上的风衣。

"出去散一会儿步。"她面不改色地说。

"又散步?又看书?嗯?"他仍然在微笑。

"你希望我干什么?和男朋友约会吗?"她反问,盯着他,"你又到哪儿去了?"

"居然盘问起我来了!"他笑着说,"你今天有点问题,我会查出为什么!"他捏捏她的面颊,有三分轻薄,却有七分威胁,"虽然你是撒谎的能手,但是你翻不出我的手掌心,就像孙悟空翻不出如来佛的手掌心一样!"放开了她,他说,"去吧,别像刺猬一样张开你的刺,我今晚并没有兴趣碰你!"

她松了口气,走进卧室,她拾起那件风衣,挂进橱里。欧世澈跟了进来,坐在床沿上,他一面脱鞋子,一面轻松

地问:

"你今天打过电话给你爸爸吗?"

她又惊跳了一下。

"世澈,"她说,"你叫我怎么开得了口?上个月爸爸才给了你二十万,你要多少才会够呢?"

"随便你!"欧世澈倒在床上,满不在乎地说,"你既然开不了口,我明天自己去和你父亲说!"

"你要跟他怎么说呢?"

"我只说,"欧世澈笑嘻嘻地,"我必须养活你,而你已经被惯坏了。让你吃苦,我于心不忍;让你享福,我又供给不起,问你爸爸怎么办?"

她的面颊变白了。

"爸爸不会相信你,"她低语,"爸爸妈妈都知道,我现在根本用不了什么钱。"

"是吗?"他看着天花板,"我会让他相信的。"

"你又要去捏造事实了!"

"捏造事实?这是跟你学的。你不是最会捏造事实,无中生有的吗?"

她坐在床上,注视着他。他唇边依然挂着笑,眼睛深思地看着天花板,脑子里不知道在转着什么念头。一看到他这种表情,羽裳就感到不寒而栗,她不知道自己从什么时候起,就已经怕了他了。她从不怕什么人,但是,现在,她怕他!因为他是个道道地地的冷血动物!

"世澈,"她慢吞吞地,鼓着勇气说,"你并不爱我,是吗？你从没有爱过我。"

"谁说的？"他转向她，微笑着，"我不是很爱你吗？你从哪一点说我不爱你呢？"

"你说过，我只是你的投资。"

"如果我不爱你，我就不投资了！"他笑了一声，翻过身子，把头埋进枕头里，准备睡觉了。

"你把我当一座金矿。"她喃喃地说。

"哈！"他再笑了一声，"所以，我就更爱你！"他伸出手去，把床头灯关了，满屋一片漆黑，"我要睡了，现在又不是讨论爱情问题的时候。反正你已经是我的妻子，爱也好，不爱也好，我告诉你吧，我们要过一辈子！"

他不再说话了。

她觉得浑身冰冷，慢慢地钻进被褥，慢慢地躺下来，她头枕双手，听窗前夜雨，听那雨打芭蕉的嗖嗖声响。"是谁多事种芭蕉？早也潇潇，晚也潇潇！"她模糊地想着前人的词句，模糊地想着自己。手腕上，那伤痕在隐隐作痛，痛得甜蜜，也痛得心酸！当初自己为什么没有嫁给俞慕槐？只为了那股骄傲！现在呢？自己的骄傲何在？自己的尊严又何在？这婚姻已磨光了她的锐气，灭尽了她的威风！她现在只希望有个安静的港口，让她作片刻的憩息。啊，俞慕槐！她多想见他！

一夜无眠，早餐时，她神色憔悴。欧世澈打量着她，微笑不语。那微笑，那沉默，在在都让她心悸。好像在警告着她："别玩花样，我知道你要做些什么。"好不容易，看着他出了门,听到汽车驶走,她才长长地松了口气。靠在沙发中,她浑身瘫软,四肢无力。她静静地坐着,想着下午的约会,她心跳,她头昏,她神志迷惘,她多懊恼于把这约会定在下午,为什么不定在此刻呢?

时间是一分一秒地挨过去的,那么滞重,那么缓慢。眼巴巴地到了中午,欧世澈没有回来吃午饭。她勉强地吃了两口饭,不行,她什么都不能吃!放下筷子,她交代秋桂:

"我出去了,如果先生打电话来,告诉他我去逛街,回来吃晚饭!"

穿了件鹅黄色的洋装,套了件同色的大衣,她随便地拢了拢头发,揽镜自视,她的面庞发光,眼睛发亮,她像个崭新的生命!走出家门,她看看表,天,才十二点四十分!只好先随便走走,总比待在家中,"度分如年"好。

慢吞吞地走过去,慢吞吞地走向敦化南路,慢吞吞地走向圆环……忽然间,眼前人影一晃,一个人拦在她的面前。

"羽裳!"他低喊。

她看看他,惊喜交集。

"你怎么也来得这么早,慕槐?"

"从早上九点钟起,我就在这附近打着圈圈,走来走去,已经走了好几小时了!我想,我这一生走的路,加起来还没有我这一个上午多!"他盯着她,深吸了口气,"羽裳!你真美。"

她勉强地笑笑,眼眶湿湿的。

"我们去什么地方?"她问。

他招手叫了一辆计程车。

"我们到火车站,坐火车去!"他说。

"坐火车?"她望着他,微笑地说,"你不是想带我私奔吧?"

他看看她,眼光深沉。

"如果我带你私奔,你肯跟我去吗?"

她迎视着他的目光。

"我去。"她低声说。

"去一个没有人的地方,造一间小小的茅屋,过最原始的生活,和都市繁华完全告别,要吃最大的苦,事必躬亲,胼手胝足,你去吗?"

"我去。"

他握紧她的手,握得她发痛。计程车来了,他们上了车,向火车站驶去,一路上他都很沉默,她也不语。只是静静地依偎着他,让他的手握着自己,就这样,她愿和他飞驰一辈子。

到了火车站,他去买了两张到大里的车票。

"大里?"她问,"那是什么地方?"

"那是个小小的渔村,除了海浪、岩石和渔民之外,什么都没有。"

"你已决定改行做渔民?"她问。

"你能做渔娘吗?"他问。

"可以。"她侧着头想了想,"你去打鱼的时候,我在家里织网。黄昏的时候,我可以站在海边等你。"

"不，你是只海鸥，不是吗？"他一本正经地说，"当我出海的时候，你跟着我去，你停在桅杆或者缆绳上，等我一吹口哨，你就飞进我的怀里。"

"很好，"她也一本正经地说，"你只要常常喂我吃点小鱼就行了。"

他揽紧了她，两人相对注视，都微笑着，眼眶也都跟着红了。

火车来了，他们上了车。没有多久，他们到达那小小的渔村了。

这儿是个典型的、简单的渔村，整个村庄只有一条街道，两边是原始的石造房屋和矮矮的石造围墙，在那围墙上，挂满了经年累月使用过的渔网，几个年老的渔妇，坐在围墙边补缀着那些网，在她们的身边，还有一篮一篮的鱼干，在那儿吹着风。

今天没有下雨，但是，天气是阴沉的。雨，似乎随时都可以来到。俞慕槐穿着一件蓝灰色的风衣，站在海风中，有股特别飘逸的味道。羽裳悄悄地打量他，从没有一个时候，觉得他与她是如此地亲密，如此地相近，如此地相依。他挽着她，把她的手握着，一起插在他的口袋里，海边的风，冷而料峭。

他们的目标并不在渔村，离开了渔村，他们走向那岩石耸立的海滩。各式各样奇形怪状的岩石，经过常年的风吹雨打，海浪侵蚀，变得如此怪异，又如此壮丽、嵯峨。他们在岩石中走着，并肩望着那一望无际的海，听着那喧嚣的潮声。

她觉得如此地喜悦，如此地心境清明，她竟想流泪了。

他找到了一个岩石的凹处，像个小小的天然洞穴，既可避风，又可望海，他拉着她坐了下来，凝视着那海浪的奔腾澎湃，倾听着那海风的穿梭呼啸。一时间，两人都默然不语。半晌，她才低问：

"为什么带我到这儿来？"

他转过头注视她。

"海鸥该喜爱这个地方。"

她不说话。这男人了解她内心的每根纤维！

风在吹，海在啸，海浪拍击着岩石，发出巨大的声响。偌大的海滩，再也没有一个人。他们像离开了整个人的世界，而置身在一个世外的小角落里。他握住了她的双手，紧紧地盯着她的眼睛，他们对望着，长长久久地对望着。一任风在吹，一任海在啸，他们只是彼此凝视着。然后，一抹痛楚飞上了他的眉梢，飞进了他的眼底，他捏紧了她的手，几乎捏碎了她的骨头，他的声音从齿缝里沉痛而喑哑地蹦了出来：

"羽裳，你这该死的、该死的东西！你为什么要把我们两个都置身在这样的痛苦与煎熬里呵！"

泪迅速地冲进了她的眼眶，模糊了她的视线。

"我以为……"她呜咽着说，"你根本不爱我！"

"你真这样'以为'？"他狠狠地责备着，眼睛涨红了，"你是天字第一号的傻瓜？连慕枫都知道我为你发疯发狂，你自己还不知道？！"

"你从没有对我说过，"她含泪摇头，"你骄傲得像那块

229

岩石一样，你从没说你爱我，我期待过，我等待过，为了等你一个电话，我曾经终宵不寐，但是，你每次见了我就骂我，讽刺我。那个深夜的散步，你记得吗？只要你说你爱我，我可以为你死，但是，你却告诉我不要认真，告诉我你只是和我玩玩……"

"那是气话！你应该知道那是气话！"他叫，"我只是要报复你！你为什么一而再、再而三地玩弄我？你为什么不告诉我你就是渡轮上的女孩？你为什么不告诉我你就是叶馨？为什么你一再捉弄我？为什么？"

她弓起了膝，把头埋在膝上，半晌，她抬起头来，泪痕满面。

"在渡轮上第一次相逢，我不知道你是谁，"她轻声说，"那晚我完全是顽皮，你查过我的历史，当然知道我一向就顽皮，就爱捉弄人。没料到你整晚都相信我的胡说八道，后来，我没办法了，只好溜之大吉。在新加坡二次相逢，我告诉过你，那又是意外。整整一星期，你信任我，帮助我，你憨厚，你热情，你体恤……"她闭上眼睛，泪珠滚落，"那时，我就爱上了你。我不是一再告诉你，我会来台湾的吗？但是，返台后，我失去了再见你的勇气，我怎能告诉你，我在新加坡和香港都欺骗了你？我没勇气，我实在没勇气，于是，我只好冒第三次的险，这一次，我是以真面目出现在你面前的，真正的我，杨羽裳。"

"我曾试探过你，你为什么不坦白说出来？"

她悲切地望着他。

"我怕一告诉你,我们之间就完了!我不敢呀!慕槐!如果我不是那么珍惜这份感情的话,我早就说了!谁知越是珍惜,越是保不住呀!"

他叹口气,咬牙切齿。

"慕枫说得对,我是个傻瓜!"他的眼眶湿了,紧握住她的手臂,"那么,那个早晨你为什么要和欧世澈做出那副亲热样子来?你知道那天早上我去你家做什么的吗?我是去告诉你我的感情!我是要向你坦白我的爱意,我是去请求你的原谅……"

"你是吗?"她含泪问,"你真的是吗?但你什么话都没说,劈头就说你抱歉'打扰'了我们,又说你是来看我父母的,不是来看我的……"

"因为那个欧世澈呀!"他喊,"你穿着睡衣和他从卧室里跑出来,我嫉妒得都要发疯了,你知道吗?你知道吗?"

"可是我和欧世澈什么关系都没有呀!"她说,"他在卧室门口叫我,我就走出来看看,我在家常常穿着睡衣走动的呀!"

他瞪视着她:"那么,你为什么告诉我欧世澈是你的未婚夫?"

"你可以报复我,我就不能报复你吗?"

"这么说,我们是掉进了自己的陷阱,白白埋葬了我们的幸福了?"他说,忍不住又咬牙切齿起来,"你太狠,羽裳,你该给我一点时间,你不该负气嫁给欧世澈!"

"我给过你机会的,"她低声说,"那天夜里,我一连打过三次电话给你，记得吗？我要告诉你的，我要问你一句话，到底要不要我？到底爱不爱我？但是，你接了电话就骂人，我连一句话都说不出口……"

"啊，我的天！"俞慕槐捶着岩石，"羽裳，我们做了些什么？我们做了些什么啊？"把她拥进了怀里，他紧紧地抱着她，"我们为什么不早一点说明白？为什么不早一点谈这番话？为什么要彼此这样折磨？这样受苦呵！"

她低叹一声。

"这是老天给我的惩罚，"她幽幽地说，"我要强，自负，骄傲，任性……这就是我的报应，我要用一生的痛苦来赎罪。"

"一生！"他喊，抓着她的肩，让她面对着自己，他的面孔发红，他的眼睛热烈。"为什么是一生？"他问，兴奋而战栗，"我们的苦都已经受够了！我们有权相爱，我们要弥补以前的过失。欧世澈并不爱你，你应该和他离婚，我们重新开始！"他热切地摇撼着她，"好吗？好吗？羽裳，答应我，和他离婚！答应我！我们还年轻，我们还有大好的时光和前途！我会爱你，我会宠你，我会照顾你，我再也不骄傲，再也不和你怄气！噢，羽裳！求你答应我，求你！和他离婚吧，求你！"

她用怪异的眼神望着他，满眼漾着泪。

"你怎么知道他不爱我？"她问。

"别告诉我他爱你！"他白着脸说，"如果他爱你，昨夜你不会一个人在家，如果他爱你，他不该允许你这样消瘦，这样苍白！如果他爱你，他现在就应该陪你坐在这岩石上！"

她用双手捧住他的面颊,跪在他面前,她轻轻地用嘴唇吻了吻他的唇。

"你对了!"她坦白地说,"他不爱我,正如同我不爱他一样。"

"所以,这样的婚姻有什么存在的价值?一个坏鸡蛋,已经咬了一口,知道是坏鸡蛋,还要把它吃完吗?羽裳,我们以前都太笨,都太傻,现在,是我们认清楚自己的时候了。"他热切地望着她,抓紧了她的双手,"羽裳,告诉我一句话,你爱我吗?"

"我说过,"她轻悄地低语,"我在新加坡的时候就爱上你了,从那时候到现在,我从没有停止过爱你。"

"那么,羽裳!"他深深地喘了口气,"你愿意嫁给我吗?"

泪珠滑落了她的面颊。

"为什么在半年以前,你不对我说这句话?"她呜咽着问。

"该死的我!"他诅咒,"可是,羽裳,现在还不太晚,只要你和他离婚,还不太晚!羽裳,我已不再骄傲了,你知道吗?不再骄傲,不再自负,这半年的刻骨相思,已磨光了我的傲气!我发誓,我会好好爱你,好好照顾你!我发誓,羽裳!"

"唉!"她叹息,"我也变了,你看出来没有?我也不再是那个刁钻古怪的杨羽裳了!假若我真能嫁你,我会做个好妻子,做个最温柔最体贴的好妻子,即使你和我发脾气,我也不会怪你,不会和你吵架,我会吻你,吻得你气消了为止。真的,慕槐,假若我能嫁你,我一定是个好妻子!"

"为什么说假若呢?"他急急地接话,"你马上去和他谈判离婚,你将嫁我,不是吗?羽裳?"他发红的脸凑在她面前,他急促的呼吸吹在她的脸上,"回答我!羽裳。"

"慕槐,"她蹙着眉,凝视他,"事情并不那么简单,结婚容易,离婚太难哪!"

"为什么?他并不爱你,不是吗?"

"三年的投资,"她喃喃自语,"他不会放弃的!"

"什么意思?"他问,"你说什么?"

"他不会答应离婚的,慕槐,我知道。"她悲哀地说,望着他。

"为什么?为什么他要一个没有爱情的婚姻?"

"我是他的金矿!"

"什么?"

"我是他的金矿!"她重复了一句,"像世澈那种人,他是不会放弃一座金矿的。"

他瞠视着她。

"羽裳,"他摇摇头,"不会那样恶劣!"

"你不了解欧世澈。"她静静地说,"他知道我爱的是你,他从头就知道。"

俞慕槐怔了好几分钟。

"哦,天!"他喊,跌坐在岩石上,用手抱住了头。

风在呼啸,海在喧嚣,远处的天边,暗沉沉的云层和海浪连接在一起。天,更加阴暗了。

他们坐着,彼此相对。一种悲哀的、无助的感觉,在他们之间弥漫,四目相视,惨然不语,只有海浪敲击着岩石,打碎了那份寂静。时间不知道过去了多久,他骤然地抬起头来。

"羽裳,你和以前一样坚强吗?"他坚定地问。

"我不知道。"她犹豫地回答。

"你知道!你要坚强,为我坚强!听到吗?"他命令似的说。

"怎样呢?"她问。

"去争取离婚!去战斗!为你,为我,为我们两人的前途!去争取!如果他要钱,给他钱!我有!"

"你有多少?"

"大约十万块。"

她把头转向一边,十万块,不够塞世澈的牙缝啊!再看看他,她知道他连十万都没有,他只是想去借而已。她低下头,凄然泪下。

"别说了,我去争取!"她说。

他抱住她,吻她。

"马上吗?"他问。

"马上!"

"回去就谈?"

"是的。"

"什么时候给我消息?"

"我尽快。"

"怎么样给我消息呢?"

"我打电话给你!"

他抓紧她的肩膀,盯着她:

"你说真的吗?不骗我吗?我会日日夜夜坐在电话机旁边等的!"

"不骗你!"她流着泪说,"再也不骗你了!"

"只许成功!"他说。

她抬起眼睛来望着他。

"慕槐——"她迟疑地叫。

"只——许——成——功!"他一个字一个字地说。

她含泪点头。

他一把把她拥进了怀里。

风在吹,海在啸,他们拥抱着,谁也没有注意到,在远远的天边,有一只海鸥,正孤独地飞向了云天深处!

第十七章

晚上，杨承斌坐在沙发中，深深地抽着烟，满脸凝重的神情，对着那盏落地灯发怔。杨太太悄悄地注视着他，递了一杯热茶到他面前，不安地问了一句：

"承斌，你有什么心事吗？"

杨承斌看了太太一眼，吐出一口浓浓的烟雾来。

"这两天见到羽裳没有？"他问。

"前两天她还来过的，怎么呢？"

"她快乐吗？"

杨太太沉默了一会儿。

"不，我不觉得她快乐，"她低声说，"她很苍白，很消瘦，我本来以为她有孕了，但她说根本没有。"她望望杨承斌，"怎么呢？有什么事吗？"

杨承斌重重地吐着烟雾。

"你知道，今天世澈又到我办公室找我，调了十万块的头寸,这一个月来,他前后已经调走三十几万了,他暗示羽裳用钱很凶,又说羽裳对他期望太高,希望她的'丈夫'和她的'父亲'一样有本领。于是,他暗中把那贸易公司的几宗大生意都抢了过来,要自己私人成立一家贸易公司,那公司也怕他了,最近把他升任做经理,但他依然没有满足,到底成立了一个'世界贸易公司',他就为这公司来调头寸……"他抽了口烟,对杨太太笑了笑,"我知道我说了半天,你一定不了解是怎么回事,总之一句话,他把原来他工作的那家公司给吃掉了!"

杨太太睁大眼睛望着他。

"这样说,世澈是自己在做老板了?"她问。

"不错,他自己做了老板,但是,生意是从老公司里抢过来的,这是商业的细节,你也不必知道。只是,这样做有些心狠手辣,年轻人要强是件好事,如果不顾商业道德就未免有损阴骘,做人必须给自己留个退步,我怕他们会太过分了!"

"你的意思是,"杨太太犹豫地说,"你认为世澈因为要满足羽裳的野心,不得不心狠手辣地去做些不择手段的事?"

"我想是的。"杨承斌抽着烟,注视着烟蒂上那点火光,"咱们的女儿,咱们也了解,她一直要强好胜,处处不让人的。少年夫妻,新婚燕尔,难免又恩爱,那世澈百般要讨太太欢喜,就不免做出些过分的事来!"

"这个……"杨太太有些不安和焦躁,"我觉得不对!事情可能不像你所想的。"

"为什么?"

"羽裳对商业上的事可以说一窍不通……"

"她不必通,她只要逼得世澈去做就行了!"

"那么,你认为也是羽裳叫世澈来调款的吗?"

"那倒不是,世澈坦白说,他是瞒着羽裳的,他除了跟我借,没有其他的办法。我也不能眼看着我的女儿和女婿负债,是不是?说出去连我的脸都丢了。"

"那么,你觉得羽裳……"

"太要强了!"杨承斌熄灭了烟蒂,"你必须劝劝她,世澈已是个肯上进的孩子了,别逼得他做出不顾商业道义的事来。"

"我只怕羽裳知都不知道这些事呢!"杨太太烦恼地轻喊,"那孩子自从婚后,已经变了一个人了,别说要强,她连门都懒得出,还要什么强!我只怕这中间有些别的问题,世澈那孩子一向比较深沉,我甚至不知道他们夫妇间是不是真的要好,我上次隐约听到有人说,世澈近来经常出入酒家舞厅……"

"啊哈!"杨承斌笑了起来,"谁的耳报神又那么快,这些话居然传到你耳朵里去了。我告诉你,太太,你别妇人家见识了,干他们贸易商那一行的,没有人不去酒家和舞厅的。前一阵子,世澈自己还对我说,每晚要去酒家应酬,使他烦得要死,每天如坐针毡,归心如箭,又直说担心羽裳一人在家烦闷……人家世澈并没有隐瞒去酒家的事实,你反而要多心了。我说,你实在是宠女儿宠得不像话了!她现在已经结婚成家,你这个做母亲的,就该教教她做妻子的道理!"

"她做了我二十一年的女儿,我连做女儿的道理都没教会她呢!"杨太太懊恼地说,"看样子,你们男人一条战线,都是我们做女人的不好!我没教好女儿,她没做好妻子……"

"哎呀,"杨承斌打断了太太的话,"你这是怎么了?和你讨论孩子们的事,你反而动了肝火!"

"我不是动了肝火,"杨太太失笑了,"只怕你冤枉了羽裳!"

"她那刁钻古怪的脾气,你还有不知道的吗?幸好世澈脾气好,要不然……"

杨承斌的话还没说完,门口传来一阵急促的门铃声,打断了他们夫妇的对话,杨承斌诧异地说:

"是谁?这么晚了,现在几点钟了?"

杨太太看看表。

"十点半了。"

"十点半还会有客人?"杨承斌诧异地看着门口。秀枝已赶着去开了大门,立即,像旋风一般,客厅的门被推开了,卷进了两个人来,却正是欧世澈和杨羽裳!

夫妇二人面面相觑,真是说到曹操,曹操就到!再看这小夫妻两个,欧世澈是面孔雪白,满面怒色,一反他素日笑嘻嘻的常态。那杨羽裳却眼泪汪汪,神情萧索,也大非昔日的飞扬跋扈可比。杨太太呆了,说:

"怎么了?你们两个吵架了吗?"

"爸爸,妈,"欧世澈抢先叫,他自从和羽裳结婚以后,就改口叫杨氏夫妇做爸爸妈妈了,"我把羽裳带到你们面前来,请你们二老做个主!"

"到底是怎么回事?"杨太太急急地说,"羽裳,你又闯了什么祸了?"

杨羽裳含泪站着,只是不语。

"我来说吧!"欧世澈说,"今天一整天,羽裳都不在家,我打了十几个电话回去,她反正不在家,去了什么地方,我也不追问。晚上我推掉了应酬,回来想跟她出去玩玩,但是她还是不在家,也没电话交代一声,我等她吃饭等到八点多,这位小姑奶奶回来了,进门才两分钟,就对我提出来,你们猜她要做什么吧?"

"准是静极思动,想到海外去玩玩,是吗?"杨太太猜测地说,悄悄地看了看女儿,杨羽裳一动也不动地站着,脸上也没有表情,像个雕刻的石像。

"她要离婚!"欧世澈大声说。

"什么?"杨承斌和太太同时惊跳了起来,都不约而同地瞪视着羽裳。羽裳仍然呆呆地站着,不说也不动。

"羽裳!"杨承斌开了口,"你也太胡闹了!"

羽裳慢慢地抬起眼睛来,看了父亲一眼,她的眼光是哀哀欲绝的。

"爸爸!"她轻声地叫,"我知道我不好,可是我没办法再和世澈生活下去!"

"为什么?"

"他不爱我,我也不爱他。"

"滑稽!"杨承斌勃然大怒了,"那你为什么要嫁给他?这不是你自己选择的婚姻吗?"

"我选错了。"她低低地说。

"选错了?"杨承斌气得发抖,"羽裳,你一生的胡闹,我都可以原谅。但是,婚姻可不是儿戏,什么叫选错了?你以为选丈夫和买衣裳一样,不满意还可以退货的吗?你真是个不知天高地厚的东西!再说,世澈对你还不算好吗?为了你,他工作得像个驴子一样,为了你,他千方百计地赚钱供你享受,为了你,他到处筹款,到处奔波。你还不满意,你要怎样的丈夫才满意?"

羽裳看了欧世澈一眼,呼吸逐渐地沉重了起来,她憋着气,很快地说:

"为了我?是的,为了我,他用我父亲的钱买车子;为了我,他用我父亲的钱开公司;为了我,他用我父亲的钱吃喝嫖赌;为了我……"

"哦,我知道了!"杨承斌打断了她,"你是因为知道我挪了钱给世澈,就伤了你的自尊了!你别糊涂了,羽裳,那些钱是我自愿调给世澈的,并不是他问我要的!刚刚创办一番事业,总有些艰苦,等他将来成功了,这钱他还可以还我!羽裳,你也别太要强了!我就只有你这样一个女儿,钱不给你们,还给谁呢?至于什么吃喝嫖赌的话,你又不知道听了谁的挑拨,就来吃飞醋了!世澈偶尔去去酒家,是我都知道的事,我刚刚还在跟你妈说呢,这是商场中避免不了的应酬,你如果是个懂事的孩子,就不该为了这个胡吵胡闹!"

羽裳张大了泪水弥漫的眼睛,悲哀地看着父亲,无助地摇了摇头。

"爸爸,你中他的毒已经太深了!"

"爸,"欧世澈插了进来,"你听到羽裳的话吗?她以为我是什么?是条毒蛇?还是个骗子?爸,我早就说过,不能用您的钱买车子……"

"别说了,世澈,"杨承斌阻止了欧世澈,慈祥地说,"我知道是羽裳误会了你。你也别生气,你和羽裳从认识到现在,也三四年了,当然知道她是个任性的孩子,想说什么就说什么,想做什么就做什么,都给我们惯坏了。你先心平气和,别意气用事,你一向懂事又聪明,别和羽裳一般见识。现在,你先回家去,让我们和羽裳谈谈,包管你,明天就没事了,怎样?"

欧世澈看看羽裳,又看看杨承斌。

"爸爸,我能单独和你说一两句话吗?"欧世澈问。

"好的。"杨承斌带着欧世澈,走出客厅,站在花园里,欧世澈压低了声音,轻声说:

"爸,你最好调查调查,这件事恐怕有幕后的主使者!羽裳有些天真不解事,您听她说的话,不知谁跟她胡说八道了!本来……"他长叹了一声,"娶一个百万富豪的女儿,就惹人猜忌,爸,您要是没有钱多好!"

杨承斌安慰地拍了拍欧世澈的肩:

"世澈,我了解你,你别生气,我一定好好地教训羽裳!"

"您也别骂她吧!"欧世澈又急急地说,"我原不该带她来的,但她实在闹得我发火了……"

"瞧你!"杨承斌笑了,"又气她,又不能不爱她,是不是?我告诉你,女人就常常让我们这些男人吃苦的,她们生来就是又让人爱又让人恨的动物!"

欧世澈苦笑了笑,又担忧地说:

"爸爸,还有一件事……"他吞吞吐吐地。

"什么事呢?"

"不是我怀疑羽裳,"他好痛苦似的说,"我怕她和那个姓俞的记者还藕断丝连呢!"

"什么?"杨承斌吃惊了,"真的吗?"

"我只怕她吵着离婚,这个才是主要原因呢!"他又叹口气,"假若羽裳真的这么嫌我……"

"别胡说!"杨承斌轻叱着,"她只是不懂事,闹小孩脾气,你回家去吧,让我跟她谈,年纪轻轻的就闹离婚,这还得了?"

"爸,您也别太为难她,不管她怎么胡闹,我还是……"欧世澈欲言又止,一副柔肠寸断的样子。

"我了解!"他拍拍他的肩,"你去吧!我不会让你受委屈的!明天,打包票还你一个听话的太太,好吧?"

"谢谢您,爸。"欧世澈好脾气地说,"那么,我先走了,再见!"

"再见!"

杨承斌目送女婿离去,听到汽车开远了,他才折回客厅里来。一进门,就看到羽裳坐在沙发中,用双手紧抱着头,杨太太正在那儿苦口婆心地劝解着,羽裳却一个劲儿地摇头,不愿意听。

"羽裳!"杨承斌严厉地喊,有些冒火了,"你到底在搞些什么鬼?"

杨羽裳抬起头来,哀恳地看着父亲。

"爸爸,你别相信他的话,他是个魔鬼!"

"胡说八道!"杨承斌怒叱着,"羽裳,你也应该长大了,已经结了婚,做了妻子,你怎么还这样糊涂?婚姻大事也如此轻松的吗?由着你高兴结就结?高兴离就离?当初你要嫁给欧世澈的时候,连几天都不愿耽搁,吵着要嫁他,现在又吵着要离,你真是精神有问题了吗?以前,我们太宠你,才把你宠得如此无法无天,现在这件事,是怎么样也由不得你的,你还是好好地想想明白吧!"

杨羽裳呆呆地看着父亲,眼泪慢慢地沿着她的面颊滚下来。忽然间,她从沙发上溜到地毯上,跪在杨承斌的面前了。她仰着脸,哀求地、诚恳地、一片真挚地说:

"爸爸,我知道我一生任性而为,做了多少不合情理的事,你们伤透了脑筋,我知道我不是一个好孩子,只会给你们带来麻烦。我知道我一向游戏人生,胡作非为。但是,我从没有一次这样诚恳地求你们一件事,从没有这样认真、这样郑重地思考过,我求求你们答应我,求求你们帮助我,让我和欧世澈离婚吧!"

杨承斌惊呆了,跑过去,他扶着羽裳的肩,愕然而焦灼地喊:

"羽裳,你这是怎么了?到底是怎么了?"

杨太太也吓坏了,从没有看到女儿如此卑屈,如此低声下气,从小,她就是那样心高气傲的一个孩子,别说下跪,她连弯弯腰都不肯的。看样子,她必然受了什么大委屈、大刺激。杨太太那母性的心灵震动了,扑过去,她一把拉住女儿,急急地喊:

"有话好说呀,也别下跪呀!什么事值得你急成这样?那世澈到底怎么欺侮你了?你说!告诉妈!妈一定帮你出气!起来吧,别跪在那儿!"

羽裳一手拉住母亲,一手拉住父亲,仍然跪着不肯起身,她泪如雨下地说:"我只是要离婚,我非离婚不可,你们如果疼我,就答应了我吧!"

"咳!"杨承斌啼笑皆非,手足失措,"羽裳,离婚也要有个理由呀!他欺侮了你吗?"

"他……他……"羽裳答不出来,欺侮了吗?是的,但是,这些"欺侮"如何说得清呢?如何能让那中毒已深的父亲明白呢?终于,她大声地叫,"他不爱我!"

"是他不爱你,还是你不爱他?"杨承斌问得简短扼要而有力。

"我们谁也不爱谁!"羽裳喊着,"爸爸!你还不了解吗?他为了你的钱而娶我,我为了和俞慕槐负气而嫁他,我们之间根本没有一丝一毫的感情!"

"好了!我知道问题的症结了!"杨承斌打断了女儿,"俞慕槐!都是为了那个俞慕槐,对吗?"他的声音严厉了起来,"你坦白说吧,你坚决要离婚,是不是为了俞慕槐?不许撒谎,告诉我真话!"

杨羽裳战栗了,闭上眼睛,她凄然狂喊:

"是为了他!是为了他!是为了他!我早就该嫁给他的!我疯了,才去嫁给欧世澈!一个人做错了,怎样才能重做?怎样才能?我必须重新来过!我必须!"

杨承斌狠狠地一跺脚,气得脸色都变了。

"羽裳,你简直莫名其妙!只有世澈那好脾气,才能容忍你,你已经结了婚,还和旧情人偷偷摸摸,如今居然敢提出离婚,你一生胡闹得还不够吗?到了今天还要给我找麻烦,我看,你不把我的脸丢尽了,你是不会安心的了!我告诉你,羽裳,以前什么事都依你,才会把你惯得这么无法无天,现在,我不会再惯你了,也不能再惯你了,否则,你必然弄得身败名裂!明天,你给我乖乖地回去当欧太太,休想再提一个字的离婚!假若那俞慕槐再来勾引你,我也会对付他!他报社的社长,和我还是老朋友呢,我非去质问他,他手下的记者,怎能如此卑鄙下流!"他转向了太太,"你管管你的好女儿吧!我都快被她气死了!"转过身子,他大踏步地走进卧室里去了。

这儿,羽裳禁不住哭倒在地毯上。

杨太太坐在她身边,抚摸着她的头发,看女儿哭得那样伤心,她鼻中也酸楚起来。羽裳抓住了母亲的手,哭着喊:

"妈妈呀,妈妈,你为什么不早一点教教我,做错的事情,怎样才能改正呀?妈妈?"

"噢,羽裳,噢,可怜的孩子!"杨太太吸着鼻子,"我曾经一再告诉过你,婚姻是终身的事,不能儿戏呀!我一再告诉过你的!"

羽裳坐起身子来,背靠在沙发上,她面色苍白,眼睛清亮,含着泪,她凄楚地说:

"那么,这婚是离不掉的了?"

"羽裳,"杨太太温和地握住她的手,坐在她对面,望着她,"我知道你的心,我知道你真正喜欢的是俞慕槐。但是,听妈几句话吧,你现在已不是未嫁之身,即使你离了婚,再嫁给俞慕槐,你这次婚姻的阴影会一直存在你们中间。男人都是气量狭窄的,不论他嘴里讲得多漂亮,他心中永不会忘记你曾背叛过他。那时,如你的婚姻再遇挫折,你将怎么办?再说,俞慕槐苦巴巴地挣到今天的地位,一个名记者,一个年纪轻轻的副采访主任,你如闹离婚嫁给他,世澈怎会干休?你难道想将俞慕槐的身份地位都毁于一旦?真毁了他,你跟他在一起还会快乐吗?那慕槐也是个要强好胜的人哪!"

羽裳呆坐着,一语不发。

"说真的,羽裳,我并不像你父亲那样偏袒世澈,我也不认为他是个毫无缺陷的优秀青年,凭我的了解和判断,他是个野心家,也是个深藏不露的厉害角色。你要知道,他父亲就是个有名的棘手人物,他多少有些他父亲的遗传。现在,姑且不论他娶你是为了爱情还是为了金钱,他绝无意于和你离婚却是事实,他又没有虐待你,又没有欺侮你——最起码,你拿不出他虐待你及欺侮你的证据,你凭什么理由和他离婚呢?何况,他父亲是有名的大律师,你怎么也翻不出他们的手心呀!"

羽裳的眼睛直直地瞪着前方,仍然不语。

"想想看吧,孩子。"杨太太怜惜地拭去了她的泪痕,恳挚地说,"我们女人,犯什么错都没关系,只有婚姻,却不能错!我们到底没有欧美国家那样开明,结婚离婚都不算一回事,在许多地方,我们的思想仍然保守得像几百年前一样。丈夫可以在外面寻花问柳,妻子只要和另外的男子散一次步就成了罪大恶极!羽裳,这是没有办法的事,结婚之前,你可以交无数男友,结婚之后,你就再也没有自由了。"

羽裳弓起了膝,把头埋在膝上。

"听我的吧,羽裳,我疼你,不会害你。你已经嫁给世潋了,你就认了命吧!努力去做一个好妻子,远离那个俞慕槐,并不是为了你,你也该为慕槐着想啊!"

羽裳震动了一下。

"试试看,羽裳,"杨太太又说,"世潋虽不是天下最好的男人,但也不是最坏的。野心,并不是一个年轻人的缺点。试试看,羽裳,试着去爱他。"

"不可能,"羽裳的声音从膝上压抑地飘了出来,呜咽着,哭泣着,"永不可能!永不可能!"

"但是,孩子,这婚姻是你自己选择的啊!"

"我知道,是我自己选择的。"她的肩膀耸动,身子抽搐,"我是以一时的糊涂来换一生的痛苦!"

"不是一生,羽裳,"杨太太流着泪说,"过一两年,你就会觉得没有什么关系了,而且,过一两年,那个俞慕槐也会找着他真正的对象,他会淡忘掉这一切。羽裳,你已经错了一次,不要一错再错吧!你父亲和欧家的力量加起来,足以毁掉俞慕槐整个的前途。羽裳,你不再是个孩子,别再意气用事了,仔细地想想吧!"

"我懂了。"羽裳没有抬起头来,她的声音苍凉而空洞,"我早已知道这是一次徒劳的挣扎,我早就知道了!早就知道了!"

"那么,明天乖乖地回家去,嗯?"

"我能不回去吗?"她抬起头,凄然而笑,"家,那个家是我自己选择的,不是吗?"她望着窗外,默然片刻,愣愣地说,"那儿有只海鸥,你看到了吗?"

"海鸥?怎会有海鸥?"那母亲糊涂了。

"一只海鸥,一只孤独的海鸥,"她喃喃地自语,"当它飞累了,当它找不着落足点,它就掉进冰冷的大海里。"她带泪的眸子凝视着母亲,"你见过飞累了的海鸥吗?我就是。"

杨太太瞪视着她,完全怔住了。

第十八章

夜深了。

好不容易,杨太太终于哄着羽裳在自己原来那间房里睡下了。杨太太守在她旁边,帮她盖好被,又在屋里燃上一个电热器,看着她闭上眼睛,昏然欲睡了,她才低叹一声,悄悄地退出了她的房间。

回到自己的卧室里,杨承斌还没上床,穿着睡袍,抽着烟,他正烦恼地从屋子的这一头走到那一头,又从那一头走到这一头,看样子已经走了几百遍了,弄得满屋子的烟雾弥漫。看到杨太太,他站定了,懊恼地说:

"她怎么样了?"

"总算劝好了。"杨太太深深地吐出一口气来,"现在已没有事了,明天我送她回家去。小夫小妻,吵吵架,闹闹别扭总是难免的,你也别为这事太操心吧!每天忙生意和公事已忙不完了,还要为孩子操心!早些睡吧,不要想她了。"

"你说得倒容易，"杨承斌说，"我怎能不为这孩子烦心呢？你瞧，结婚才半年，她就已经不安于室了，长此以往，如何是好？"

"并不是不安于室，"杨太太低低地为女儿辩护，"我早说过，她真正爱的，实在是那个俞慕槐。"

"那她已经嫁了欧世澈了，怎能还和俞慕槐来往呢？明天我倒要去俞家拜访拜访，问问这俞慕槐安的是什么心？要鼓动羽裳离婚！"

"你千万别去，好不好？"杨太太焦灼地说，"你去，只会把事情弄得更糟而已。慕槐不是个怕事的人，你把他弄火了，他会什么都不管的！"

"但是，这个人物存在一天，就威胁羽裳的婚姻一天，是不是？"

"你在转什么脑筋？"杨太太惊异地问。

"我去看他们报社的社长，请他把俞慕槐调到外面去当驻外记者。"

"你这是最笨的办法，"杨太太说，"如果羽裳也追去了，怎么办？何况俞慕槐现在是采访部的主任，这样一调，实际是削弱他的职权，你刚刚还说，做人不能不顾道义，现在就想徇私损人了！"

"依你说，怎么办？由他们去闹一辈子三角恋爱吗？"杨承斌恼怒地说。

"依我说……"杨太太沉吟了一下，"与其调走俞慕槐，不如调走羽裳和世澈。"

"怎么呢?"

"羽裳在台湾住了这么久,一定愿意换换环境,尤其在这次争吵以后。"

"世澈才不肯走呢!他的贸易公司刚刚成立,千头万绪的,你叫他怎么肯丢下事业去旅行?"

"不是旅行,是去美国定居。"

"你是什么意思?"杨承斌不解地问。

"你把三藩市那个中国餐馆给他!干脆过户到他的名义底下,交给他全权管理,一切利润都属于他。反正你的事业也太多了,不在乎这个餐馆,他如能逐渐接掌你的事业,不正是你的心愿吗?反正我们已经把女儿嫁给他了!"

杨承斌在一张躺椅上坐了下来,深思地抽了一口烟。

"你这提议倒相当不错,我们那'五龙亭'的生意还挺不坏呢,只要世澈经营得好,够他们吃喝不尽了。只是……世澈肯不肯接受呢?"

"为什么不肯接受呢?"杨太太微笑地望着窗外,"他能接受房子,又能接受车子,再能接受你的经济支持,为什么不干脆接受五龙亭呢?"

杨承斌望着妻子。

"你是不是也认为世澈娶羽裳是为了钱?"

"绝对不是!"杨太太转身去整理床铺,"我只是说,凭你的说服力量,你一定能说服世澈去接受的。既然办贸易必须上酒家舞厅,去主持五龙亭就不必每晚离开家庭了。世澈如果要维持夫妇感情,他整天待在酒家里总是维持不住的。"

杨承斌熄灭了烟蒂，凝视着太太。

"你这主意还真不错呢！只是，你舍得让羽裳离开你吗？"

"女儿大了，总不能老挂在我的衣服上。何况，"她神色黯淡地说，"让她远离开父母的庇护，真正独当一面地去过过日子。或者，可以使她成熟起来，使她了解这人生的艰苦，能面对属于她的现实。"

"你对！"杨承斌高兴地说，"那么，我们就这么办！明天你送羽裳回去，我也找世澈好好地谈谈。"

于是，第二天下午，羽裳终于又回到了忠孝东路的家里，一路上，杨太太已经把新的计划对羽裳详细地说过了，她预料羽裳会反对，谁知，羽裳却安安静静地接受了，一句异议都没有。到了家，欧世澈已经去了贸易公司，杨太太立即打电话找到世澈，叫他去杨承斌的办公厅里谈话，欧世澈顺从地答应了。放下电话，杨太太对羽裳说：

"羽裳，妈把所有的话都说尽了，你是个聪明孩子，就别再和世澈吵了吧，吵来吵去，只有你自己吃亏的份儿！懂吗？从此后，你就认了命吧！"

羽裳低下头去，半天，才轻轻地说了句：

"既然要去美国，就快些办手续吧！"

"你反正有美国护照，手续是很快的，只怕世澈办起来要慢些。"

"那么，"她咬咬牙说，"我先走！"

杨太太注视着女儿，在那苍白而凄凉的脸庞上，她看出一份毅然决然的神情。她知道羽裳是已心灰意冷，只想快刀斩乱麻，一走了之了。

"这样也好，"杨太太很快地说，"我马上叫他们给你办出境，我陪你去一趟，先去把家布置好，世潋来的时候就都现成了。好吧？"

羽裳低俯着头。

"我明天就走！"她说。

"你又说孩子话了。"杨太太笑着说，"再怎么快，出境证也要一个星期才能下来呀！"

"那么，"羽裳闭了闭眼睛，"下个星期一定要走！"

"好吧，好吧！"杨太太无可奈何地说，"下个星期就走！"拍了拍羽裳的膝，她怜爱地说，"换换环境，你会发现什么都不一样了。听妈话，等世潋回来，你千万别再和他闹别扭，离婚的话，是怎样也别再提了，好不好？羽裳？"

羽裳轻轻地点了两下头，两滴泪珠跌落在衣襟上。

"怎么，又哭了吗？"

羽裳摇摇头。

"别伤心了，孩子。"杨太太抚摸着她的背脊，"人生就是这样的，有甜，也有苦。"

"这是成长，"羽裳低声说，"只是，我为成长付出的代价太高了。"

"每个人为成长付出的代价都很高，羽裳。"

羽裳默然不语了。

"好了，羽裳，"杨太太站起身来，"你想明白了吗？如果你已经平静了，妈也要回去了。既然要陪你去美国，妈也得把家整理整理,交代交代。"

"您去吧,妈,我很平静,一生都没有这样平静过。"羽裳说,"你放心吧,我不会和世澈再吵了。"

"好,那我走了!"杨太太再拍拍她,转身走出去了。

羽裳听着母亲走了,她依然坐在那儿,双手放在膝上,低垂着头,一动也不动。她不知道自己坐了多久,也不知道自己想些什么,她的意识飘浮在遥远的天边,她的思想和感情都像埋藏在一层冻结了几千年的寒冰里,冷得凛冽,冷得麻木。好久好久,她才茫然地抬起头来,喃喃自语:

"我有一件事情要做,什么事呢?"

什么事呢?她摇摇头又甩甩头,心里迷迷糊糊的。但是,她知道,她有一件事情要做!

又呆了半天,她努力收集着自己涣散的意识,把那思想和感情从那千年寒冰中挖掘出来,于是,倏然间,她觉得心脏猛地一抽,浑身剧痛。她闭上眼睛,仰头向天,低低地说:

"从此,杨羽裳,你是万劫不复了!"

但是,他呢?俞慕槐呢?像母亲说的,过两三年,他会忘记这一切,过两三年,他会找着他真正的对象,得到他真正的幸福!男人的世界辽阔,不像女人那样狭隘,是的,可能!两三年后,他已另有一番天下!谁知道呢?谁知道呢?可是,万一他竟没有另一番天下,万一他竟和她一样固执,那么……

"他将陪着你万劫不复了!"

她凄然心碎。

半晌,她慢吞吞地移向电话机旁边,坐在电话机前面的沙发里,她瞪视着那架电话机。以前,她曾多少次守着一架电话,作徒劳的等待!现在的他呢?也在电话机边吗?也在痴痴地等待吗?也在一分一秒地期盼吗?她深抽了一口气,把手压在听筒上,对自己说:

"你必须打这个电话!"

勇气,勇气,她需要勇气!从未如此怯懦,从未如此瑟缩!勇气,勇气,她需要勇气!再深呼吸了一下,她努力地调匀自己的呼吸,然后,她拿起听筒来,屏着气息,慢慢地拨了那个她所熟悉的号码。

对方几乎是铃刚响的时候,就立即抓起了听筒,立刻,她听到他那急促的声音:

"喂?哪一位?"

她闭了闭眼睛,再抽了口气。

"是我,"她喑哑地说,"是我,慕槐。"

"羽裳?"他狂喜地喊,"你终于打电话来了!你知道我已经改行做电话接线生了!今天所有的电话都是我一个人接的,我竟没有离开过这架电话机!"他猛地住了口,喘息地说,"你看我,一听到你的声音就昏了,说这些废话干什么呢?快告诉我吧!羽裳,快告诉我!你跟他谈过了吗?"

羽裳咬紧嘴唇。答复他!答复他!你要说话,快说呀!别引起他的疑心!快说呀!快说呀!

"怎么了?羽裳?"他焦灼地喊,"为什么不说话?你跟他谈过了吗?羽裳?"

"是的，慕槐，"她提起勇气，急急接话，声音却是颤抖而不稳定的，"我们谈过了，昨晚谈了一整夜。"

"怎么样？他肯吗？有希望吗？他刁难你吗？他提出什么条件吗？"他一连串地问着，接着又抽口气，自责自怪地说，"你瞧我，只晓得不停地乱问，简直没机会跟你说话了！你告诉我吧！到底谈得怎么样了？"

羽裳咽了一口口水。说话吧！要镇静，要自然！

"慕槐，他没有完全同意，但是有商量的余地，你听我说……"她顿了顿，喘了口气，"这是一场很艰苦的战斗，对吗？"

"是的。"他犹疑地说，"他为难你了？是不是？你在哭吗？羽裳？"

"没有。"她拭去了泪，"你听我说，慕槐，这不是一天两天谈得拢的事情，我不愿把你牵连进内，否则他是决不肯离婚的，我只能以我们本身的距离为理由，他也承认我们本身距离很远，但他还不肯答应离婚。我要慢慢地和他磨，和他谈判，还要说服我父母来支持我，我想，事情是会成功的。"

"是吗？"他喜悦地叫着，"难为你了，羽裳，要你去孤军奋战。你一定受了很多委屈，我知道，将来，让我好好地补报你……"

泪珠在她的眼眶里打转，终于跌落了下来，她鼻中酸楚而喉中呜咽。

"你哭了！我听到了。"他说，声音沉重、喑哑而急切，"我来看你！"

"你胡闹!"她哭着叫。立即,她提醒着自己:镇静!镇静!你要镇静!撒谎不是你的拿手戏吗?从小,你撒过多少次谎了,为什么这个谎言如此难以开口!"慕槐,"她呜咽着说,"你不能来!"

"是的,我昏了!"他急急地说,"我不知道自己在说什么,你别哭吧!"

"我跟你说,慕槐,"她再次提起勇气,很快地说,"我没有很多的时间,世澈随时会回来。我只是告诉你,我再和他谈判,事情多半会成功,但是,你不能露面,绝不能露面,不要打电话给我,不要设法见我,总之,别让世澈有一点儿疑心到你身上,否则所有的谈判都不能成功。你懂了吗?慕槐?"

俞慕槐沉默了片刻。

"慕槐?"她担忧地喊。

"我知道了,"他说,"我会忍耐。但是,你真有把握能成功吗?"

"我有把握!"她急急地说,"你信任我吗?"

"是的,"他说,"我信任。"

她闭上眼睛,一串泪珠纷纷滚落。

"你等我消息,"她继续说,"我一有消息就会给你打电话,但是你别坐在电话机旁边傻等,你照常去工作,我一星期以后再和你联络。"

"一星期吗?"他惊叫,"到那时候我已经死掉了!"

"你帮帮忙,好吗?"她又哭了,这哭泣却绝非伪装,

"你这样子叫我怎么能作战?"

"哦,我错了,羽裳,我错了。"他急切地说,"我忍耐,我答应你,我一定忍耐!可是,不管你进行得如何,你下星期一定要给我电话,下星期的今天,我整天坐在电话机边等消息,你无论如何要给我电话!"

"好的,我一定给你电话,"她抹了抹泪,"再有,我们的事,别告诉慕枫,她会告诉世浩……"

"我了解。"

"我要挂断电话了,慕槐。"

"等一等!"他叫,"你会很努力很努力地去争取吧?你会吗?"

"我们的幸福就都悬在这上面了,不是吗?"她哽塞地说,"你不信任我?"

"不,不,我信任,真的信任。"他一迭连声地说,"好羽裳,我以后要用我的一生来报答你,来爱护你!"

她深吸了口气。

"慕槐,我真的要挂电话了,秋桂在厨房里,隔墙有耳,知道吗?"

"好的,"他长叹一声,"我爱你,羽裳。"

"我也爱你。"她低语,抽噎着,"不管我曾怎么欺骗过你,不管我曾怎样对不起你,但是……请你相信我这一句话——你是我在这世界上唯一深爱的男人!"

说完这句话,她不再等对方的答复,就挂断了电话。双手紧压着那电话机,她把头扑在手上,无助地转侧着她的头,低低地、无声地、沉痛地啜泣起来。

就这样扑伏在那儿,她一直都没有移动,天色渐渐地阴暗了,细雨又飘飞了起来,窗外风过,树木萧萧。她坐着,像沉睡在一个阴森森的噩梦里,四面都是寒风,吹着她,卷着她,砭骨浸肌,直吹到她灵魂深处。

汽车喇叭声,大门开合声,走进客厅的脚步声……她慢慢地抬起头来。

欧世澈站在她的面前,嘴角边笑吟吟的,正静静地凝视着她。

他们就这样相对注视着,好半天,谁都没说话。然后,他伸手捏住了她的下巴,微笑地斜睨着她,从齿缝中,低低地逼出一句话来:

"还想离婚吗?嗯?"

她咽了一口口水,低声说:

"为什么你不放我?我家可以给你钱。"

"要我拿太太的赡养费吗?我不背这名义!"他笑着,笑得阴沉,笑得邪门,"你得跟在我身边,做我的好太太,别再闹花样,听到了吗?嗯?即使你闹离婚,又怎样呢?不过给我闹来一个饭馆而已。"

"你这个……"她咬牙切齿。

"别说出来!"他把手指压在她唇上,"我们是恩爱夫妻,我不想打你。"

她瞪大眼睛望着他,忽然想起在那个遥远的雨夜里,她初逢俞慕槐,曾经信口编造了一个故事,内容是什么呢?她杀了一个人,杀了她的丈夫!她望着眼前这张脸,那乌黑的眼睛,那挺秀的鼻子,那文质彬彬的风度,那含蓄的笑容……她忽然想杀掉他,忽然觉得那渡轮上的叙述竟成了谶语!随着这念头的浮现,她身不由己地打了个冷战,赶快闭上了眼睛。

"怎么了?你在发抖?"他平静地说,"你那脑袋里在想些什么?杀掉我吗?"

她惊愕地睁开眼睛来,望着他,他依然在微笑。

"不要再转坏念头,听到了吗?"他笑着说,"如果你再和那姓俞的在一起,你知道我会怎么做!"他压低了声音,"我可以使他身败名裂,你如果高兴跟着他身败名裂也可以,不过还要赔上你父亲的名誉!想想清楚吧!好太太!"

她被动地看着他,他的手仍然紧捏着她的下巴。

"我……"她低低地说,"下星期就飞美国。"

"我知道了,"他说,"这才是个好太太呢!让我们一起到新大陆去另创一番事业,嗯?你应该帮助我的事业,帮助我经营五龙亭……"

"那不是你的事业,那是我父亲的!"

他的手捏紧了她,捏得她发痛,但他仍在笑着。

"不要再提你父亲的什么,如果你聪明的话!那餐馆昨天还是你父亲的,今天,它是我的了。"他的头俯近了她,眼睛紧紧地盯着她的。他的声音低得像耳语,"羽裳,学聪明一些,记住一件事,你已经嫁给了我,你要跟我共同生活一辈子呢!"

"你想折磨我到死为止,是吗?"她低问。

"你错了,羽裳,"他安静地微笑着,"我什么时候折磨过你?别轻易给我加罪名,连秋桂都知道我是个脾气最好的丈夫呢!你父亲也知道,只有你欺侮我,我可从来没有欺侮你啊!"

她闭着嘴,不愿再说任何的话了。

他低头吻了吻她的唇。

"好了!"他愉快地说,"我想,风暴都已经过去了,我们仍然是亲亲爱爱的小夫妻,不是吗?来,我们一起去吃晚饭吧,我饿了!"

她觉得自己那样软弱,软弱得毫无抵抗的能力,她只能顺从地站了起来,僵硬地迈着步子,跟着他走进了餐厅。

第十九章

没有任何一个星期比这个星期更漫长，没有任何一个星期比这个星期更难挨。每一分钟，每一秒钟都是那样缓慢而滞重地拖过去的。俞慕槐终日心神不定，神思恍惚，连在报社里，他都把工作弄得错误百出。待在家里的日子，他显得如此地不安定，时而忧，时而喜，时而沉默得像一块木头，时而又雀跃着满嘴胡言乱语。这情形使俞太太那么担忧，她询问慕枫说：

"你哥哥最近又交了什么新的女朋友吗？"

"新的女朋友？"慕枫诧异地说，"我看他是曾经沧海难为水，除却巫山不是云呢！他心里只有杨羽裳一个，不可能再有别人的！"

"那么，"俞太太压低了声音说，"你哥哥会不会和那杨羽裳暗中来往？那就非闹出笑话来不可了！"

"这……不大可能吧！"慕枫说，"那欧世澈精明厉害，羽裳怕他怕得要命，哪儿敢交男朋友？"

"羽裳怕他？"俞太太像听到一个大新闻一般，"那孩子还会有怕的人吗？我看她是天塌下来也不怕的。"

"但是她怕欧世澈，我们都看得出来她怕他，我不知道……"她神色黯淡地说，"世澈是不是欺侮过她，羽裳曾经抱着我大哭过，那个家——世浩说像个冰窖，我看比冰窖还不如。唉，"她叹口气，"这叫一物有一制，真没料到羽裳也会碰到个如此能挟制她的人！"

"那么，这婚姻很不幸了？"俞太太问。

"何止于不幸！"慕枫说，"根本就是个最大的悲剧！羽裳婚前就够憔悴了，现在更瘦骨支离了。"

"你可别把这情形告诉你哥哥！"俞太太警告地说，"他听了不一定又会怎么样发疯闯祸呢！"

"我才不会讲呢！我在哥哥面前一个字也没提过羽裳，世浩说羽裳他们在准备到海外去，我也没对哥哥提过，何必再惹哥哥伤感呢！"

"这才对，你千万别提，你哥哥这几天已经神经兮兮的了！大概人到了春天就容易出毛病，我看他整日失魂落魄的，别是已经听到什么了？"

"是吗？"慕枫怀疑地问，"不会吧！"

"再有，慕枫，"俞太太望着女儿，"那杨羽裳的火烈脾气，如果都对付不了欧世澈，你这心无城府的个性，将来怎么对付得了欧世浩呢！"

"哎呀，妈妈！"慕枫跑过去，羞红着脸，亲了亲母亲的面颊,"你别瞎操心好吗?那世浩和世澈虽是亲兄弟,个性却有天壤之别,世浩为了反对他哥哥的所作所为,和世澈都几乎不来往了呢!你放心,妈,我吃不了亏的。"她笑笑,"现在,让我先弄清楚哥哥是怎么回事吧!"

她转过身子,走开了。径直走进俞慕槐的房间,房里空荡荡的没有一个人影,俞慕槐已出去了。她打量了一下这房间:凌乱,肮脏,房里是一塌糊涂。到处堆着报纸、杂志、书籍、稿纸……满桌子的稿件、纸笔、烟灰缸、空烟盒,几乎没有一点空隙。出于一份女孩子爱干净的天性,她实在看不过去这份凌乱。下意识地,她开始帮哥哥整理着这桌子,把稿纸归于稿纸,把书籍归于书籍,整整齐齐地码成几排……忽然间,从书籍中掉出一张纸来,她不在意地拾起来,却是一首小诗,开始的两句是这样的:

> 我曾经认识一个女孩,
> 她有些狂,她有些古怪,
> ……

她注视着这张纸,反复地读着这首小诗,然后,把这首诗放进口袋里。她走出俞慕槐的房间,到自己房里去穿了件大衣,她很快地走出了家门。

数分钟后,她站在杨羽裳的客厅里了。羽裳苍白着脸,以一副几乎是惊惶的神情注视着她,等到秋桂倒茶退出后,她才一把拉住她的手腕,急急地问:

"是你哥哥叫你来的吗?"

"我哥哥?"她诧异地说,"我哥哥根本不知道我到这儿来,我今天还没见到他呢!"

"哦!"羽裳如释重负地吐出了一口长气,眼眶顿时湿润了。紧紧地握住了慕枫的手,她喃喃地说,"你来一趟也好,再见面就不知是何年何月了!"

"怎么回事?"慕枫不解地问。

"来!"羽裳握着她,"带着你的茶,到我卧室里来坐坐,我正在收拾箱子。"

"收拾箱子,你真的要走了?"

"你怎么知道我要走?"她又紧张了起来。

"听世浩说的。"

"你告诉你哥哥了?"她更加紧张。

"不,我一个字也没说。"

"哦!"她再吐出一口气来,"谢天谢地!"

慕枫诧异地望着她,心中充满了几百种疑惑,只是问不出口,她口口声声地问她"哥哥",看样子,母亲的担忧的确有可能呢!那么,哥哥的失魂落魄,仍然是为了她了!

走上了楼,进入了羽裳的卧室。卧室的地毯上,果然摊着箱笼和衣物。羽裳胡乱地把东西往屋角一堆,让慕枫在床沿上坐下,把茶放在小几上。她走去把房门关好,折回来,她停在慕枫面前,静了两秒钟,她骤然坐在慕枫面前的地毯上,一把紧抓住慕枫的手,仰着脸,她急切地、热烈地喊着说:

"慕枫,他好吗?他好吗?"

"谁?"慕枫惊疑地问。

"当然是你哥哥!"

"哦,羽裳!"她叫,摇着头,不同意地紧盯着羽裳,"你果然在跟他来往,嗯?怪不得他这么失魂落魄的!"

"别怪我,慕枫!"她含着泪喊,"我明天就走了,以后再也不回来了!"她扑倒在慕枫的膝上,禁不住失声痛哭,"真的,我这一去,再不归来,我决不会毁掉他的前程,我决不会闹出任何新闻!只请求你,好慕枫,在我走后,你安慰他吧!告诉他,再一次欺骗他,只因为我爱之良深,无可奈何啊!假若他恨我,让他恨吧!因为,恨有的时候比爱还容易忍受!让他恨我吧!让他恨我吧!"她扑伏在那儿,泣不成声。

慕枫惊呆了,吓怔了。摇着羽裳的肩,她焦灼地说:

"你说些什么?羽裳,你别哭呀!好好地告诉我,到底是怎么回事?为什么你要一去不回?"

羽裳拭了拭泪,竭力地平静自己,好一会儿,她才能够均匀地呼吸了,也才遏止了自己的颤抖。坐在那儿,她咬着嘴唇,沉思了许久,才轻声说:

"我都告诉你吧,慕枫。你是我的好友,又是他的妹妹,再加上你和欧家的关系,只有你能了解我,也只有你能懂得这份感情,让我都告诉你吧!"

于是,她开始了一番平静的叙述,像说另一个人的故事一般,她慢慢地托出了她和俞慕槐、欧世澈间的整个故事。

包括婚前和俞慕槐的斗气，婚后发现欧世澈的真面目，以及俞慕槐午夜的口哨及重逢，大里海滨的见面与谈话，直说到谈判离婚失败和她决心远走高飞，以及如何打电话欺骗了俞慕槐的经过，全部说出。叙述完了，她说：

"你都知道了，慕枫，这就是我和你哥哥的故事。明天中午十二点钟的飞机，我将离去。像李清照的词'这回去也，千万遍《阳关》，也则难留'。至于你哥哥，明天就是我答应给他消息的日子，他会坐在电话机边傻等……"她的眼眶又湿了，"你如愿意，明天去机场送我一下，等我飞走了，你再去告诉他，叫他别等电话了，因为再也不会有电话了。"她静静地流下泪来，"另外，我还有两件东西，本来要寄给他的，现在，托你转交给他吧，你肯吗？"

慕枫握着她的手，听了这一番细诉，看着这张凄然心碎的面孔，想着那正受尽煎熬的哥哥，她忍不住也热泪盈眶了。紧握了羽裳一下，她诚恳地说：

"随你要我做什么，我都愿意。"

"那么，照顾他吧！"她含泪说，"照顾他！慕枫，给他再介绍几个女朋友，不要让他孤独，或者，像妈妈说的，他会忘记这一切，再找到他真正的物件，得到他真正的幸福。"

"你错了，羽裳。"慕枫悲哀地说，"你自己也知道，哥哥是那样一个认死扣的人，他永不会忘记你，他也永不会再交别的女朋友。"

"可是，时间是治疗伤口的最好工具，不是吗？"羽裳问，望着慕枫。

"但愿如此,"慕枫说,"却怕不如此!"

羽裳低低叹息,默然地沉思着,忽然问:

"你怎么忽然想起今天来看我?"

"妈妈说哥哥神情不对,我去找哥哥,他不在家,我却找着了这个。"她把那首小诗递过去,"我想,这是为你写的。"

羽裳接了过来,打开那张纸,她低低地念着:

我曾经认识一个女孩,
她有些狂,她有些古怪!
她装疯卖傻,她假作痴呆!
她惹人恼怒,她也惹人爱,
她变化多端,她心意难猜,
她就是这样子:
外表是个女人,
实际是个小孩!

她念了一遍,再念一遍,然后,她把这稿纸紧压在胸口,喘着气说:

"这是他老早写的!"

"你怎么知道?"

"如果是现在的作品,最后几句话就不同了,他会写:'她就是这样子:大部分是个女人,小部分是个小孩!'因为,我已经变了!"她再举起那张纸,又重读一遍,泪水滑下了她的面颊,她呜咽着去吻那纸上的文字,呜咽着说,"世界上从没有一个人像他那样了解我,他却由着我去嫁别人,这个傻瓜啊!"把稿纸仔细地叠起,她收进了自己的口袋中,"让我保留着这个,做个纪念吧!"侧着头,她想了想,又微笑起来,"奇怪,我也为他作过一首诗呢!"

慕枫看着她,她脸上又是泪,又是笑,又带着深挚的悲哀,又焕发着爱情的光彩。那张充满了矛盾的、瘦削的脸庞竟无比地美丽,又无比地动人!慕枫心中感动,眼眶潮湿,忍不住说:

"你还有什么话要我转告他吗?"

"告诉他……"她痴痴地望着前面,"我爱他!"

慕枫紧握住她的手,点了点头。她带泪的眸子深深地望着羽裳,羽裳也深深地望着她,一时间,两个女人默默相对,室内遽然间被寂静所充满了。四目相视,双手紧握,她们都寂然不语,却诉尽千言万语!

于是,这一天到了。

一清早,俞慕槐就守在自己卧房里,坐在书桌前面,呆呆地瞪视着那架电话机!他像个雕像,像块石头,眼睛是直的,身子是直的,他眼里心里,似乎只有那架电话机!早餐,他没有吃,到十点钟,他桌上的烟灰缸里已堆满了烟蒂。他心跳,他气喘,他面色苍白而神情焦灼。当阿香想打扫房间而进房时,被他的一声厉喝吓得慌慌张张地逃了出去,对俞太太说:

"少爷发疯了呢!"

俞太太皱眉、纳闷、担心,却不敢去打搅他。

十点,十点半,十一点,十一点半,十二点,十二点半……时间缓慢地拖过去,他瞪着电话,响吧!快响吧!你这个机器!你这个没有生命的机器!你这个不解人意的混账机器!响吧!快响吧!蓦然间,铃响了,他抢过电话,却是找俞太太的,俞太太早已在客厅中用总机接了。他放好听筒,跑到客厅去叫着:

"妈,拜托你别占线好吗?我在等一个重要的电话!"

这孩子怎么了?又在抢什么大新闻吗?俞太太愕然地挂断了电话。

于是,俞慕槐又回到了书桌前面,呆呆地坐着,用手托着下巴,对着那架电话机出神。

一点钟左右,慕枫回来了,她面有泪痕,神情凄恻。拿着一个大大的、方方的包裹,她一直走到俞慕槐的房门口,推开门,她叫着:

"哥哥,我有话要跟你说!"

"别吵我!"俞慕槐头也不回,仍然瞪着那架电话机,不耐地挥了挥手,"你出去!我没时间跟你讲话,我有重要的事要办!"

慕枫掩进门来,把房门在身后合拢,并上了锁。

"哥哥!我有很重要的事情要告诉你!"

俞慕槐骤然回头,恼怒地大喊:

"我叫你出去!听到了吗?我有更重要的事要办,我不要人打扰我!你知道吗?出去!出去!出去!"

慕枫把纸包放在墙角,走到俞慕槐面前来,她的眼睛悲

哀地望着俞慕槐,含着泪,她低低地、安静地说:

"别等那电话了,哥哥!她不会打电话来了!"

俞慕槐惊跳起来,厉声说:

"你说什么?"

"别等电话了,哥哥。"她重复地说,"她不会打电话给你了,我刚刚从她那儿来,她要我把这封信转交给你。"她从大衣口袋中掏出一个信封,"你愿不愿意好好地坐着,平静地看这封信?"

俞慕槐的眼睛直了,脸发白了,一语不发地瞪了慕枫一眼,他劈手就抢过了她手里的信封。倒进椅子里,他迫不及待地撕开信封,抽出了信笺,他紧张地看了下去:

慕槐:

当你读到这封信的时候,我已经远远地离开了台湾,到地球的彼岸去了,你,可能再也见不到我了。

说不出我心里的抱歉,说不出我的痛苦,说不出我的爱情及我的思念!写此信时,我已心乱如麻,神志昏乱,我写不出我真正心情的千分之一,万分之一!我只能一再告诉你一句掏自我肺腑里的话:我爱你!爱得固执,爱得深切,爱得疯狂!

或者你根本不信任我,或者你会恨我入骨,因为我竟一再地欺骗你,包括这次的欺骗在内!但是,慕槐啊,慕槐!离婚之议既已失败,我有何面目重见故人？今日决绝一去，再不归来，我心为之碎，肠为之摧，魂为之断，神为之伤……不知知心如你，是否能知我？解我？谅我？若你能够，我终身铭感你；若你竟不能，我亦终身祝福你！

请保重你自己，珍惜你自己，如果恨我，就把我忘了吧！渺小如我，沧海一粟而已，普天之大，胜过我的佳人不知几许！若你竟不恨我，对我还有那样一丝未竟之情的话，就为我而珍惜你自己吧！须知我身虽远离，心念梦魂，却将终日随侍于你左右。古有倩女离魂之说，不知我能离魂与否！

爱你，慕槐，我将终身爱你！你我相识以来，有传奇性的相遇，传奇性的别离，这之间，爱过，恨过，气过，吵过，闹过，分过，合过……到最后，仍合了一句前人的词："风中柳絮水中萍，聚散两无情！"今日一去，何年再会？或者，会再有一个"传奇"，会吗？慕槐？不管会与不会，我爱你！慕槐！真的爱你！爱得固执，爱得深切，爱得疯狂！

昨日曾得到一首你为我写的小诗，喜之欲狂。我也曾为你写过一首，题名回忆，附录于下：

那回邂逅在雨雾里，
你曾听过我的梦呓，
而今你悄然离去，
给我留下的只有回忆！

我相信我并不伤悲,
因为我忙碌不已;
每日拾掇着那些回忆,
拼凑成我的诗句!
不知何时能对你朗读?
共同再创造新的回忆!

真好,慕槐,我们还有那些回忆,不是吗?请勿悲伤吧!请期待吧,人生不就是在无穷尽的期待中吗?我们会不会再"共同创造新的回忆"呢?啊,天!此愁此恨,何时能解?!

别了,慕槐!别了!海鸥飞矣!去向何方?我心碎矣,此情何堪?别了!慕槐!

珍重!珍重!珍重!

你的

羽裳

二月十五日夜于灯下

俞慕槐一口气读完了这封信,抬起头来,他的眼睛血红,面色大变。抓着慕枫的肩,他摇撼着她,他嘶哑着喉咙,狂喊着说:

"她真走了?真走了?真走了?"

"是的!"慕枫流着泪叫,"真走了!中午十二点钟的飞机,我亲眼看着飞机起飞的!她将和欧世澈在美国定居,不再回来了!"

俞慕槐瞪着慕枫,目眦欲裂。接着,他狂吼了一声,抓起桌上的一个茶杯,对着玻璃窗扔过去,玻璃窗发出一声碎裂的巨响,他又抓起烟灰缸,抓起书本,抓起花瓶,不住地扔着,不住地砸着,嘴里发狂似的大吼大叫:

"她骗了我!她骗了我!她骗了我!"

慕枫颤抖地缩在一边,哭着叫:

"哥哥,你安静一点吧!你体谅她一些吧!哥哥,你用用思想吧!"

俞慕槐充耳不闻,只是疯狂地摔砸着室内的东西,疯狂地乱吼乱叫。俞太太和阿香都被惊动了,在门外拼命地捶门,由于门被慕枫锁住了,她们无法进来,只得在门外大声嚷叫,一时门内门外,闹成了一团。最后,俞慕槐把整个桌面上的东西悉数扫到地下,他自己筋疲力尽地跌进椅子里,用手捧住了头,他扑伏在桌上,沉重地、剧烈地喘息着。他不再疯狂喊叫了,变成了低低的、沉痛的、惨切的自言自语:

"走了!就这样悄悄地走了!走了!走了!走了!"

慕枫怯怯地移了过去,把手轻轻地按在他的肩膀上,低声地说:

"哥哥,她曾经奋力争取过离婚,欧世澈扬言要毁掉你的前程,她这一走,是无可奈何,也用心良苦呀!"

"她走了!"他喃喃地说,"我还有什么前程?"

"别辜负她吧!"慕枫低语,"她叫我转告你,你是她唯一的爱人!"

他不语，只是扑伏着。

"想一想，哥哥。"慕枫说，"那儿有一个包裹，也是她要我转交给你的，我不知道是什么，等会儿你自己看吧！我出去了，我想，你宁愿一个人安静一下。"

俞慕槐仍然不语。慕枫悄悄地走到门口，打开房门，退了出去。把门在身后关好了，她拉住站在门外的俞太太的手，低声说："我们走开吧，别打搅他，让他一个人静一静。"

整整一个下午，俞慕槐就那样待在房内，不动，不说话，不吃饭。黄昏来了，夜又来了，室内暗沉沉的没有一点光线。他终于抬起头来，像经过一场大战，他四肢软弱而无力，摇摆不定地站起身来，他踉跄地，摸索着走到墙边，把电灯开关开了。甩甩头，他望着那满屋的凌乱。在地上的纸堆中，他小心地找出羽裳那封信，捧着它，他坐在椅中，再一次细细详读。泪，终于慢慢地涌出了他的眼眶，滚落在那信笺上面。

"羽裳，"他低语，"你总有回来的一日，我会等待，哪怕到时候，我们已是鸡皮鹤发，我会等待！我仍然会等待！"他侧头沉思，"奇怪，我曾恨过你，但是，现在，我只是爱你，爱你，爱你！"转过头，他看到墙角那包裹。走过去，他很快地撕开了那包装纸，却赫然是自己送她的那件结婚礼物——那幅孤独的海鸥！只是，在那幅画的右上角，却有羽裳那娟秀的笔迹，用白色颜料，题着一阕她自作的词：

烟锁黄昏，雾笼秋色，

日长闲倚阑干。
看落花飞尽，雨洒庭前，
可恨春来秋去，风雨里，摧损朱颜！
君休问，年来瘦减，底事忧煎？
缠绵，
几番伫立，将满腹柔情，
俱化飞烟！
叹情飘何处？梦落谁边？
我欲乘风飞去，云深处，直上青天！
争无奈，谁堪比翼？共我翩翩？

他读着那阕词。"争无奈，谁堪比翼，共我翩翩？"谁堪呢？谁堪呢？欧世澈吗？他坐在地下，用双手抱着膝，望着那文字，望着那只孤独的海鸥，"叹情飘何处？梦落谁边？"情飘何处？梦落谁边呢？他微笑了，他终于微笑了起来。他的羽裳！争无奈，他竟无法振翅飞去，云深处，共伊翩翩！她毕竟孤独地飞走了！像她的歌：

海鸥没有固定的家，
它飞向西，它飞向东，
它飞向海角天涯！

也像她另一支歌：

夜幕低张，

海鸥飞翔，

去去去向何方？

何处是它的家？它飞向了何方？他望着窗外，夜正深沉，夜正沉寂。她，终于飞了。

第二十章

一年容易,又是冬天了。

雨季和往年一样来临了,蒙蒙的天,蒙蒙的云,蒙蒙的薄暮,蒙蒙的细雨。冬天,总带着那份萧瑟的气氛,也总带来那份寥落的情绪。

俞慕槐坐在他的房间里,抽着烟,望着雨,出着神。

忽然,慕枫在花园里叫着:

"哥哥,有你的信!好厚的一封!从美国寄来的!"

美国?美国的朋友并不多!他并没有移动身子,一年以来,那沉睡着的心湖似乎已掀不起丝毫的涟漪,任何事物都无法刺激起任何反应。慕枫跑了进来,把一个信封往他桌上一丢,匆匆地说:

"笔迹有点儿熟!像是女人来的,我没时间研究,世浩在电影院门口等我呢!回来再审你!"

她翩若惊鸿般,转身就走了。俞慕槐让那信封躺在书桌上,他没有看,也没兴趣去研究。深深地靠在椅子里,他喷着烟雾。模糊地想着世浩和慕枫,世浩已受完军训,马上就要前往海外了,明年,慕枫也要跟着出去,就这样,没多久,所有的人就都散了,留下他来,孤零零的又当怎样?属于他的世界,似乎永远只有孤寂与寥落。

再抽了口烟,他下意识地伸手取过桌上那信封来,先看看封面的字迹。猛然间,他心脏狂跳,血液陡地往脑中冲去。笔迹有点熟!那昏了头的慕枫哪!这笔迹,可能吗?可能吗?自从海鸥飞后,一年来任何人都得不到她的消息,鸿飞冥冥,她似乎早已从这世界上消失!而现在,这海外飞来的片羽哪!可能吗?可能吗?那沉甸甸的信封,那娟秀的字迹,可能吗?可能吗?

手颤抖着,心颤抖着,他好不容易才拆开了那信封,取出了厚厚一沓的航空信笺,先迅速地翻到最后一页,找着那个签名:

是不是还是你的——
羽裳?

他深抽了口气,烟雾模糊了他的视线,他抛掉了手里的烟蒂,再深深吸气,又深深吐气,他摇摇头,想把自己的神志弄清楚些,然后,他把那沓信纸摊在桌上,急切地看了下去:

慕槐：

　　昨夜我梦到你。

　　很好的月光，很好的夜色，你踏着月色而来，停在我的面前，我们相对无言，只是默默凝视。然后，你握住了我的手，我们并肩走在月色里。你在我的耳畔，轻轻地朗诵了一首苏轼的词："天涯流落思无穷。既相逢，却匆匆。携手佳人，和泪折残红。为问东风余几许？春纵在，与谁同？"醒来后，你却不在身畔，唯有窗前月色如银，而枕边泪痕犹在。披衣而起，绕室徘徊，往事如在目前。于是，我写了一阕小词：

　　自小心高意气深，
　　遍觅知音，谁是知音？
　　晓风残月费沉吟，
　　多少痴心，换得伤心！

　　昨夜分明默默临，
　　诗满衣襟，月满衣襟！
　　梦魂易散却难寻，
　　知有而今，何必如今！

　　真的，知有而今，何必如今！写完小词，再回溯既往，我实在百感交集！因此，我决定坐下来，写这封信给你。一年以来,我没有跟你联系,也没有跟台湾任何朋友联系,我不知道你现在怎样了?有了新的女朋友?找到了你的幸福?已经忘记了我?或者,你仍然孤独地生活在对我的爱与恨里?生活在对以往的悔恨与怀念里?我不知道,我对你所有的一切,都完全无法揣测。可是,我仍然决定写这封信,假如你已有了新的女朋友,就把这封信丢掉,不要看下去了,假如你仍记得我,那么,请听我对你述说一些别来景况。我想,你会关心的。

首先该说些什么呢?这一年对于我,真像一个噩梦,可喜的是,这噩梦终于醒了——让我把这消息先压起来,到后面再告诉你吧。

去年刚来三藩市,我们在三藩市郊外的帕罗奥图地区买了一幢房子,一切都是妈妈安排的。但是,我们的餐厅却在三藩市的渔人码头,从家里去餐馆,要在高速公路上走一个半小时。世澈来后,颇觉不便,但却没说什么,等妈妈一回台湾,他立即露出本来面目,对我的"不会办事"百般嘲讽。并借交通不便为由,经常留在三藩市,不回家来。这样对我也好,你知道,我乐得清静。可是,在那长长的、难以打发的时光里,我怎么办呢?于是,我偷偷地进了斯坦福大学,选修了英国文学。

我以为,我或者可以过一阵子较安静的生活了,除了对你的刻骨相思,难以排遣外,我认为,我最起码可以过一份正常的日子。谁知世澈知道我进了斯坦福以后,竟大发脾气,他咬定我是借读书为名,交男友为实。然后,他竟以迅雷不及掩耳的手段,卖掉了帕罗奥图的房子(你知道,斯坦福大学在帕罗奥图而不在三藩市),把我带到三藩市,住进了渔人码头附近的一家公寓里。

怎样来叙述我在这公寓里的生活呢?怎样描叙那份可怕的岁月?他不给我车子,不许我上街,不让我交朋友。他在家的时候,我如同面对一个魔鬼,他不在家的时候,我寂寞得要发疯。我不敢写信给父母诉苦,我不敢告诉任何人。偏偏他文质彬彬,笑容满面,邻居们都以为他是个标准丈夫。啊,慕槐,我不愿再叙述这段日子,这段可怕的、灰色的岁月,谢天谢地,这一切总算都过去了!

你大概知道我们那家名叫五龙亭的餐厅,这家中国餐馆已经营了四五年,规模庞大而生意鼎盛,是我父亲许多生意中相当赚钱的一间。世澈甫一接手,立即撤换了所有的经理及老职员,用上了一批他的新人,他对经商确有一手,经过削减人员费用之后,五龙亭的利润更大。但是,他却以美国最近经济不景气为由,向我父亲报告五龙亭支持困难,不知他怎么能使我父亲相信,竟又拨来大笔款项,于是,我悚然而惊,这时才倏然发现,如果他不能榨干我的父亲,他似乎不会停手。我开始觉得我必须挺身而出了，于是，我尽量想干预，想插手于五龙亭的经济。我想，这后果不用我来叙述，你一定可以想象，我成了他道道地地的眼中钉！

以前在台湾时，他多少要顾忌我的父母，对我总还要忍让三分，如今来了美国，父母鞭长莫及，他再也无须伪装。他并不打我，也没有任何肉体的虐待，但他嘲笑我，讽刺我，并以你来作为刺伤我的工具。呵，慕槐，一句话，我的生活有如人间地狱！

何必向你说这些倒胃口的事呢？这婚姻原是我自己选择的，我该自作自受，不是吗？近来我也常想，假若当初我没有嫁给世澈，而嫁给了你，是不是就一定幸福？你猜怎的？我的答案竟是否定的。因为那时的我，像你说的："外表是个女人，实际是个小孩！"我任性、要强、蛮横、专制、顽皮……有各种缺点，你或者能和个"孩子"做朋友，却不能要个"孩子"做妻子！再加上你的倔强和骄傲，我们一旦结合，必然也会像父母所预料，弄得不可收拾。结果，我嫁了世澈——一个最最恶劣的婚姻，但却磨光了我的傲气，蚀尽了我的威风，使我从一个蛮不讲理的孩子变成一个委曲求全的妇人。或者，这对我并不是一件很坏的事，或者，这是上天给我的折磨与教训，又或者，这是命运的安排，让我受尽苦楚，才能知道我曾失去了些什么，曾享负了些什么,也才让我真正了解了应该如何去珍惜一份难得的爱情!

真的,慕槐,我现在才能了解我如何伤过你的心,(我那么渴望补报,就不知尚有机会否?)如何打击过你,折磨过你,如果你曾恨过我,那么,我告诉你,我已经饱受报应了!

让我言归正传吧。世澈大量吞噬我父亲的财产,终于引起了我父亲的怀疑,他亲自赶到美国来,目睹了我的生活,倾听了我的控诉,再视察了五龙亭的业务,他终于明白了世澈的为人。可怜他那样痛心,不为了他的财产,而为了他那不争气的女儿!抱着我,他一直叹气,说是他耽误了我,而我却微笑地告诉他,耽误了我的没有别人,只有我自己。

父亲毕竟是个开明果断的男人。没有拖延时间,他立即向世澈提出,要他和我离婚。你可以料想那结果,世澈诡辩连篇,笑容满面,却决不同意离婚,父亲摊牌问他要多少钱,他却满口说,他不要金钱,只是爱我。父亲被他气得发昏,却又束手无策,这谈判竟拖了两个月之久。

就在这时候,我的救星出现了!慕槐,祝福我吧,谢谢她吧,但是,也请"祝福"她吧!因为,她做了我的替身。降临到我身上的噩运,现在降临到她身上了。有个名叫琳达的美国女孩,十八岁,父亲是个石油富豪。她竟迷恋上了这个"漂亮迷人的东方男人"！（套用她的话。）

所以，慕槐，现在给你写信的这个女人，已不再是欧太太，而是杨小姐了。你懂吗？我已经正式离婚了！虽然父亲还是付出了相当的金钱，整个的餐厅，但我终于自由了！自由，我真该仰天狂呼，这两个字对我的意义何其重大！自由！去年今时，我曾想舍命而争取的日子，终于来临了！但是，命运对我，到底宽厚与否呢？

我曾迟疑又迟疑，不知是否该写这封信给你，一年未通音信，一年消息杳然，你，还是以前的你吗？还记得有个杨羽裳吗？你，是否已有了女友，已找到你的幸福？我不知道。假若你现在已另结新欢，我这封信岂不多余？！

如果我还是两年前的我，坦白说，以我的骄傲，我决不会写这封信给你。但是，今日的我，却再也没有勇气，放过我还有希望掌握的幸福，我不能让那幸福再从我的指缝中溜走。只要有那么一线希望，我都愿争取。若竟然事与愿违，我薄命如斯，也无所怨！像我以前说过的，我仍会祝福你！

昨夜梦到你，诗满衣襟，月满衣襟！你依旧是往日那副深情脉脉的样子。醒来无法遏止自己对你的怀念，无法遏止那份刻骨的相思。回忆往事：雨夜渡轮的初遇，夜总会中的重逢，第三次相遇后，展开的就是那样一连串的钩心斗角，爱恨交织，以至于生离死别。事情演变至今，恍如一梦！我不知命运待我，是宽厚？是刻薄？是有情？是无情？

总之，我要告诉你，我终于恢复了自由之身，从那可怕的噩梦中醒来了。带着兴奋，带着怅惘，带着笑，带着泪，我写这封长信给你。当你收到这封信的时候，我已即将束装归来了。父母为我的事，双双来美，他们怕我情绪恶劣，想带我去欧洲一游，怎奈我归心如箭！所以已决定日内即返台湾。听到这消息，我不知你是喜？是忧？是悲？是愁？因为呵，因为，我不知道你是否还欢迎我哪！

我不敢告诉你我确切的归期，万一届时你不来机场接我，我岂不会当场昏倒？所以，等待吧，说不定有一天，你的电话铃会蓦然响起，有个熟悉的声音会对你说：

"嗨！海鸥又飞回来了！"

你会高兴听到那声音吗？会吗？会吗？会吗？别告诉我，让我去猜吧！

信笔写来，竟然洋洋洒洒了，千言万语，仍然未竟万分之一！"何当共剪西窗烛，却话巴山夜雨时！"

　　　　　　　　祝福你！爱你！想你！
　　　　　　　　是不是还是你的——
　　　　　　　　　　　　　羽裳

一气读完，俞慕槐心跳耳热，面红气喘，他捧着那沓信笺，一时间，真不敢相信这竟是事实！呆了好几分钟，他才把那签名看了又看，把那信笺读了又读，放下信纸来，他拿起信封，上面竟未署发信地址，那么，她不预备收到回信了。换言之，她可能已经回来了！

他惊跳，迅速地，他拿起电话来，拨了杨家的号码，多奇异！这一年多未使用过的号码，在他脑中仍像生了根似的，那么熟悉！接电话的是秀枝：

"啊，小姐在美国呀！先生太太也去了，是的，都还没有回来！我也不知道他们什么时候回来！"

放下电话，他沉思片刻，跳起身来，他收好那封信，穿上夹克，走出门去了！穿过客厅的时候，他那样绽放着满面的喜悦，吹着口哨，使那在看电视的俞太太愕然地抬起头来，目送他出去。她转向俞步高：

"我们的儿子怎么了？"她问。

"似乎是春风起兮，天要晴了！"那父亲微笑地说。

俞慕槐骑上了摩托车，没有穿雨衣，他冒着那蒙蒙的雨雾，向街头飞驰而去。雨雾扑打着他的面颊，他迎着雨，哼着歌，轻松地驾着车子，如同飞驰在高高的云端。

于是，有这么一天。

下午，在一班来自日本的飞机上，杨羽裳和她的父母，夹杂在一大群旅客中，走下了飞机，穿过广场，来到验关室。经过了检疫、验关、查护照……各种手续，他们走出了验关室。羽裳走在最前面，她的父母在后面照顾着行李。一出了验关室,来到那松山机场的大厅中,她情不自禁地深吸了一口气,多熟悉的地方!她已归来!从此,该憩息下那飞倦了的翅膀,好好地休息。只是呵,只是,谁能给她一个小小的安乐窝?

一个人影蓦然间拦在她的前面,有个熟悉的声音,低沉地、喑哑地、安静地对她说:

"小姐,我能不能帮你提化妆箱?"

她倏然抬起头来,接触到一对黑黝黝的、亮晶晶的、深切切的眸子。她怔了,想笑,泪却涌进了眼眶,她咬咬嘴唇,低声地说:

"你怎么知道……"

"自从收到信以后,我每天到机场来查乘客名单,这并不难,我是记者,不是吗?"

泪在她眼中滚动,笑却在她唇边浮动。

"但是……我们是从日本来的。"

"我知道,"他点点头,"你们在日本停留了四十八小时。"

"啊,"她低呼,"你调查得真清楚!"

"我不能让你在机场昏倒,不是吗?"

"但是,"她深深呼吸,"我已经快昏倒了呢!"

他伸手揽住了她的腰,俯视她的眼睛:

"如果我现在吻你,"他一本正经地说,"不知道会不会被员警判为妨害风化?"

"这儿是飞机场,不是吗?"她说。

"对了!"他的手圈住了她,当着无数人的面,他的唇压上了她的。

后面，杨承斌伸长了脖子，到处找着女儿，嘴里一面乱七八糟地嚷着：

"羽裳哪儿去了？怎么一转眼，这孩子就不见了？羽裳呢？羽裳呢？"

杨太太狠命地捏了他一把，含着泪说：

"你安静些吧！她迷不了路，这么二十几年来，她才第一次找着了家，认得了方向，你别去干涉她吧！"

杨承斌愕然了。

这儿，俞慕槐抬起头来，拥着羽裳，一面往前面走，他一面深深地注视着她。

"你长大了，羽裳。"他说。

"我付过很大的代价，不是吗？"她含泪微笑，仰望着他。

他们走出机场的大门，望着那雨雾蒙蒙的街头。一句话始终在她喉中打转，她终于忍不住，低问着说：

"你——找着你的幸福了吗？"

"找着了。"

她的心一凛。

"那幸运的女孩是谁？"

"她有很多的名字：海鸥，叶馨，杨羽裳。"他揽紧她，注视她，正色说，"记得你那支歌吗？海鸥没有固定的家，它飞向西，它飞向东，它飞向海角天涯！我现在想问问你，很郑重地问你：海鸥可愿意有个固定的家了？"

她的面颊发光，眼睛发亮，轻喊一声，她偎紧了他，一

迭连声地说:

"是的,不再飞了!不再飞了!不再飞了!"

是的,经过了千山万水,经过了惊涛骇浪,日月迁逝,春来暑往,海鸥终于找着了它的方向。

——全书完——

一九七二年三月二十日午后于台北

（京权）图字：01-2024-1754

图书在版编目（CIP）数据

海鸥飞处 / 琼瑶著 . -- 北京：作家出版社，2024.10
（琼瑶作品大合集）
ISBN 978-7-5212-2835-9

Ⅰ.①海… Ⅱ.①琼… Ⅲ.①言情小说-中国-当代
Ⅳ.①I247.5

中国国家版本馆 CIP 数据核字（2024）第 089080 号

版权所有 © 琼瑶

本书版权经由可人娱乐国际有限公司授权作家出版社出版简体中文版
非经书面同意，不得以任何形式任意重制、转载。

海鸥飞处

作　　者：	琼　瑶
责任编辑：	赵文文　夏宁竹
装帧设计：	棱角视觉　纸方程·于文妍
出版发行：	作家出版社有限公司
社　　址：	北京农展馆南里10号　　邮　　编：100125
电话传真：	86-10-65067186（发行中心）
	86-10-65004079（总编室）
E-mail:	zuojia@zuojia.net.cn
http:	//www.zuojiachubanshe.com
印　　刷：	河北京平诚乾印刷有限公司
成品尺寸：	142×210
字　　数：	182千
印　　张：	9.125
版　　次：	2024年10月第1版
印　　次：	2024年10月第1次印刷
ISBN	978-7-5212-2835-9
定　　价：	42.00元

作家版图书，版权所有，侵权必究。
作家版图书，印装错误可随时退换。

品 琼 瑶 经 典
忆 匆 匆 那 年

琼瑶作品大合集

1963 《窗外》	1981 《燃烧吧！火鸟》
1964 《幸运草》	1982 《昨夜之灯》
1964 《六个梦》	1982 《匆匆，太匆匆》
1964 《烟雨蒙蒙》	1984 《失火的天堂》
1964 《菟丝花》	1985 《冰儿》
1964 《几度夕阳红》	1989 《我的故事》
1965 《潮声》	1990 《雪珂》
1965 《船》	1991 《望夫崖》
1966 《紫贝壳》	1992 《青青河边草》
1966 《寒烟翠》	1993 《梅花烙》
1967 《月满西楼》	1993 《鬼丈夫》
1967 《翦翦风》	1993 《水云间》
1969 《彩云飞》	1994 《新月格格》
1969 《庭院深深》	1994 《烟锁重楼》
1970 《星河》	1997 《还珠格格第一部1阴错阳差》
1971 《水灵》	1997 《还珠格格第一部2水深火热》
1971 《白狐》	1997 《还珠格格第一部3真相大白》
1972 《海鸥飞处》	1997 《苍天有泪1无语问苍天》
1973 《心有千千结》	1997 《苍天有泪2爱恨千万万》
1974 《一帘幽梦》	1997 《苍天有泪3人间有天堂》
1974 《浪花》	1999 《还珠格格第二部1风云再起》
1974 《碧云天》	1999 《还珠格格第二部2生死相许》
1975 《女朋友》	1999 《还珠格格第二部3悲喜重重》
1975 《在水一方》	1999 《还珠格格第二部4浪迹天涯》
1976 《秋歌》	1999 《还珠格格第二部5红尘作伴》
1976 《人在天涯》	2003 《还珠格格第三部天上人间1》
1976 《我是一片云》	2003 《还珠格格第三部天上人间2》
1977 《月朦胧鸟朦胧》	2003 《还珠格格第三部天上人间3》
1977 《雁儿在林梢》	2017 《雪花飘落之前——我生命中最后的一课》
1978 《一颗红豆》	2019 《握三下，我爱你——翩然起舞的岁月》
1979 《彩霞满天》	2020 《梅花英雄梦之乱世痴情》
1979 《金盏花》	2020 《梅花英雄梦之英雄有泪》
1980 《梦的衣裳》	2020 《梅花英雄梦之可歌可泣》
1980 《聚散两依依》	2020 《梅花英雄梦之飞雪之盟》
1981 《却上心头》	2020 《梅花英雄梦之生死传奇》
1981 《问斜阳》	